Harper
Collins

Umwelthinweis:
Dieses Buch wurde auf chlor- und säurefreiem Papier gedruckt.

Tess Gerritsen

Die Meisterdiebin

Roman

Aus dem Amerikanischen von
Rainer Nolden

Harper
Collins

HarperCollins®
Band 100033
2. Auflage: Januar 2017

HarperCollins® Bücher
erscheinen in der HarperCollins Germany GmbH,
Valentinskamp 24, 20354 Hamburg
Geschäftsführer: Thomas Beckmann

Titel der amerikanischen Originalausgabe:
Thief of Hearts

erschienen bei: Harlequin Books, Toronto

Published by arrangement with
HARLEQUIN ENTERPRISES II B.V./S.àr.l.

Konzeption/Reihengestaltung: fredebold&partner GmbH, Köln
Umschlaggestaltung: büropecher, Köln
Redaktion: Thorben Buttke
Titelabbildung: Sergey Klopotov, Jeffrey Hamilton, koosen/Thinkstock
Autorenfoto: © Jacob Gerritsen
Satz: GGP Media GmbH, Pößneck
Druck und Bindearbeiten: GGP Media GmbH, Pößneck
Printed in Germany
Dieses Buch wurde auf FSC®-zertifiziertem Papier gedruckt.
ISBN 978-3-95967-045-6

www.harpercollins.de

In Erinnerung an Jim Heacock

„Dein Gesicht enthält den Abriß aller Ehr' und Biederkeit.“
William Shakespeare, Heinrich VI., Teil 2

PROLOG

Simon Trott stand auf dem schwankenden Deck der *Cosima*, als er die Flammen bemerkte, die in der samtschwarzen Nacht loderten. Es war kein gleichmäßiges Feuer, das nur wenige Meilen vor der Küste entbrannt war, sondern eine Reihe von Explosionen, die in einem Funkenregen auf die Wellen niedergingen.

„Das ist sie, *die Max Havelaar*", sagte der Kapitän zu Trott, als beide Männer über den Bug starrten. „Den Flammen nach zu urteilen wird sie bald untergehen." Er drehte sich zum Steuermann um. „Volle Kraft voraus!", schrie er.

„Die Detonationen wird wohl niemand überlebt haben", sagte Simon Trott.

„Sie haben einen Notruf abgesetzt. Einer muss also noch am Leben sein."

„Oder er war am Leben."

Während sie sich dem sinkenden Schiff näherten, schossen immer wieder unvermittelt Flammen in die Luft. Funken und auslaufender Treibstoff verwandelten die Wasseroberfläche in einen brennenden Teppich.

Der Kapitän versuchte das Motorendröhnen der *Cosima* zu übertönen: „Langsam! Auf dem Wasser schwimmt Diesel."

„Ich drossele den Motor", rief der Steuermann.

„Halt nach Überlebenden Ausschau!"

Trott hangelte sich an der Reling nach vorn und starrte über das Inferno. Das Heck der *Max Havelaar* versank, während sich der Bug zum mondlosen Himmel neigte. Nur noch wenige Minuten, dann würde das Schiff in den Wellen versinken. An dieser Stelle war das Wasser tief und eine Bergung praktisch unmöglich. Die *Max Havelaar* würde zwei Seemeilen vor der spanischen Küste ihre ewige Ruhe auf dem Meeresgrund finden.

Eine weitere Explosion donnerte durch die Nacht, ein neuer Funkenregen prasselte nieder und zeichnete goldene Flecken auf die Wellen. In den wenigen Sekunden, bevor das gleißende Licht erstarb, bemerkte Trott eine Bewegung in der Dunkelheit. Etwa hundert Meter von der *Havelaar* entfernt und in sicherem Abstand zum Feuer schaukelte ein länglicher, flacher Gegenstand auf dem Wasser. Schon hörte er die Männer rufen.

„Hier! Wir sind hier!"

„Das Rettungsboot." Der Kapitän lenkte den Suchscheinwerfer in die Richtung, aus der die Stimmen kamen. „Da, auf zwei Uhr."

„Ich sehe sie." Sofort änderte der Steuermann den Kurs und steuerte die *Cosima* vorsichtig durch die brennende Diesellache. Im Näherkommen hörte Trott die Jubelschreie der Überlebenden. Es war ein Gewirr italienischer Wortfetzen. *Wie viele mögen in dem Boot wohl sein*, fragte er sich, während er angestrengt ins Dunkel starrte. Fünf, vielleicht sechs. Der Kapitän richtete den Lichtstrahl auf sie. Trott sah, wie sie ihnen erleichtert zuwinkten. Sie waren froh, am Leben zu sein, und froh, dass die Rettung so nahe war.

„Sieht so aus, als hätte es die gesamte Mannschaft geschafft", sagte der Kapitän.

„Wir brauchen jeden Mann an Deck."

Der Kapitän drehte sich um und bellte einige Befehle. Sekunden später stand die komplette Mannschaft der *Co-*

sima an Deck versammelt. Schweigend starrten die Männer über die Reling auf das schaukelnde Rettungsboot.

Endlich erkannte Trott auch die Zahl der Überlebenden. Es waren sechs Männer. Die *Havelaar* hatte aber in Neapel mit acht Seeleuten an Bord abgelegt. Waren die beiden anderen noch im Wasser?

Er drehte sich um und schaute auf die Ufersilhouette in der Ferne. Mit etwas Glück und Kondition konnte ein Mann diese Distanz schwimmend zurücklegen.

Das Rettungsboot dümpelte steuerbord.

Trott rief: „Hier ist die *Cosima*. Geben Sie sich zu erkennen!"

„*Max Havelaar*", schrie einer der Männer im Rettungsboot.

„Ist das Ihre gesamte Mannschaft?"

„Zwei sind tot."

„Sind Sie sicher?"

„Motor explodiert. Ein Mann gefangen unter Deck."

„Und der achte Mann?"

„In Wasser gefallen. Nicht schwimmen."

Damit ist der achte Mann so gut wie tot, überlegte Trott. Er ließ seinen Blick über die Mannschaft der *Cosima* schweifen. Sie erwartete seine Befehle.

Jetzt schwamm das Rettungsboot fast parallel.

„Noch ein wenig näher", rief Trott hinunter. „Damit wir die Rettungsleine werfen können."

Einer der Männer im Rettungsboot stand auf, um die Leine zu fangen.

Trott drehte sich um und gab seinen Leuten das Signal.

Die erste Gewehrsalve traf einen Mann, der als Erster die Arme nach den vermeintlichen Rettern ausstreckte. Ihm blieb nicht einmal Zeit, aufzuschreien. Im Kugelhagel, der nun von der *Cosima* herüberzischte, stürzten die Männer heillos durcheinander. Das erbarmungslose Knattern der Automatikwaffen übertönte ihre Schreie und das dumpfe Geräusch fallender Körper.

Dann wurde es still, nur die Wellen schwappten leise gegen die Planken der *Cosima*. Im Rettungsboot lagen die Leichen kreuz und quer übereinander.

Nach einer letzten Explosion spie noch ein gleißender Funkenregen in die tiefschwarze Nacht. Die Reste des Bugs der *Max Havelaar* schossen nach oben und sanken dann wie in Zeitlupe in der Tiefe hinab.

Das von Schüssen durchsiebte Rettungsboot lag schon halb unter Wasser. Einer der Männer auf der *Cosima* wuchtete einen Anker über die Reling und ließ ihn auf die Leichen fallen. Das Rettungsboot kippte zur Seite, und die leblosen Körper versanken im Meer.

„Wir haben unseren Auftrag erledigt, Captain", sagte Trott kalt und drehte sich zum Steuerruder. „Ich schlage vor, wir fahren zurück …"

Er erstarrte. In etwa fünfzig Meter Entfernung hatte sich etwas auf dem Wasser bewegt. Etwas silbern Schimmerndes tanzte kurz auf den Wellen, und da, da war es wieder. Eine glitzernde Silhouette tauchte kurz aus dem Wasser auf und verschwand sofort wieder unter der Oberfläche.

„Da drüben!", rief Trott. „Schießt."

Seine Männer sahen ihn verwundert an.

„Was ist?", fragte der Kapitän.

„Dort, auf vier Uhr, da bewegt sich etwas im Wasser."

„Ich sehe nichts."

„Schießt trotzdem."

Einer der Männer gehorchte und drückte ab. Ein tödlicher Kugelhagel peitschte über die Wellen und brachte das Meer zum Schäumen.

Einen Moment lang starrten sie schweigend auf die dunkle Oberfläche, doch da war nichts zu sehen. Das Wasser beruhigte sich wieder.

„Ich weiß, was ich gesehen habe", beharrte Trott.

Der Kapitän zuckte mit den Schultern. „Jedenfalls ist es jetzt nicht mehr da. Zurück zum Hafen", befahl er dem Steuermann.

Die *Cosima* wendete und zog Wellen hinter sich her, die sich rasch ausbreiteten.

Trott ging zum Heck, den Blick immer noch auf die verdächtige Stelle im Wasser geheftet. Während sie sich immer schneller entfernten, glaubte er, wieder einen silbernen Fleck auf der Oberfläche zu sehen. Er war nur für den Bruchteil einer Sekunde zu sehen, ehe er wieder verschwand.

Ein Fisch, dachte er. Zufrieden drehte er sich um.

Ja, das musste es gewesen sein. Ein Fisch.

1. KAPITEL

„Es ist doch nur ein kleiner Einbruch, um mehr bitte ich doch gar nicht.“ Flehend blinzelte Veronica Cairncross zu ihm auf. In ihren saphirblauen Augen schimmerten Tränen. Sie trug ein bezauberndes schulterfreies Seidenkleid, dessen Falten sich vor dem Zweiersofa im Queen-Anne-Stil bauschten. Veronica hatte ihr üppiges rotbraunes Haar mit einer Perlenkette zu einer Hochfrisur getürmt, die ihre fein geschnittenen Gesichtszüge unterstrich. Mit ihren dreiunddreißig Jahren sah sie weitaus atemberaubender und eleganter aus als damals mit fünfundzwanzig, als er sie kennengelernt hatte. Dank ihres Titels hatte sie im Laufe der Jahre nicht nur ein untrügliches Stilempfinden entwickelt, sondern sich auch eine bemerkenswerte Schlagfertigkeit angeeignet, die sie zu einem gern gesehenen Gast auf allen glamourösen Gesellschaften Londons machte. Aber etwas hatte sich nicht geändert und würde sich wohl auch niemals ändern.

Veronica Cairncross war immer noch ein vollkommener Dummkopf.

Sonst hätte sie sich wohl kaum in diesen Schlamassel hineingeritten.

Und aus dem soll sie wieder einmal der gute alte Jordan Tavistock befreien, dachte er resigniert. Veronica musste ständig aus irgendeinem Dilemma gerettet werden. Nicht, dass er ihr nicht helfen wollte, nein, aber ihre Bitte war so abwegig und gefährlich, dass ihm sein erster Impuls riet, ihr einen Korb zu geben.

Und das tat er dann auch. „Kommt gar nicht infrage, Veronica. Das mache ich nicht.“

„Tu es für mich, Jordan“, flehte sie. „Denk doch nur mal daran, was passieren wird, wenn er Oliver die Briefe schickt …“

„Der arme Ollie wird einen Tobsuchtsanfall erleiden. Anschließend streitet ihr ein paar Tage und dann verzeiht er dir. Mehr wird nicht geschehen.“

„Und wenn Ollie mir nicht verzeiht? Was, wenn er … wenn er …“ Sie schluckte und schlug die Augen nieder. „Wenn er die Scheidung will?“, flüsterte sie.

„Ich bitte dich, Veronica.“ Jordan seufzte. „Daran solltest du denken, bevor du eine Affäre beginnst.“

Bekümmert betrachtete sie die Falten ihres Seidenkleids. „Das ist ja das Problem, das habe ich nicht.“

„Offensichtlich.“

„Ich hatte doch keine Ahnung, dass Guy so schwierig sein wird. Man könnte glauben, ich hätte ihm das Herz gebrochen. Wir waren überhaupt nicht ineinander verliebt, und jetzt macht er so ein Theater. Er droht, es allen zu erzählen. Welcher Gentleman ist so primitiv?“

„Keiner.“

„Wenn da nicht diese Briefe von mir wären, könnte ich alles abstreiten. Dann stünde mein Wort gegen das von Guy. Ich bin überzeugt, dass mir Ollie in dem Fall eher glauben würde.“

„Und was genau steht in diesen Briefen?“

Verlegen senkte Veronica den Kopf. „Dinge, die ich besser nicht geschrieben hätte.“

„Liebeserklärungen? Süße Nichtigkeiten?“

Sie seufzte. „Viel schlimmer.“

„Du meinst, viel … deutlicher?“

„Sehr viel deutlicher.“

Jordan betrachte die Perlen in Veronicas rotbraunem Haar, die im Licht der Lampe schimmerten. *Kaum zu glauben, dass ich diese Frau einmal attraktiv gefunden habe,* dachte er. Auch wenn das schon lang zurücklag. Damals war er erst zweiundzwanzig und ziemlich naiv gewesen, ein Zustand, der hoffentlich der Vergangenheit angehörte.

Veronica Dooley war am Arm eines alten Kumpels aus Cambridge in sein Leben getreten. Nachdem sich der Kumpel alsbald verdrückt hatte, zeigte sich das Mädchen an Jordan interessiert, und ein paar schwindelerregende Wochen hatte er geglaubt, er sei womöglich verliebt. Doch zum Glück siegte bald sein der gesunder Menschenverstand. Sie trennten sich und blieben gute Freunde. Bald darauf heiratete Veronica *Sir* Oliver Cairncross, der gut zwanzig Jahre älter war als seine Braut. Es war die klassische Verbindung von Geld auf seiner und Schönheit auf ihrer Seite. Jordan hatte sie stets für ein glückliches Paar gehalten.

Wie man sich doch täuschen konnte!

„Wenn du meinen Rat hören willst", sagte er, „mach reinen Tisch. Beichte Ollie die Affäre. Er wird dir bestimmt verzeihen."

„Selbst wenn, dann hat Guy immer noch die Briefe. Er ist wütend genug, um sie den falschen Leuten auszuhändigen. Nicht auszudenken, was passiert, wenn sie in einer Zeitungsredaktion landen. Das würde Ollie öffentlich demütigen."

„Glaubst du wirklich, dass Guy so tief sinken könnte?"

„Ich zweifle nicht eine Sekunde daran. Ich würde ihm ja gerne Geld bieten, wenn sich die Angelegenheit damit ein für alle Mal beenden ließe, aber nach den Summen, die ich in Monte Carlo verspielt habe, hält mich Ollie finanziell an der kurzen Leine. Und von dir könnte ich es mir auch nicht borgen. Es gibt einfach Dinge, um die man seine Freunde nun wirklich nicht bitten kann."

„Ein Diebstahl gehört meiner Meinung nach dazu", bemerkte Jordan trocken.

„Aber es ist kein Diebstahl. *Ich* habe diese Briefe geschrieben, also sind sie mein Eigentum. Ich hole mir nur zurück, was mir gehört." Sie beugte sich vor. Plötzlich blitzten ihre Augen wie blaue Diamanten. „Es wäre gar nicht so schwer, Jordan. Ich weiß genau, in welcher Schublade er sie aufbewahrt. Am Samstag ist die Verlobungsfeier deiner Schwester. Wenn du ihn dazu einladen könntest ..."

„Beryl verabscheut Guy Delancey."

„Lade ihn trotzdem ein. Und während er hier auf Chetwynd Champagner schlürft", sie stockte.

„Breche ich in sein Haus ein?", beendete Jordan ihren Satz. Er schüttelte den Kopf. „Und wenn ich erwischt werde?"

„Guys Personal hat samstags abends immer frei. Sein Haus steht leer. Selbst *wenn* man dich erwischt, kannst du immer noch sagen, es handele sich um einen Streich. Nimm zur Sicherheit eine aufblasbare Puppe mit. Sag ihnen, du wolltest sie in sein Bett legen. Man wird dir glauben. Wer würde am Wort eines Tavistock zweifeln?"

Er runzelte die Stirn. „Ist das der Grund, weshalb du mich darum bittest? Weil ich ein Tavistock bin?"

„Nein. Ich bitte dich, weil du der geschickteste Mann bist, den ich kenne. Und weil du noch nie eines meiner Geheimnisse verraten hast." Sie sah Jordan an. In ihren Augen lag grenzenloses Vertrauen. „Und weil du der einzige Mensch auf der Welt bist, auf den ich zählen kann."

Verflucht! Natürlich musste sie das jetzt sagen.

„Wirst du es für mich tun, Jordan?“, flehte sie leise. „Sag mir, dass du es tun wirst.“

Müde fuhr er sich mit der Hand durchs Gesicht. „Ich werde darüber nachdenken“, erwiderte er schließlich. Dann ließ er sich in seinen Sessel zurücksinken und blickte resigniert auf die Wand, an der die Porträts seiner Vorfahren hingen. *Jeder von ihnen war ein Gentleman von makellosem Ruf*, dachte er. *Und keiner je ein Dieb.*

Bis jetzt.

Um Punkt dreiundzwanzig Uhr fünf erloschen die Lichter in den Dienstbotenräumen. Der alte Whitmore hatte wie immer seinen Zeitplan penibel eingehalten. Um einundzwanzig Uhr drehte er seine Runde durchs Haus, um sich zu vergewissern, dass Fenster und Türen geschlossen waren. Um einundzwanzig Uhr dreißig sah er im Erdgeschoss nach dem Rechten, räumte ein wenig die Küche auf und machte sich vermutlich einen Tee. Um zweiundzwanzig Uhr zog er sich in die obere Etage zurück, um in seinem Zimmer fernzusehen. Und um dreiundzwanzig Uhr knipste er das Licht aus.

So war Whitmore die ganze Woche über vorgegangen, und Clea Rice, die Guy Delanceys Haus seit dem vergangenen Samstag observierte, nahm an, dass er diese Angewohnheiten bis zu seinem Lebensende beibehalten würde. Schließlich war es allen Butlern wichtig, eine gewisse Ordnung in das Leben ihrer Arbeitgeber zu bringen. Kaum verwunderlich also, dass sie auch Ordnung in ihr eigenes Leben brachten.

Die Frage war nur, wie lange es dauerte, bis der Butler einschlief?

Clea stand sicher verdeckt von einer Eibenhecke. Sie stellte sich auf die Zehenspitzen und wippte von einem Fuß auf den anderen, um den Blutkreislauf anzukurbeln. Da das Gras feucht war, klebte die Steghose nass an Cleas Schenkeln. Obwohl die Nacht mild war, fröstelte sie. Daran war nicht allein die klamme Hose schuld, sondern auch die freudige Erwartung und, ja, auch die Angst, die Clea verspürte. Groß war die zwar nicht, Clea vertraute auf ihre Fähigkeiten. Sie befürchtete nicht, erwischt zu werden, auch wenn die Gefahr immer bestand.

Sie hüpfte auf und ab und spürte, wie das Adrenalin durch ihren Körper schoss. Sie würde dem Butler zwanzig Minuten zum Einschlafen geben, und keine Sekunde länger. Möglicherweise kam Guy Delancey früher von der Party zurück, und sie wollte längst über alle Berge sein, sobald er durch die Haustür trat.

Bestimmt schlief der Butler längst.

Clea schlich um die Hecke und setzte zu einem Sprint an. Erst als sie das schützende Gebüsch erreichte, drosselte sie ihr Tempo. Sie holte tief Luft und sondierte ihre Lage. Im Haus war alles ruhig und dunkel. Zu ihrem Glück hasste Guy Delancey Hunde, denn das Letzte, das sie jetzt gebrauchen konnte, wäre ein kläffender Köter an ihren Fersen.

Sie schlich um das Haus herum, überquerte die Steinterrasse und blieb vor der verglasten Doppeltür stehen. Die Tür war, wie erwartet, verschlossen, aber damit hatte Clea gerechnet. Im Licht ihrer kleinen Taschenlampe erkannte sie, dass es sich um ein einfaches rostiges Schloss handelte, das wahrscheinlich ebenso alt war wie das Haus. Was Alarmanlagen betraf, hatten die Engländer noch eine Menge Nachholbedarf. Sie fischte fünf Dietriche aus ihrer Gürteltasche und steckte einen nach dem anderen ins Schloss. Die ersten drei waren zu groß; gespannt schob Clea den vierten in das Schlüsselloch, drehte ihn langsam herum und spürte, wie die Bolzen einrasteten.

Ein Kinderspiel!

Sie huschte durch die Tür und betrat die Bibliothek. Die Buchrücken in den Regalen glänzten matt im Mondlicht, das durch die Fenster fiel. Jetzt begannen die Schwierigkeiten. Wo war das Auge von Kaschmir? *Bestimmt nicht in diesem Raum*, dachte sie, während der Strahl ihrer Taschenlampe an den Wänden entlanghuschte. Das Zimmer war zu leicht für Besucher zugänglich und nicht gegen Diebe gesichert. Trotzdem beschloss sie, es rasch zu durchsuchen.

Doch Clea fand das Gesuchte nicht.

Sie schlich aus der Bibliothek in die Halle. Der Lichtstrahl zitterte über polierte Holzwände und antike Vasen. Sie durchquerte das Wohnzimmer im Erdgeschoss und warf einen Blick in das Solarium, doch noch immer fand sie keine Spur von dem Auge von Kaschmir. Küche und Esszimmer ließ sie gleich außen vor, Guy Delancey würde niemals ein Versteck wählen, zu dem seine Dienstboten ständig Zugang hatten.

Blieben nur die Räume im ersten Stock.

Leise wie eine Katze schlich Clea die geschwungene Treppe hinauf. Auf dem Absatz hielt sie inne und lauschte in die Stille, doch es war nichts zu hören. Sie wusste, dass sich links die Räume der Dienstboten befanden. Rechts lag Delanceys Schlafzimmer. Also wandte sich Clea nach rechts und lief zu dem Zimmer am Ende des Korridors.

Die Tür war nicht zugeschlossen, also zwängte sich Clea durch einen Spalt und zog die Tür leise hinter sich zu.

Durch das Fenster zum Balkon fiel mattes Mondlicht und erhellte das geräumige Schlafgemach schwach. Clea entdeckte zahlreiche Gemälde an den drei Meter siebzig hohen Wänden. Und die Matratze des Himmelbetts war breit genug für einen ganzen Harem. Eine wuchtige Kommode, ein riesiger Kleiderschrank, Nachttische und ein Schreibtisch vervollständigten die Einrichtung. Neben der Balkontür, auf einem persischen Teppich, stand eine Sitzgruppe, bestehend aus zwei Stühlen und einem Teetisch, vermutlich antik.

Clea stöhnte. Es würde Stunden dauern, bis sie dieses Zimmer durchsucht hatte.

Da ihr nicht ewig Zeit blieb, begann sie unverzüglich, im Schreibtisch nachzusehen. Sie schaute in die Schubladen und tastete sie nach Geheimfächern ab, doch sie fand keine Spur vom Auge von Kaschmir. Anschließend nahm sie sich die Kommode vor, wühlte sich durch Unterwäsche und Taschentücher, aber auch hier war das Auge von Kaschmir nicht versteckt. Als Nächstes widmete sie sich dem Kleiderschrank, der wie ein gigantischer Monolith an der Wand stand. Gerade wollte sie die Tür öffnen, als ein Geräusch sie erstarren ließ.

Draußen raschelte etwas, und da war es schon wieder, dieses Mal lauter.

Sie fuhr herum und blickte fragend zu den Balkonfenstern. Irgendetwas Seltsames geschah dort. Die Ranken der Glyzinie, die sich um das Gitter wanden, ächzten. Plötzlich tauchte eine Silhouette über dem Blätterdickicht auf. Clea erkannte den Kopf eines Mannes, dessen blondes Haar schimmerte. Blitzschnell duckte sie sich neben den Kleiderschrank.

Na prima! Demnächst würden sie noch Nummern ziehen müssen, um die Reihenfolge der Einbrüche festzulegen. Die Begegnung mit einem konkurrierenden Dieb war ihr absolut nicht in den Sinn gekommen. *Und einem ziemlich unfähigen noch dazu*, dachte sie verächtlich, als sie das Klappern von Tontöpfen auf dem Balkon vernahm, das sofort wieder verstummte. Eine Weile herrschte Stille. Der Einbrecher lauschte offenbar auf Geräusche, die ihm verrieten, dass seine Anwesenheit bemerkt worden war. Der alte Whitmore musste stocktaub sein, wenn er diesen Lärm überhörte.

Quietschend wurde die Balkontür geöffnet.

Clea duckte sich noch tiefer neben den Kleiderschrank. Was, wenn der Einbrecher sie jetzt entdeckte? Würde er sie angreifen? Sie hatte nichts dabei, womit sie sich verteidigen konnte.

Sie zuckte zusammen, als sie einen dumpfen Schlag und ein gereiztes *Verdammt noch mal!* hörte.

Himmel! Dieser Kerl war ein größeres Risiko für sich selbst als für andere.

Der Fußboden knarrte unter näher kommenden Schritten.

Clea machte sich ganz klein und presste sich gegen die Wand. Die Tür des Kleiderschranks schwang auf und wäre ihr um ein Haar ins Gesicht geflogen. Metallbügel klapperten, als der Mann Kleidungsstücke beiseiteschob, dann hörte Clea, wie er eine Schublade rumpelnd aufzog. Plötzlich zuckte der Lichtstrahl einer Taschenlampe durch den schmalen Spalt zwischen dem Schrank und der Tür hindurch. Der Mann murmelte etwas in makellosem Oxford-Englisch, während er die Schublade durchsuchte.

„Ich muss verrückt sein. Total übergeschnappt. Wie hat sie es bloß geschafft, mich dazu zu überreden?“

Clea konnte ihre Neugier nicht länger beherrschen. Sie trat einen Schritt vor und blinzelte zwischen den Türangeln hindurch. Sie sah, wie der Mann die geöffnete Schublade stirnrunzelnd betrachtete. Er hatte ein scharf geschnittenes, sehr aristokratisches Profil. Sein weizenblondes Haar war vom Kampf mit den Glyzinienranken noch ein wenig zerzaust, und in seinem Smoking sowie der schwarzen Fliege zum weißen Hemd sah er alles andere als wie ein Einbrecher aus, sondern eher wie jemand, der soeben von einer Party geflüchtet war.

Er beugte sich tiefer in den Schrank hinein, und plötzlich hörte sie ein zufriedenes Murmeln. Clea konnte nicht sehen, was er aus der Schublade holte. *Bitte lass es nicht das Auge von Kaschmir sein,* flehte sie. So nahe am Ziel durfte nicht alles umsonst gewesen sein …

Sie trat noch näher an den Spalt und versuchte, über die Schultern des Mannes zu sehen. Was schob er da in die Tasche seines Jacketts? Sie beobachtete ihn so konzentriert, dass ihr keine Zeit blieb, zurückzuweichen, als er unvermittelt die Schranktür zuwarf. Sie schnellte zurück in den Schatten und prallte mit der Schulter gegen die Wand.

Es wurde still, ganz still.

Schließlich tanzte der Lichtstrahl der Taschenlampe um die Ecke des Kleiderschranks. Clea erkannte die Umrisse eines Kopfes.

Sie musste blinzeln, als der Lichtstrahl ihr Gesicht traf. Sie war so geblendet, dass sie den Mann nicht mehr erkennen konnte. Eine kleine Ewigkeit bewegte sich keiner von ihnen.

Endlich fragte er: „Wer zum Teufel sind *Sie*?“

Die Gestalt, die sich gegen den Kleiderschrank presste, antwortete nicht. Langsam ließ Jordan den Strahl seiner Taschenlampe am Körper des Eindringlings hinunterwandern. Der Mann hatte seine Mütze tief ins Gesicht gezogen und Wangen und Kinn mit Tarnfarbe beschmiert. Er trug einen schwarzen Rollkragenpullover und schwarze Hosen.

„Ich frage Sie zum letzten Mal", sagte Jordan. „Wer sind Sie?"

Zu seiner Überraschung erhielt er als Antwort nur ein geheimnisvolles Lächeln. Im selben Moment sprang die Gestalt auf ihn zu wie eine Katze. Der Aufprall ließ Jordan nach hinten taumeln und gegen den Bettpfosten krachen. Sofort sprintete die Gestalt zum Balkon. Jordan machte einen Satz vorwärts und bekam ein Stück von der Hose des Fremden zu fassen. Beide Männer stürzten zu Boden und prallten dabei gegen den Schreibtisch. Unzählige Bleistifte und Kugelschreiber prasselten zu Boden. Jordans Gegner krümmte sich unter ihm und rammte ihm das Knie in die Weichteile. Von Schmerz und Übelkeit wie betäubt war er drauf und dran, den Eindringling loszulassen, doch dann bemerkte er, wie sein Gegner mit der freien Hand hektisch über den Boden tastete. Erst im letzten Moment sah Jordan die Spitze des Brieföffners, die auf ihn gerichtet war.

Er packte das Handgelenk seines Gegners und schüttelte ihm den Brieföffner aus den Fingern. Der andere Mann schlug wild mit den Armen um sich und wand seinen Körper unter Jordan wie ein Aal. Während Jordan noch versuchte, den Faustschlägen auszuweichen, bekam er die Mütze seines Widersachers zu fassen.

Ein üppiger Schwall blonder Haare breitete sich auf dem

Fußboden aus. Sie glänzten im Mondlicht wie Gold. Jordan erstarrte verdattert.

Eine Frau.

Ihre Gegenwehr erstarb. Die Fremde atmete schnell und hart, und ihr Herz pochte heftig gegen seinen Brustkorb.

Eine Frau!

Sein Körper reagierte prompt und ohne Vorwarnung auf diese Erkenntnis. Es war fast automatisch, er konnte es nicht verhindern. Diese Frau war ihm zu nahe, sie war zu warm und zu weiblich. Selbst durch ihre Tarnkleidung hindurch konnte er ihre Kurven nicht mehr übersehen. Ebenso wenig konnte ihr seine Erregung verborgen bleiben.

„Lassen Sie mich los", wisperte sie.

„Erst sagen Sie mir, wer Sie sind."

„Sonst …?"

„Sonst werde ich … ich werde …"

Sie lächelte ihn an. Ihr Mund war dem seinen so nah und eine so große Versuchung, dass er keinen klaren Gedanken mehr fassen konnte.

Das Geräusch nahender Schritte brachte ihn wieder zu Verstand. Unter dem Spalt zwischen Tür und Fußboden wurde es hell, und eine Männerstimme rief: „Was ist da los? Wer ist da drin?"

Sofort waren Jordan und die Frau auf den Beinen und hasteten zum Balkon. Die Frau schaffte es als Erste, sich über das Geländer zu schwingen. Wie ein Äffchen hangelte sie sich an den Ranken der Glyzinie hinunter. Als Jordan festen Boden unter den Füßen spürte, rannte sie bereits über den Rasen.

An der Eibenhecke holte er sie schließlich ein und hielt sie fest. „Was haben Sie da drinnen gemacht?", fragte er.

„Was haben *Sie* da drinnen gemacht?“, konterte sie.

In Guy Delanceys Schlafgemach gingen derweil die Lichter an. Eine Stimme erklang vom Balkon: „Einbrecher! Kommen Sie ja nicht zurück. Ich habe die Polizei verständigt.“

„Ich bleibe keine Sekunde länger“, beschloss die Frau und rannte schnurstracks auf den Wald zu.

„Keine schlechte Idee“, seufzte Jordan und folgte ihr.

Schweigend liefen sie eine Zeit lang hintereinander her und wichen Gestrüpp und tief hängenden Ästen aus. Das Gelände war unwegsam, dennoch lief die Fremde routiniert. Sie verfügte offenbar über eine gute Kondition, denn sie hielt ihr Tempo. Erst am anderen Ende des Waldes bemerkte Jordan, dass sein Gegenüber außer Atem war.

Auch er hätte sich am liebsten auf den Boden fallen lassen.

Am Rande eines Feldes blieben sie stehen, um Luft zu schnappen. Der Mond schien immer noch matt, und ein warmer Wind wehte ihnen den Geruch fallenden Laubs entgegen.

„Sagen Sie“, keuchte er, „verdienen Sie so Ihren Lebensunterhalt?“

„Ich bin keine Einbrecherin, falls Sie das meinen.“

„Sie benehmen sich aber so, und Sie sind so angezogen.“

„Trotzdem bin ich es nicht.“ Sie lehnte sich erschöpft gegen einen Baumstamm. „Und Sie?“

„Natürlich nicht“, antwortete er empört.

„Was meinen Sie mit *natürlich nicht*? Ist es vielleicht unter Ihrer Würde?“

„Ganz und gar nicht. Das heißt, ich wollte sagen …“ Er unterbrach sich und schüttelte verwirrt den Kopf. „Ja, was wollte ich eigentlich sagen?“

„Ich habe nicht die geringste Idee", entgegnete sie mit Unschuldsmiene.

„Ich bin kein Dieb." Er klang jetzt selbstbewusster. „Ich habe … Das alles sollte nur ein Streich sein. Mehr nicht."

„Verstehe." Sie legte den Kopf in den Nacken und musterte ihn skeptisch. Jordan bemerkte, wie zierlich sie war und wie weiblich. Er erinnerte sich an die Rundungen ihres Körpers, die sich gerade oben im Haus nahtlos an seinen geschmiegt hatten. Unvermittelt verspürte er ein beinahe schmerzhaftes Begehren. Er musste dieser Frau nur einen Schritt zu nahe kommen, und seine Hormone spielten verrückt.

Sicherheitshalber wich er etwas zurück und zwang sich, ihr ins Gesicht zu sehen, doch dank der Tarnfarbe konnte er so gut wie nichts erkennen. Aber an ihre Stimme würde er sich erinnern. Sie war tief und rau. *Diese Frau ist ganz bestimmt keine Engländerin*, dachte er. Vielleicht eine Amerikanerin?

Sie musterte ihn immer noch skeptisch. „Was haben Sie aus dem Kleiderschrank genommen?", fragte sie. „Gehörte das zu dem Streich?"

„Sie haben es … gesehen?"

„Aber sicher." Herausfordernd hob sie ihr Kinn. „Überzeugen Sie mich, dass es wirklich nur ein Streich war."

Seufzend griff er unter sein Jackett. Sofort drehte sich die Fremde um. Sie wollte fliehen. „Nein, nein, ist in Ordnung", beruhigte er sie. „Ich habe keine Waffe, nur einen Brustbeutel. Eine Art versteckter Rucksack." Er öffnete den Reißverschluss des Beutels. Sie beäugte ihn noch immer misstrauisch und aus sicherer Entfernung. „Es ist eigentlich ein bisschen pubertär", gestand er, während er an dem Beutel zerrte. „Aber immer gut für einen Lacher.“ Plötzlich kam der Inhalt zum Vorschein, die Frau schrie entsetzt auf. „Sehen Sie? Es ist keine Waffe.“ Er reichte ihr das Ding. „Es ist eine Gummipuppe. Wenn Sie sie aufblasen, sieht sie aus wie eine Frau.“

Vorsichtig trat sie einen Schritt vor und betrachtete die schlaffe Gummihülle. „Anatomisch korrekt?“, fragte sie ironisch.

„Ich bin mir nicht sicher. Ich meine …“ Er begann zu stottern, weil er plötzlich an ihre Anatomie denken musste, während er sie ansah. Er räusperte sich. „Ich habe nicht nachgesehen.“

Sie musterte ihn weiterhin skeptisch.

„Aber es ist ein Beweis dafür, dass es wirklich nur ein Streich war“, sagte er, während er die schlaffe Puppe in den Beutel zurückstopfte.

„Es beweist nur, dass Sie so schlau waren, eine Ausrede vorzubereiten, falls Sie erwischt werden“, stellte sie nüchtern fest. „Was in Ihrem Fall durchaus möglich war.“

„Und welche Entschuldigung haben *Sie* parat für den Fall, dass Sie erwischt worden wären?“

„Ich hatte nicht vor, mich erwischen zu lassen“, antwortete sie. Sie ging wieder los. „Alles lief reibungslos, bis Sie auftauchten.“

„Was lief reibungslos? Der Einbruch?“

„Ich habe Ihnen doch gesagt, dass ich keine Diebin bin.“

Er folgte ihr. „Und warum sind Sie dann bei Guy Delancey eingestiegen?“

„Um etwas zu beweisen.“

„Was denn?“

„Dass es möglich ist. Ich habe Mr. Delancey soeben bewiesen, dass er eine Alarmanlage braucht, und meine Firma wird sie ihm liefern."

„Sie arbeiten für eine Sicherheitsfirma?" Er lachte ungläubig. „Welche ist es?"

„Warum fragen Sie?"

„Mein künftiger Schwager arbeitet in der Branche. Vielleicht kennt er Ihre Firma."

Sie lächelte ihn an. Ihre Lippen forderten ihn geradezu dazu auf, die zu küssen. Ihre Zähne strahlten weiß im Mondlicht. „Ich arbeite für Nimrod", antwortete sie. Damit drehte sie sich um und ging.

„Warten Sie, Miss …"

Sie winkte ihm zum Abschied mit der behandschuhten Hand zu, ohne sich umzudrehen.

„Ich habe Ihren Namen nicht verstanden", rief er hinter ihr her.

„Und ich den Ihren nicht", antwortete sie über ihre Schulter. „Belassen wir's dabei."

Ihr blondes Haar glänzte noch kurz in der Dunkelheit, dann war die Fremde verschwunden. Jordan kam es so vor, als sei die Nacht plötzlich kälter und die Dunkelheit noch schwärzer geworden. Der einzige Hinweis darauf, dass diese Frau gerade noch vor ihm gestanden hatte, war seine Begierde, die er nach wie vor schmerzhaft spürte.

Ich hätte sie nicht gehen lassen dürfen, dachte er. *Ich weiß doch, dass sie eine Diebin ist.* Aber was hätte er tun können? Sie zur Polizei bringen und den Beamten erklären, dass er sie in Guy Delanceys Schlafzimmer geschnappt hatte, wo keiner von ihnen etwas zu suchen hatte?

Frustriert schüttelte er den Kopf und machte sich dann auf den langen Weg zu seinem Wagen, den er eine halbe

Meile von hier geparkt hatte. Er musste schleunigst zurück nach Chetwynd. Es war schon spät, vermutlich wurde er bereits auf der Party vermisst.

Wenigstens hatte er seinen Auftrag erfüllt und Veronicas Briefe für sie gestohlen. Er würde sie ihr zurückgeben und ihren Dank dafür, dass er ihre Haut gerettet hatte, huldvoll entgegennehmen. Seit Jahren schon holte er für sie die Kohlen aus dem Feuer, und das würde er ihr so auch in aller Deutlichkeit sagen.

Und anschließend wollte er sie erwürgen.

2. KAPITEL

Die Party auf Chetwynd war noch in vollem Gange. Durch die Fenster des Ballsaals drangen Gelächter, Geigenmusik und das Klingen von Champagnergläsern. Jordan stand auf der Einfahrt und überlegte, wie er sich am unauffälligsten wieder unter die Gäste mischen konnte. Sollte er die Hintertreppe wählen? Nein, dann musste er durch die Küche gehen und würde den Verdacht der Dienstboten erregen. Über die Rankhilfe in Onkel Hughs Schlafzimmer zu klettern, war auch keine Alternative, denn er hatte in dieser Nacht schon genug mit Kletterpflanzen gerungen. Er würde einfach durch die Vordertür hineingehen und hoffen, dass die anderen schon so vom Champagner berauscht waren, dass sie seinen derangierten Zustand nicht bemerkten.

Er richtete seine Fliege und bürstete die Spuren seines Ausflugs vom Jackett. Dann betrat er das Haus durch den Haupteingang.

Zu seiner Erleichterung war die Empfangshalle verwaist. Auf Zehenspitzen ging er an der Tür zum Ballsaal vorbei und stieg die geschwungene Treppe hinauf. Kaum hatte er den ersten Absatz erreicht, als ihn eine Stimme zusammenfahren ließ.

„Wo um alles in der Welt bist du gewesen?“

Er unterdrückte einen Seufzer und drehte sich um. Am Fuß der Treppe stand seine Schwester Beryl. Mit ihren geröteten Wangen sah sie noch entzückender aus als sonst. Sie hatte ihr schwarzes Haar zu einer eleganten Frisur getürmt und um den Kopf geschlungen, und das grüne Samtkleid betonte den schimmernden Glanz ihrer Schultern. Es tat ihr so gut, verliebt zu sein. Seit ihrer Verlobung mit Richard

Wolf vor einem Monat hatte Jordan sie kaum ohne ein Lächeln im Gesicht gesehen.

In diesem Moment lächelte sie allerdings nicht.

Verwundert betrachtete sie sein zerknittertes Jackett, seine verschmutzten Hosenbeine und seine schlammverkrusteten Schuhe. Sie schüttelte den Kopf. „Ich wage nicht zu fragen."

„Dann tu es auch nicht."

„Ich frage dich trotzdem, was passiert ist?"

Er drehte sich um und nahm die nächsten Stufen. „Ich bin spazieren gegangen."

„Mehr nicht?" Der Stoff ihres Kleides raschelte vernehmlich, als sie hinter ihm die Treppe hinaufeilte. „Erst willst du, dass ich diesen entsetzlichen Guy Delancey einlade, der, nebenbei bemerkt, den Champagner nur so in sich hineinschüttet und allen Damen an den Hintern greift. Und dann verschwindest du und tauchst in diesem Zustand wieder auf."

Er ging in sein Schlafzimmer.

Sie folgte ihm.

„Es war ein langer Spaziergang", erklärte er.

„Es war eine lange Party."

„Beryl." Seufzend drehte er sich zu ihr um. „Das mit Guy Delancey tut mir wirklich leid, aber ich kann im Moment nicht darüber reden. Ich würde einen Vertrauensbruch begehen."

„Ich verstehe." Sie ging zur Tür, drehte sich aber noch einmal zu ihm um. „Du weißt, dass ich ein Geheimnis für mich behalten kann."

„Ich kann es auch." Jordan lächelte. „Deshalb sage ich kein Sterbenswörtchen."

„Du solltest dich besser umziehen. Sonst fragt dich nachher noch jemand, warum du an Glyzinienranken herumgeklettert bist.“ Damit schloss sie die Tür hinter sich.

Jordan blickte an sich hinunter. Jetzt erst merkte er, dass er noch ein verräterisches Blatt übersehen hatte. Es steckte wie eine kleine Flagge in seinem Knopfloch.

Er zog einen sauberen Smoking an, kämmte sich die Zweige aus den Haaren und ging hinunter zu den Gästen.

Obwohl es bereits nach Mitternacht war, floss der Champagner weiterhin reichlich. Die Stimmung war immer noch so ausgelassen wie vor anderthalb Stunden, als er sich davongeschlichen hatte. Er schnappte sich ein Glas von einem Tablett, das herumgereicht wurde, und mischte sich unauffällig unter die Feiernden. Niemand kommentierte seine Abwesenheit, wahrscheinlich war sie keinem aufgefallen. Er schlenderte quer durch den Saal zum Büffet, das unter der Last der köstlichen Hors d’œuvres fast zusammenbrach, und wählte ein Stück schottischen Lachs. Einbrechen war anstrengend und machte ziemlich hungrig.

Als er ein Parfüm roch und eine Hand auf seinem Arm spürte, fuhr er herum und blickte in Veronica Cairncross’ fragende Augen. „Und? Wie ist es gelaufen?“

„Nicht ganz so reibungslos, wie geplant. Du hast dich im freien Abend des Butlers geirrt. Er war im Haus. Beinahe hätte er mich erwischt.“

„Oh nein“, stöhnte sie leise. „Dann hast du sie also nicht …“

„Doch. Sie sind oben.“

„Wirklich?“ Plötzlich strahlte sie übers ganze Gesicht. „Oh, Jordan!“ Sie beugte sich vor und umarmte ihn. Dabei schob sie sein Lachskanapee gefährlich nahe an seinen Smoking. „Du hast mir das Leben gerettet."

„Ich weiß, ich weiß", seufzte er. Dann sah er, wie Veronicas Mann Oliver auf sie zusteuerte, und löste sich schnell aus ihrer Umarmung. „Ollie kommt", flüsterte er.

„Wirklich?" Veronica drehte sich um. Als sie ihn sah, knipste sie ihr 1000-Watt-Lächeln für ihren Ehemann an.

„Offenbar fehle ich dir nicht besonders", brummte Sir Oliver. Stirnrunzelnd betrachtete er Jordan, als wollte er seine wahren Absichten erraten.

Armer Kerl, dachte Jordan. Jeder Mann, der mit Veronica verheiratet war, verdiente Mitleid. Sir Oliver war ein anständiger Kerl und Abkömmling der ehrbaren Cairncross-Familie, die seit Generationen erfolgreich Teegebäck produzierte. Obwohl er zwanzig Jahre älter war als seine Frau und kahlköpfig wie eine Billardkugel, hatte Veronica sein Werben erhört. Seitdem beglückte er sie mit Schmuck und Diamanten.

„Es ist schon spät, Veronica", sagte er. „Sollten wir nicht langsam nach Hause fahren?"

„Schon? Es ist doch erst kurz nach Mitternacht."

„Ich habe morgen früh eine Besprechung. Und ich bin ziemlich müde."

„Dann werden wir wohl gehen müssen", seufzte Veronica. Sie lächelte Jordan verschmitzt an. „Ich glaube, ich werde heute Nacht sehr gut schlafen."

Hoffentlich mit deinem Mann, dachte Jordan.

Nachdem sich die Cairncross verabschiedet hatten, blickte Jordan an sich hinunter und entdeckte ein Stückchen Lachs an seinem Revers. Mist! Noch ein versauter Smoking. Er versuchte den Fleck so gut wie möglich zu beseitigen, dann schnappte er sich sein Champagnerglas und tauchte wieder in der Menge unter.

Er entdeckte seinen zukünftigen Schwager und ging auf ihn zu. Richard Wolf stand neben der Band und sah so glücklich und beschwipst aus, wie es sich für einen baldigen Bräutigam gehörte.

„Und? Wie macht sich unser Ehrengast?“, fragte Jordan.

Richard grinste. „Zurzeit legt er eine Pause ein, was das Händeschütteln angeht.“

„Gute Idee. Man sollte mit seinen Kräften haushalten.“ Hinter Jordans Rücken erklang ein keckerndes Lachen, und er drehte sich um, um zu sehen, wer sich so amüsierte. Natürlich! Es war Guy Delancey, der schon einiges intus hatte und sich einer jungen vollbusigen Schönheit bis auf wenige Millimeter genähert hatte. „Leider ist nicht jeder hier der Ansicht, dass er mit seinen Kräften haushalten sollte“, stellte Jordan fest.

Auch Wolf beobachtete Guy Delancey. „Der Kerl hat tatsächlich versucht, Beryl anzubaggern, und das vor meinen Augen.“

„Hast du ihre Ehre verteidigt?“

Richard lachte. „Das brauchte ich nicht. Sie kann ihre Ehre sehr gut selbst verteidigen.“

Guy Delancey hatte seine Hand inzwischen auf den Rücken der drallen Schönheit gelegt und begann, sich langsam in tiefere, riskantere Regionen vorzuarbeiten.

„Was finden die Frauen nur an so einem Typen?“, fragte Richard.

„Vielleicht Sex-Appeal?“ Immerhin sah Delancey sehr südländisch und leicht verwegen aus. „Wer kann schon sagen, was Frauen zu gewissen Männern zieht?“ Weiß der

Himmel, was Veronica Cairncross so an Guy faszinierte! Aber jetzt war sie ihn los, und wenn sie klug war, würde sie den Pfad der Tugend von nun an nicht mehr verlassen. Oder sich zumindest sehr gut überlegen, mit wem sie auf den Seitenpfaden flanieren wollte.

Jordan sah Richard an. „Sag mal, hast du jemals etwas von einer Sicherheitsfirma namens *Nimrod* gehört?"

„Ist das ein heimisches oder ein ausländisches Unternehmen?"

„Keine Ahnung. Ich nehme an, die haben hier irgendwo ihren Sitz."

„Ich kenne sie nicht, aber ich kann mich gern für dich erkundigen."

„Würdest du das tun? Das wäre sehr nett."

„Warum interessiert dich diese Firma?"

„Ach ..." Jordan zuckte beiläufig mit den Schultern. „Der Name wurde heute Abend mal erwähnt."

Richard musterte ihn nachdenklich. Verdammt, Richard fuhr seine Antennen aus. Das lag an seiner Vergangenheit als Geheimagent und war eine Eigenschaft, die je nach Perspektive entweder hilfreich oder nervig war. Man konnte praktisch sehen, welche Fragen ihm durch den Kopf schossen. Jordan musste auf der Hut sein.

Glücklicherweise trat Beryl just in diesem Moment zu ihnen und küsste ihren Zukünftigen, worauf der alles um sich herum vergaß. Noch ein Kuss und eine Umarmung, und der arme Richard würde in seiner Fantasie versinken.

Ach, junge Liebende und ihre Hormone, die rund um die Uhr Achterbahn fahren, dachte Jordan und leerte sein Glas. Dank des prickelnden Champagners spürte er in dieser Nacht auch seine eigenen Hormone.

Seine Gedanken waren bei dieser Frau.

Er konnte sie sich einfach nicht aus dem Kopf schlagen. Ihre Stimme nicht und nicht ihr Lachen und schon gar nicht die katzenhafte Geschmeidigkeit, mit der sich ihr Körper unter ihm bewegt hatte …

Schnell stellte er sein Glas ab. Kein Champagner mehr heute Nacht! Die Erinnerung allein war berauschend genug. Er blickte sich nach dem Tablett mit Mineralwasser um und entdeckte seinen Onkel Hugh, der soeben den Ballsaal betrat.

Den ganzen Abend über hatte Hugh den charmanten Gastgeber und stolzen Onkel der künftigen Braut gespielt. Er hatte Champagner geschlürft und mit jungen Damen geflirtet, die seine Enkelinnen hätten sein können. Doch in diesem Moment wirkte er besorgt.

Schnurstracks steuerte er auf Guy Delancey zu und wechselte ein paar Worte mit ihm. Guy Delanceys Blick versteinerte sich, dann schob der Beau sein Kinn vor und verließ aufgebracht den Saal. Durch die Tür hörte man ihn laut nach seinem Wagen rufen.

„Was ist denn da los?“, wunderte sich Jordan.

Beryl, deren Wangen nach Richards Kuss auf entzückende Weise gerötet waren, drehte sich um, als Onkel Hugh auf sie zusteuerte.

„Dass dieser Abend so unerfreulich enden muss“, murmelte Hugh.

„Was ist denn passiert?“, fragte Beryl.

„Guy Delanceys Butler hat gerade angerufen und Einbrecher im Haus gemeldet. Offenbar ist jemand über den Balkon in das Schlafzimmer des Hausherrn eingestiegen. Man stelle sich nur diese Dreistigkeit vor. Der Butler war im Haus!“

„Ist denn etwas gestohlen worden?“, fragte Richard.

„Das weiß man noch nicht.“ Hugh schüttelte den Kopf. „Man bekommt fast ein schlechtes Gewissen, findet ihr nicht?“

„Ein schlechtes Gewissen?“ Jordan zwang sich zu einem Lachen. „Wieso denn das?“

„Hätten wir Delancey nicht eingeladen, hätte der Einbrecher keine Gelegenheit zu seinem Verbrechen gehabt.“

„Das ist doch lächerlich.“ Jordan klang entrüstet. „Der Einbrecher, ich meine, falls es überhaupt ein Einbrecher war …“

„Warum sollte es kein Einbrecher gewesen sein?“, fragte Beryl.

„Nun ja, man sollte keine voreiligen Schlüsse ziehen.“

„Natürlich war es ein Einbrecher“, sagte Hugh. „Wer sonst sollte in Guys Haus eindringen?“

„Es könnte doch auch eine andere Erklärung dafür geben, oder nicht?“

Niemand antwortete.

Jordan nippte lächelnd an seinem Mineralwasser. Doch die ganze Zeit über spürte er den Blick seiner Schwester auf sich. Sie musterte ihn.

Irgendwie – misstrauisch.

Das Telefon läutete schon, als Clea ihr Hotelzimmer betrat. Doch bevor sie zum Hörer greifen konnte, verstummte es wieder. Clea wusste, dass es gleich weitergehen würde. Tony kam gewiss vor Sorge beinahe um, dennoch war sie noch nicht bereit, mit ihm zu reden. Natürlich würde sie mit ihm sprechen müssen, aber zunächst musste sie sich von der Beinahe-Katastrophe dieser Nacht erholen und über ihre nächsten Schritte nachdenken. Und was Tony als Nächstes tun sollte.

Sie durchwühlte ihren Koffer und fand die kleine Flasche Brandy, die sie aus dem Flugzeug mitgenommen hatte. Im Badezimmer goss sie ein wenig davon in ein Wasserglas und starrte deprimiert auf ihr Spiegelbild. Im Auto hatte sie den größten Teil der Tarnfarbe aus ihrem Gesicht gewischt. Nur an den Schläfen und auf an einer Seite der Nase entdeckte sie noch dunkle Flecken. Sie drehte den Wasserhahn auf, befeuchtete einen Waschlappen und wischte die Spuren fort.

Das Telefon läutete erneut.

Mit dem Glas in der Hand ging sie ins Zimmer zurück und ergriff den Hörer. „Hallo?"

„Clea? Wie ist es gelaufen?", fragte Tony.

Sie ließ sich aufs Bett sinken. „Ich habe es nicht gefunden."

„Bist du ins Haus gekommen?"

„Natürlich bin ich ins Haus gekommen!" Sie merkte, wie schroff sie klang, und fuhr versöhnlicher fort: „Ich war nahe dran. So nahe dran! Als ich im Erdgeschoss nichts gefunden habe, bin ich in die erste Etage gegangen. Dort wurde ich allerdings gestört."

„Von Delancey?"

„Nein, ob du's glaubst oder nicht, von einem anderen Einbrecher!" Sie lachte erschöpft. „Delanceys Haus scheint bei Langfingern sehr beliebt zu sein."

Am anderen Ende der Leitung entstand ein langes Schweigen. Schließlich stellte Tony eine Frage, die ihr eine Gänsehaut über den Rücken trieb. „Bist du sicher, dass es ein Einbrecher war und nicht einer von Van Weldons Leuten?"

Bei der Erwähnung dieses Namens schlossen sich Cleas Finger fester um das Glas mit Brandy. „Nein", murmelte sie.

„Es wäre doch möglich, oder? Sie könnten herausbekommen haben, was du vorhast. Und jetzt sind *sie* hinter dem Auge von Kaschmir her."

„Sie können mir unmöglich gefolgt sein. Ich war so vorsichtig."

„Clea, du kennst diese Typen nicht ..."

„Natürlich kenne ich sie", blaffte sie zurück. „Ich weiß genau, mit wem ich es zu tun habe."

Nach einer Pause fuhr Tony freundlich fort. „Entschuldige bitte. Natürlich weißt du das, und sogar besser als jeder andere, aber ich habe meine Ohren aufgesperrt und das eine oder andere mitbekommen."

„Und was?"

„Van Weldon hat Freunde in London, sehr einflussreiche Freunde."

„Er hat überall Freunde."

„Ich habe auch gehört ..." Tony dämpfte seine Stimme, „dass sie den Einsatz erhöht haben. Du bist ihnen jetzt eine Million Dollar wert, Clea. Und zwar tot."

Ihre Hände zitterten, als sie ihr Glas an die Lippen führte und hastig einen Schluck Brandy trank. Tränen standen in ihren Augen, Tränen der Wut und der Verzweiflung. Sie blinzelte sie fort.

„Vielleicht solltest du dich doch noch mal an die Polizei wenden", schlug Tony vor.

„Den Fehler mache ich nicht noch einmal!"

„Was wäre die Alternative? Willst du für den Rest deines Lebens auf der Flucht bleiben?"

„Der Beweis existiert, ich muss ihn nur in die Hände bekommen. Dann *müssen* sie mir glauben."

„Alleine schaffst du das nicht, Clea."

„Und ob, da bin ich mir ganz sicher."

„Delancey wird erfahren, dass jemand eingebrochen ist. Er wird sein Haus in den nächsten vierundzwanzig Stunden absolut einbruchssicher machen."

„Dann werde ich einen anderen Weg finden, um hineinzukommen."

„Welchen?"

„Ich gehe einfach durch die Vordertür hinein. Du weißt, dass er eine Schwäche für Frauen hat."

Tony stöhnte. „Bloß nicht, Clea."

„Und ich weiß, wie ich ihn zu nehmen habe."

„Das glaubst aber auch nur du."

„Ich bin ein großes Mädchen, Tony. Mit einem Mann wie Guy Delancey werde ich schon fertig."

„Das macht mich ganz krank. Der Gedanke, dass du und er …", er schnaubte angewidert, „nein, ich gehe zur Polizei."

Entschlossen stellte Clea ihr Glas ab. „Tony", sagte sie streng. „Es gibt keine Alternative. Inzwischen kann ich endlich ein bisschen entspannen. Es wird bestimmt eine Woche oder länger dauern, bevor Van Weldon herausfindet, wo ich bin. Diese Zeit muss ich nutzen."

„Delancey ist möglicherweise nicht so leicht zu knacken."

„Für ihn bin ich bloß ein weiteres dummes Mäuschen, und ein reiches noch dazu. Das müsste sein Interesse erregen."

„Und wenn du sein Interesse *zu sehr* erregst?"

Clea schwieg. Schon allein bei dem Gedanken, mit diesem schmierigen Kerl ins Bett zu gehen, drehte sich ihr Magen um. Wenn sie Glück hatte, würde es nicht so weit kommen.

Sie nahm sich vor, dafür sorgen, dass es nicht so weit kam.

„Ich kriege das schon hin", versicherte sie. „Sperr du nur weiter deine Ohren auf. Finde heraus, ob sonst noch etwas zum Verkauf angeboten wird. Und halte dich im Hintergrund."

Clea legte den Hörer auf und blieb noch eine Weile auf dem Bett sitzen. Sie dachte an ihre letzte Begegnung mit Tony, damals in Brüssel. Sie waren beide so glücklich gewesen. Tony saß in seinem brandneuen Rollstuhl, der Sportversion, wie er sagte, für Oberkörperathleten. Er hatte vor Kurzem eine üppige Provision für den Verkauf von vier mittelalterlichen Wandteppichen an einen italienischen Industriellen erhalten. Clea wollte gerade nach Neapel aufbrechen, um den Verkauf zu besiegeln. Gemeinsam hatten sie nicht nur ihren Erfolg gefeiert, sondern auch darauf getrunken, dass sie einen Weg gefunden hatten, ihre deprimierende Jugend endgültig hinter sich zu lassen. Die trübselige Vergangenheit, durch die sie gemeinsam gegangen waren. Sie hatten gelacht, Wein getrunken und über die Männer in ihrem sowie die Frauen in seinem Leben geredet, und über die besonderen Probleme, die es mit sich brachte, als Rollstuhlfahrer um eine Frau zu werben. Anschließend hatten sie sich voneinander verabschiedet.

Nur einen Monat später war alles anders geworden.

Sie griff nach ihrem Glas und trank den letzten Schluck Brandy. Dann begann sie, ihren Koffer zu durchwühlen. Endlich fand sie, was sie suchte. Es war eine Schachtel mit den vielen Flaschen Haarcolorationen. Nachdenklich betrachtete sie die Frisur des Models auf einem Etikett und überlegte, ob sie nicht besser etwas Dezenteres wählen sollte. Aber nein, Guy Delancey war eher der Typ fürs Dramatische.

Mit „Zimtrot“ müsste sie ihr Ziel eigentlich erreichen.

„Ich habe mich nach einer Sicherheitsfirma namens ‚Nimrod‘ erkundigt“, berichtete Richard. „Ein Unternehmen mit diesem Namen gibt es nicht, jedenfalls nicht in England.“

Sie saßen trotz des vorangeschrittenen Jahres zu dritt beim Frühstück auf der Terrasse. Wie immer kuschelten Beryl und Richard eng zusammen, sie kicherten und warfen einander verliebte Blicke zu. Kurz, sie verhielten sich so, wie man es von einem frisch verlobten Paar erwartete. Vielleicht saßen sie auch nur so eng beieinander, weil es sich empfindlich abgekühlt hatte. *Der Sommer ist endgültig vorbei*, dachte Jordan bedauernd. Aber die Sonne schien, die Pflanzen hielten hartnäckig an ihren Blüten fest und ein stärkendes Frühstück war genau das Richtige, um die letzten Nebelschwaden aus seinem Kopf zu vertreiben, die der Champagner der vergangenen Nacht in seinem Kopf hervorgerufen hatte.

Nach zwei Tassen Kaffee begann Jordans Gehirn jedenfalls wieder normal zu arbeiten. Jordan wusste, dass sein schwerer Kopf nicht allein dem Champagner, sondern auch dem Schlafmangel geschuldet war. Mehrmals war er nachts schweißgebadet aus dem immer gleichen Traum aufgeschreckt.

Er hatte von dieser Frau geträumt. Ihr Gesicht, das er in

der Dunkelheit nicht sehen konnte, war umgeben von einem Heiligenschein aus goldschimmerndem Haar. In seinem Traum streckte sie den Arm aus und streichelte sein Gesicht. Ihr Körper war warm und willig. Als sich ihre Lippen trafen und seine Hand durch ihre goldfarbenen Locken fuhr, drängte sie sich so eng an ihn, dass er ihre Rundungen spürte. Dann begannen sie verführerisch zu tanzen. Er sah ihr tief in die Augen. Es waren die Augen eines Panthers.

Jetzt, im hellen Tageslicht, verstand er die Symbolik. Panther. Gefährliche Frauen.

Er verdrängte das Bild aus seinem Kopf und goss sich noch eine Tasse Kaffee ein.

Beryl biss ein winziges Stück von ihrem Marmeladentoast ab. Die ganze Zeit über hatte sie ihn schon beobachtet. „Sag mal, Jordan“, begann sie, „wer hat dir eigentlich von dieser Firma namens Nimrod erzählt?“

„Was?“ Jordan sah seine Schwester verwirrt an. Das schlechte Gewissen stand ihm ins Gesicht geschrieben. „Ach, ich weiß gar nicht mehr … Ist schon eine Weile her.“

„Ich dachte, du hättest gestern Abend zum ersten Mal davon gehört?“

Rasch griff Jordan nach einer Scheibe Toast. „Ja, kann sein, so war es. Ich glaube, Veronica hat den Namen erwähnt.“

Beryl ließ ihn nicht aus den Augen. Das hatte man nun davon, dass man ein so enges Verhältnis zu seiner Schwester hatte! Sie spürte sofort, wenn er ihr etwas verheimlichte.

„Mir ist aufgefallen, dass ihr beide euch in letzter Zeit sehr gut versteht, du und Veronica Cairncross“, sagte sie scheinheilig.

„Nun ja." Sein Lachen klang etwas gezwungen. „Wir pflegen eben unsere Freundschaft."

„Ich meine mich daran zu erinnern, dass es mal mehr als nur Freundschaft war."

„Das ist schon ewig her."

„Ja. Bevor sie geheiratet hat."

Jordan gab sich erstaunt. „Du glaubst doch nicht etwa … um Himmels willen, meinst du wirklich …?"

„Du benimmst dich in letzter Zeit so *seltsam*. Ich versuche nur herauszubekommen, was mit dir los ist."

„Gar nichts. Ich meine, es ist alles in Ordnung mit mir." *Abgesehen von dem Umstand, dass ich seit Kurzem ein Krimineller bin,* dachte er.

Er verschluckte sich beinahe an einem nur noch lauwarmen Kaffee, als Richard sagte: „Schaut mal, die Polizei."

Ein Streifenwagen rollte über die Einfahrt des Chetwynd-Grundstücks und blieb auf dem Kiesweg vor der Haustür stehen. Constable Glenn, der in seiner Uniform wie aus dem Ei gepellt aussah, stieg aus und winkte dem Trio zu.

Als der Polizist die Stufen hinaufschritt, dachte Jordan unwillkürlich daran, dass sein Ende nahte. *Jetzt lande ich also im Gefängnis. Mein Gesicht prangt auf den Titelseiten aller Zeitungen, mein Name wird durch den Schmutz gezogen …*

„Ich wünsche Ihnen allen einen wunderschönen guten Morgen", begann Constable Glenn fröhlich. „Darf ich fragen, ob Lord Lovat in der Nähe ist?"

„Sie haben ihn soeben verpasst", antwortete Beryl. „Onkel Hugh ist für den Rest der Woche nach London gefahren."

„Oh. Nun ja, dann sollte ich wohl mit Ihnen reden."

„Setzen Sie sich doch.“ Lächelnd deutete Beryl auf einen Stuhl. „Möchten Sie nicht mit uns frühstücken?“

Na toll, dachte Jordan. Was würde sie ihm als Nächstes anbieten? Tee? Kaffee? Ihren Bruder, den Dieb?

Constable Glenn nahm Platz und lächelte etwas verunsichert, als Beryl ihm eine Tasse Kaffee vorsetzte. Er trank vorsichtig einen Schluck und achtete darauf, dass sein Schnurrbart nicht feucht wurde. „Ich nehme an“, sagte er, „dass Sie von dem Einbruch in Mr. Delanceys Haus erfahren haben?“

„Wir haben gestern Abend davon gehört“, bestätigte Beryl. „Haben Sie eine Spur?“

„Ja, die haben wir in der Tat. Und wir glauben zu wissen, womit wir es hier zu tun haben.“ Lächelnd blickte Constable Glenn in Jordans Richtung.

Jordan lächelte gequält zurück.

„Dank ausgezeichneter Polizeiarbeit, nehme ich an“, sagte Beryl.

„Nun ja, nicht wirklich“, gestand der Constable. „Es handelt sich eher um eine Unvorsichtigkeit seitens des Einbrechers. Sie hat ihre Mütze verloren. Wir haben sie in Mr. Delanceys Schlafzimmer gefunden.“

„*Sie?*“, fragte Richard. „Sie meinen, der Einbrecher war eine Frau?“

„Wir gehen davon aus. Natürlich können wir uns irren, aber in der Mütze haben wir sehr lange blonde Haare gefunden. Sie müssen ihr oder ihm bis über die Schultern fallen. Klingt das nach jemandem, den Sie kennen?“ Wieder sah er Jordan an.

„Nicht dass ich wüsste“, antwortete dieser eine Spur zu schnell. „Das heißt … in unserem Bekanntenkreis gibt es tatsächlich einige Blondinen, aber sie sind alle keine Einbrecherinnen."

„Es könnte wirklich jeder sein. Oder jede. Wirklich jede. Es ist nicht der erste Einbruch in der Gegend. In diesem Jahr haben wir bereits drei aufgenommen. Der Täter könnte durchaus ein Bekannter sein. Sie würden staunen, wenn Sie wüssten, wie viele Straftaten selbst in Ihren Kreisen begangen werden, Mr. Tavistock."

Jordan räusperte sich. „Das möchte ich mir gar nicht vorstellen."

„Diese Frau, wer immer sie auch sein mag, ist ziemlich mutig. Sie drang durch eine verschlossene Tür im Erdgeschoss ins Haus ein, schlich sich unbemerkt in die erste Etage und wurde erst dort unvorsichtig und laut, bevor sie in die Flucht getrieben wurde."

„Ist etwas gestohlen worden?", wollte Beryl wissen.

„Soweit Mr. Delancey weiß, nein."

Guy Delancey hat den Verlust der Briefe also nicht gemeldet, dachte Jordan. Oder er hatte ihn noch nicht bemerkt.

„Dieses Mal ist sie uns entwischt", fuhr Constable Glenn fort. „Aber vielleicht schlägt sie noch einmal zu. Ich bin hier, um Sie zu warnen. Verbrechen wie diese ereignen sich wellenartig, verstehen Sie? Die Täter wählen eine bestimmte Gegend aus und schlagen immer wieder zu. Mr. Delanceys Haus liegt nicht so weit von hier entfernt. Möglich, dass es die Täter auch auf Chetwynd abgesehen haben." Er sprach mit der Gewissheit eines Mannes, der wusste, wie das Gehirn eines Kriminellen tickt. „Ein Anwesen Ihrer Größe stellt durchaus eine Versuchung dar." Wieder sah er Jordan direkt ins Gesicht.

Und wieder beschlich Jordan das Gefühl, dass der gute Glenn mehr wusste, als er zugeben wollte. *Oder spielt mir nur mein schlechtes Gewissen einen Streich?*

Constable Glenn erhob sich und wandte sich an Beryl. „Würden Sie Lord Lovat meine Bedenken bitte übermitteln?"

„Selbstverständlich", antwortete Beryl. „Aber hier wird bestimmt nichts passieren. Wir haben schließlich einen Sicherheitsexperten im Haus." Sie warf Richard ein strahlendes Lächeln zu. „Und er ist ausgesprochen vertrauenswürdig."

„Ich werde mich im Haus umschauen", versprach Richard, „und dort, wo es nötig ist, nachrüsten."

Constable Glenn nickte zufrieden. „Dann wünsche ich noch einen schönen Tag. Ich werde Sie auf dem Laufenden halten."

Sie sahen dem Constable nach, als er lässig zu seinem Wagen schlenderte. Während das Polizeiauto auf die baumbestandene Straße rollte, sagte Richard: „Warum wollte er uns wohl persönlich warnen?"

„Um Onkel Hugh einen Gefallen zu tun, nehme ich an", entgegnete Beryl. „Constable Glenn war vor Jahren als *Beobachter* beim MI6 im Bereich innere Sicherheit tätig. Vermutlich fühlt er sich dem Team immer noch zugehörig."

„Trotzdem habe ich das Gefühl, dass mehr dahintersteckt."

„Eine Diebin", sagte Beryl nachdenklich. „Meine Güte, wie weit sind wir gekommen!" Plötzlich musste sie lachen. „Gut, dass es eine *sie* ist."

„Wieso?", fragte Richard.

„Ach, du findest mich bestimmt albern, wenn ich es dir sage."

„Sag es trotzdem."

„Weißt du, nach gestern Abend dachte ich … nun ja, ich wurde auf einmal den Gedanken nicht mehr los …" Sie lachte immer ausgelassener. Sie warf sich lachend in den Stuhl zurück und legte die Hand vor den Mund. „Ich dachte, *Jordan* könnte der Einbrecher sein."

Nun brach auch Richard in schallendes Gelächter aus. Wie zwei alberne Schulkinder lehnten sie sich aneinander und kriegten sich nicht mehr ein.

Jordan biss derweil seelenruhig von seinem Toast ab. Obwohl seine Kehle plötzlich staubtrocken war, gelang es ihm irgendwie, die Krümel hinunterzuschlucken. „Ich weiß nicht, was daran so komisch sein soll", sagte er.

Als sie seinen indignierten Gesichtsausdruck sahen, lachten sie noch mehr.

Clea entdeckte Guy Delancey auf dem Weg zum Erfrischungszelt. In der Dreiminutenpause zwischen dem dritten und dem vierten Chukker verließen zahlreiche Besucher des Polospiels die Tribüne, sodass Clea Guy Delancey kurz aus den Augen verlor. Sie geriet in Panik, weil sie fürchtete, alles könnte umsonst gewesen sein. Am Morgen hatte sie sich ganz diskret im Dorf nach kulturellen Ereignissen erkundigt und dabei erfahren, dass der größte Teil der besseren Gesellschaft am heutigen Nachmittag das Polospiel verfolgen werde. Mit dem Wissen rief sie bei Delancey an. Sie gab sich als Lady Soundso aus und fragte den Butler, ob Guy Delancey ihre Verabredung zum Polospiel wie versprochen einhalten werde.

Der Butler versicherte es ihr.

Doch beim Spiel brauchte sie eine Stunde, um ihn in der Menge ausfindig zu machen. Jetzt wollte sie ihn nicht mehr verpassen.

Entschlossen bahnte sie sich ihren Weg durch die erlesen gekleideten Besucher. Clea rümpfte die Nase. Der Geruch nach feuchtem Gras, schwitzenden Pferden und Pferdeäpfeln wetteiferte mit dem Duft teuren Parfüms. Mit einem geradezu majestätischem Selbstbewusstsein, das Clea sehr überzeugend darzustellen wusste, betrat sie das grün-weiß gestreifte Zelt und ließ ihren Blick über die betuchten Besucher schweifen. Auf Dutzenden von mit weißen Leinentüchern bedeckten Tischen standen silberne, eisgefüllte Champagnerkübel, und junge Mädchen mit rosigen Gesichtern und gestärkten Schürzen liefen mit vollbeladenen Tabletts umher. Die Damen trugen ebenso ausladende wie ausgefallene Hüte und unterhielten sich in bestem Oxford-Englisch. Plötzlich verunsichert blieb Clea stehen. Himmel, so etwas würde sie niemals schaffen.

Sie entdeckte Delancey an der Bar, allein und mit einem Drink in der Hand. *Jetzt oder nie,* dachte sie.

Sie schlenderte hinüber zur Theke und stellte sich neben Delancey, ohne ihn eines Blickes zu würdigen. Sie schien nur Augen für den jungen Mann hinter der Bar zu haben.

„Ein Glas Champagner“, sagte sie.

„Champagner, kommt sofort“, erwiderte der Barmann.

Während sie auf ihr Getränk wartete, spürte sie, wie Guy Delanceys sie musterte. Beiläufig wandte sie sich um, sodass sie ihm beinahe, aber eben nicht direkt, ins Gesicht blicken konnte. Er sah sie tatsächlich an.

Der Barkeeper schob ihr das Glas zu. Sie nahm einen Schluck und seufzte gelangweilt. Dann fuhr sie sich mit den Fingern langsam durch ihre rote Haarmähne.

„Es war ein langer Tag, nicht wahr?"

Clea musterte Guy Delancey von der Seite. Er war makellos gebräunt und trug einen perfekt sitzenden herbstroten Kaschmirmantel. Obwohl immer noch groß und breitschultrig, zeigte sein Gesicht Ansätze von Hängebacken, und die Hand, mit der er sein Whiskyglas hielt, zitterte leicht. *Was für eine Verschwendung,* dachte sie und warf ihm ein betörendes Lächeln zu.

„Es war wirklich ein langer Tag." Sie holte tief Luft und trank einen weiteren Schluck. „Ich mag einfach keine Flugzeuge. Und meine Freunde sind auch nicht gekommen, obwohl sie es versprochen hatten."

„Sie sind gerade erst angekommen? Wo waren Sie denn davor?"

„Paris. Ich wollte dort eigentlich ein paar Wochen Urlaub machen, aber dann habe ich mich entschlossen, die Zeit zu verkürzen. Die Leute sind so unfreundlich dort."

„Ich war im letzten Monat dort. Habe mich auch überhaupt nicht willkommen gefühlt. Ich empfehle Ihnen die Provence. Dort ist man sehr viel zuvorkommender."

„Provence? Ich werde es mir merken."

Er rückte ein wenig näher. „Sie kommen nicht aus England, stimmt's?"

Sie lächelte geziert. „Hört man das?"

„Ihr Akzent klingt … amerikanisch?"

„Sie haben ein ausgezeichnetes Gehör." Dank ihrer Worte schien er um einige Zentimeter zu wachsen. „Es stimmt, ich bin Amerikanerin. Aber ich lebe schon eine ganze Weile in

London. Genau genommen seit dem Tod meines Ehemannes …"

„Oh." Er neigte mitfühlend den Kopf. „Das tut mir leid."

„Er war zweiundachtzig." Sie trank einen Schluck und sah ihn über den Rand ihres Glases an. „Seine Zeit war gekommen."

Sie konnte seine Gedanken förmlich lesen. *Ein stinkreicher alter Mann, zweifellos. Warum sonst sollte ein so junges hübsches Ding ihn heiraten? Dann ist sie also eine reiche Witwe …*

Er trat noch ein wenig näher. „Sagten Sie, Ihre Freunde wollten Sie hier treffen?"

„Ja, aber sie sind nicht erschienen." Sie warf ihm einen hilflosen Blick zu und seufzte. „Ich habe den Zug von London genommen. Wir wollten zusammen zurückfahren. Nun, jetzt werde ich auch zurück den Zug nehmen müssen."

„Das ist doch nicht nötig." Er lächelte. „Halten Sie mich bitte nicht für aufdringlich, aber wenn Sie wollen, würde ich Sie gerne ein wenig herumführen. Das Dorf ist entzückend."

„Das kann ich nicht annehmen."

„Ich bitte Sie! Es wäre mir ein Vergnügen. Ich weiß nämlich selbst nicht so recht, was ich mit dem Rest des Tages anfangen soll. Nach dem Polospiel wollte ich eigentlich in den Club fahren. Aber plötzlich bietet sich mir eine viel reizvollere Alternative …"

Sie sah ihn an, als überlegte sie, ob sie ihm vertrauen könnte. „Ich kenne ja nicht einmal Ihren Namen", protestierte sie schwach.

Er hielt ihr die Hand hin. „Guy Delancey. Erfreut, Ihre Bekanntschaft zu machen. Und Sie sind …?“

„Diana.“ Sie schüttelte die ausgestreckte Hand und bedachte ihn mit ihrem bezauberndsten Lächeln. „Diana Lamb.“

3. KAPITEL

Der vierte Chukker lief bereits drei Minuten, als Oliver Cairncross auf seinem weißfüßigen Rotschimmel in vollem Galopp seinen Schläger schwang und den Ball mit voller Wucht zwischen die Malstangen peitschte. Ein weiterer Punkt für die Jungs von Buckinghamshire! Tosender Applaus brandete von den Zuschauertribünen über das Spielfeld. Sir Oliver bedankte sich, indem er seinen Helm absetzte und den kahlen Schädel theatralisch verneigte.

„Sieh dir das nur an", murmelte Veronica. „Sie sind wie kleine Kinder, die mit ihren Stöcken auf Bälle eindreschen. Werden sie denn nie erwachsen?"

Sir Oliver setzte seinen Helm wieder auf und winkte seiner Frau auf der Tribüne zu. Mit einem Stirnrunzeln nahm er zur Kenntnis, dass sie sich an Jordan lehnte.

„Oh nein!" Veronica seufzte. „Er hat dich gesehen." Sofort stand sie auf und winkte mit dem stolzen Lächeln einer Ehefrau zurück. Als sie sich wieder hinsetzte, seufzte sie: „Er ist so was von misstrauisch."

Jordan stutzte. „Er glaubt doch nicht etwa, dass du und ich …?"

„Du bist ein alter Freund, da ist es doch klar, dass er sich so seine Gedanken macht."

Natürlich tut er das, dachte Jordan. Jeder Mann, der mit Veronica verheiratet war, würde wahrscheinlich rund um die Uhr an ihrer Treue zweifeln.

Der Ball wurde geworfen. Das Donnern von Hufen und das Klacken eines Schlägers verkündeten die Fortsetzung des Spiels.

Veronica beugte sich zu Jordan hinüber. „Hast du sie

mitgebracht?“, flüsterte sie.

„Wie abgemacht.“ Er griff in seine Jackentasche und zog das Bündel Briefe heraus.

Sofort riss sie es ihm aus der Hand. „Du hast sie doch nicht etwa gelesen?“

„Natürlich nicht!“

„Ein echter Gentleman!“ Sie kniff ihm neckisch in die Wange. „Und du versprichst, mit niemandem darüber zu reden?“

„Mit keiner Menschenseele. Aber das war jetzt wirklich das letzte Mal, Veronica. Von jetzt an sei bitte diskret. Oder noch besser: Halte dich an dein Eheversprechen.“

„Oh, das werde ich“, versicherte sie ihm eifrig. Dann erhob sie sich und steuerte auf den Gang zu.

„Wo willst du hin?“, rief er ihr nach.

„Ich werde sie die Toilette hinunterspülen.“ Fröhlich winkte sie ihm zum Abschied zu. „Ich rufe dich an, Jordan!“ Als sie sich umdrehte, stieß sie gegen einen breitschultrigen Mann. Sofort blieb sie stehen und betrachtete ihn mit unverhohlenem Interesse.

Jordan schüttelte angewidert den Kopf und konzentrierte sich wieder auf das Polospiel. Reiter und Pferde donnerten an ihm vorbei und jagten den lächerlichen Gummiball über das Feld. Mit schwingenden Schlägern ritten sie kreuz und quer, ein Haufen schwitzender Männer und Pferdefleisch. Jordan war nie ein großer Fan dieser Sportart gewesen. Er hatte sie nur wenige Male gespielt, doch jedes Mal zahlreiche Verletzungen davongetragen. Er vertraute keinem Pferd, und die Pferde vertrauten ihm nicht, und beim unvermeidlichen Kampf um Autorität hatten diese Kreaturen einen Vorteil von rund siebenhundert Pfund.

Vier weitere Chukker waren noch zu spielen, aber Jordan hatte genug. Er verließ die Zuschauertribüne und steuerte auf das Erfrischungszelt zu.

Er schlenderte zur Weinbar und bestellte ein Glas Sodawasser. In der vergangenen Woche hatte er genug gefeiert und war jeden Morgen mit einem Brummschädel aufgewacht.

Er trank einen Schluck und hielt Ausschau nach einem freien Tisch. In einer Ecke entdeckte er einen. Während er näher ging, erkannte er, dass Guy Delancey am Nebentisch saß und ihm gegenüber, mit dem Rücken zu Jordan, saß eine Frau mit einer fantastischen roten Mähne. Das Paar schien in eine sehr intime Unterhaltung vertieft, und Jordan wollte sie nicht stören. Er ging an ihnen vorbei und nahm am Nachbartisch Platz. Dabei schnappte er ein paar Wörter ihres Gesprächs auf.

„Das ist genau der richtige Ort, um seine Probleme zu vergessen", sagte Guy gerade. „Sonne, feinsandige Strände, Kellner, die jeden Ihrer Wünsche erfüllen. Wollen Sie mich nicht dahin begleiten?"

Die Frau lachte ein raues, kehliges Lachen. Irgendwie kam es Jordan bekannt vor. „Halten Sie das nicht für etwas überstürzt, Guy?", fragte sie. „Ich meine, wir haben uns gerade erst kennengelernt, und Sie wollen jetzt schon mit mir in die Karibik fliegen!"

Jordan drehte sich langsam um und starrte die Frau an. Üppiges zimtfarbenes Haar fiel in ihr Gesicht und machte ihre Züge weicher. Sie hatte eine helle, zarte Haut, die leicht rosig schimmerte. Sie war keine klassische Schönheit, aber in ihren dunklen Augen, die sich katzengleich über fein geschwungene Wangenknochen von rechts nach links bewegten, lag etwas Hypnotisches. *Katzenaugen,* dachte er. *Die Augen eines Panthers.*

Sie war es. Sie musste es sein.

Sie schien zu spüren, dass sie beobachtet wurde, denn sie hob den Kopf und blickte zu Jordan hinüber. Als sich ihre Blicke trafen, erstarrte sie. Selbst das Rouge konnte die plötzliche Blässe ihrer Wangen nicht verbergen. Regungslos sah er sie an, und sie erwiderte den Blick. Beide waren gleichermaßen schockiert über das gegenseitige Wiedererkennen.

Und jetzt? fragte sich Jordan. Sollte er Guy Delancey warnen? Oder die Frau hier und jetzt zur Rede stellen? Aber was sollte er sagen? *Guy, alter Knabe, das ist die Frau, die ich in Ihrem Schlafzimmer getroffen habe, als ich bei Ihnen eingestiegen bin …*

Jetzt drehte sich auch Guy Delancey um. „Hallo, Jordan!", begrüßte er ihn fröhlich. „Ich habe gar nicht bemerkt, dass Sie hinter mir sitzen."

„Ich … ich wollte nicht stören." Jordan ließ die Frau nicht aus den Augen. Sie war noch immer kreidebleich. Hastig griff sie nach ihrem Glas und trank einen Schluck. Es wirkte geradezu verzweifelt.

Guy bemerkte Jordans Blick. „Kennt ihr euch?", fragte er.

Beide antworteten wie aus einem Mund.

„Ja", sagte Jordan.

„Nein", sagte die Frau.

Guy runzelte die Stirn. „Ihr seid euch nicht sicher?"

Bevor Jordan antworten konnte, ergriff die Frau das Wort. „Er meint, dass wir uns schon einmal *gesehen* haben. Es war doch vergangene Woche auf der Auktion bei

Sotheby's, nicht wahr? Aber wir sind einander noch nicht wirklich vorgestellt worden." Sie blickte Jordan warnend an.

Was für ein unverfrorenes Luder, dachte er.

„Dann möchte ich euch miteinander bekannt machen", sagte Guy. „Das ist Lord Lovats Neffe, Jordan Tavistock. Und dies ist ..." Mit einer stolzen Handbewegung deutete Guy auf die Frau, „... Diana Lamb."

Die Frau hielt Jordan die Hand entgegen, als er mit seinem Stuhl zu ihrem Tisch rückte. „Erfreut, Sie kennenzulernen, Mr. Tavistock."

„Ihr beide habt euch also bei Sotheby's gesehen", fasste Guy zusammen.

„Ja. Eine schrecklich enttäuschende Sammlung", sagte sie. „Der St.-Augustine-Nachlass. Ich hatte gedacht, dass es wenigstens *etwas* gibt, auf das ich bieten könnte, aber ich wurde enttäuscht." Wieder sah sie Jordan direkt in die Augen. „Oder haben Sie etwa ein Gebot abgegeben?"

Sie lüpfte eine Augenbraue. *Wenn Sie auch nur ein Sterbenswörtchen verraten,* drohte dieser Blick, *dann werde ich das auch tun.*

„Ja, haben Sie?", hakte Guy nach.

„Nein", murmelte Jordan. Er musterte die Frau durchdringend. „Nicht ein einziges."

Nach dieser Kapitulation strahlte ihn Diana förmlich an. Jordan musste sich wohl oder übel eingestehen, dass diese erste Runde an sie gegangen war. Bei der nächsten würde sie nicht so viel Glück haben. Er würde die richtigen Worte finden und sich eine gute Strategie zurechtlegen ...

„... schreckliches Sammelsurium. Geradezu mitleiderregend. Finden Sie nicht auch?", fragte Guy.

Jordan zuckte zusammen und sah Guy an. „Wie bitte?"

„All diese Besitztümer, die im Moment ziemlich schwere Zeiten durchmachen. Wussten Sie zum Beispiel, dass die Middletons sich dazu durchgerungen haben, ihr Anwesen für Touristen zu öffnen?"

„Davon habe ich nichts gehört", antwortete Jordan.

„Himmel, können Sie sich vorstellen, wie demütigend das sein muss? All diese Fremden, die durchs Haus trampeln und das Klo fotografieren. So tief würde ich niemals sinken."

„Manchmal bleibt einem keine andere Wahl."

„Man hat immer eine Wahl, oder würden Sie Touristen durch Chetwynd laufen lassen?"

„Nein, natürlich nicht."

„Ich würde ihnen auch keinen Zutritt zu Underhill gestatten. Außerdem gibt es ja noch dieses Sicherheitsproblem, das mir nach dem Einbruchsversuch in der vergangenen Nacht sehr am Herzen liegt. Die Leute können behaupten, harmlos zu sein, aber in Wahrheit sind sie Diebe, die sich in aller Ruhe umschauen wollen."

„In diesem Punkt gebe ich Ihnen völlig recht", pflichtete Jordan ihm bei. Er sah die Frau an. „Man kann nicht vorsichtig genug sein."

Die kleine Diebin zuckte nicht einmal mit der Wimper. Sie lächelte ihn nur mit großen, unschuldigen braunen Augen an.

„Das kann man wirklich nicht", wiederholte Guy. „Und für Sie gilt das in besonderem Maße. Wenn ich an all die Kunstschätze denke, die bei Ihnen an den Wänden hängen!"

„Kunstschätze?" Die Frau kniff die Augen zusammen.

„Ich würde es nicht unbedingt *Schätze* nennen", entgegnete Jordan rasch.

„Er ist zu bescheiden“, sagte Guy. „Chetwynd verfügt über eine Sammlung, für die jeder Museumsdirektor einen Mord begehen würde.“

„Die Gegenstände sind gesichert“, konterte Jordan. „Und zwar extrem gesichert.“

Das Luder lachte. „Das glaube ich Ihnen gern, Mr. Tavistock.“

„Das will ich doch hoffen.“

„Ich würde Chetwynd gern einmal besuchen.“

„Bleiben Sie in meiner Gesellschaft, meine Liebe“, schmeichelte Guy. „Vielleicht können wir irgendwann eine Einladung ergattern.“

Er drückte die Hand der Frau und erhob sich. „Was halten Sie davon, wenn ich den Wagen kommen lasse? Wenn wir jetzt fahren, können wir den Stau auf dem Parkplatz vermeiden.“

„Ich komme mit Ihnen“, erbot sie sich.

„Nein, nein. Trinken Sie ruhig Ihr Glas aus. Ich hole Sie ab, sobald der Wagen abfahrbereit ist.“ Er drehte sich um und verschwand in der Menge.

Die Frau setzte sich wieder. Sie sah Jordan offen ins Gesicht. Und lächelte.

Charles Ogilvie erblickte die Frau vom Erfrischungszelt aus. Sie musste es sein, die Farbe ihres Haares war unverwechselbar. „Zimtrot“ war genau das richtige Wort für diese prächtige Mähne, die Haarcoloration hatte gehalten, was die Verpackung versprach. Charles Ogilvie hatte die leere Flasche im Abfalleimer des Badezimmers gefunden, als er am Morgen das Hotelzimmer der Frau durchsucht hatte. Die Haarsträhnen an ihrer Bürste bestätigten seine Vermutung. Miss Clea Rice hatte ihr Aussehen wieder einmal im Handumdrehen verändert. Darin wurde sie immer besser. Zweimal hatte sie ihn schon an der Nase herumgeführt und er so beinahe ihre Spur verloren.

Aber so geschickt, dass sie ihn ganz abschütteln konnte, war sie dann doch nicht. Seine Erfahrung geriet ihm immer wieder zum Vorteil, und ihr Nachteil war, dass sie nicht wusste, wie er aussah.

Betont gleichgültig schlenderte er näher zum Zelt, um sie besser in Augenschein zu nehmen. Er musste wissen, ob sie tatsächlich Clea Rice war. Sie hatte viel Lippenstift und Rouge aufgetragen, dennoch erkannte er die fein geschwungenen Wangenknochen und die elfenbeinfarbene Haut. Auch an ihren Tischpartner Guy Delancey, der gerade aufgestanden war und in der Menge verschwand, erinnerte er sich sofort.

Es war der andere Mann, den er nicht einzuordnen wusste.

Er war blond, groß, schlank wie ein Windhund und wie aus dem Ei gepellt. Der Mann nahm auf dem Stuhl Platz, auf dem Delancey gerade noch gesessen hatte, und sah der Frau ins Gesicht. An der Art, wie sie einander ansahen, erkannte Charles Ogilvie, dass sie einander nicht fremd waren. Es beunruhigte ihn. Wer war dieser blonde Mann? In der Akte der Frau tauchte er nicht einmal auf, obwohl sie sich hier wie alte Bekannte unterhielten.

Ogilvie nahm die Schutzkappe von seinem Fotoapparat und schlenderte hinter die Weinbar, von wo er seine Fotos unbeobachtet schießen konnte. Er fokussierte das Objektiv auf das Profil des blonden Mannes und drückte ein paarmal auf den Auslöser. Anschließend machte er einige Bilder von

Clea Rice. *Hat sie einen neuen Partner?* fragte er sich. Meine Güte, sie war wirklich gewieft. Nachdem er sie nun drei Wochen lang beobachtet hatte, kam er nicht umhin, ihre Klugheit zu bewundern.

Aber war sie klug genug, um am Leben zu bleiben?

Er legte einen neuen Film in die Kamera und fotografierte weiter.

„Ihre Haarfarbe gefällt mir", sagte Jordan.

„Danke", antwortete die Frau.

„Allerdings ist sie ein bisschen auffällig, finden Sie nicht? Damit erregen Sie viel Aufmerksamkeit."

„Das ist beabsichtigt."

„Ach so, verstehe. Guy Delancey."

Sie neigte den Kopf. „Manche Männer sind so vorhersehbar."

„Es ist fast schon unfair, nicht wahr? Aber es ist ein Vorteil, den Sie über diese dummen Kreaturen haben."

„Warum sollte ich meine gottgegebenen Talente nicht zum Besten nutzen?"

„Ich glaube nicht, dass Sie sie in seinem Sinne nutzen." Jordan blickte vielsagend zum Himmel, rutschte auf seinem Stuhl zurück und hielt ihrem durchdringenden Blick stand. „Es gibt übrigens keine Sicherheitsfirma namens Nimrod. Ich habe es recherchiert. Wer sind Sie? Heißen Sie wirklich Diana Lamb?"

„Heißen Sie wirklich Jordan Tavistock?"

„Ja, aber Sie haben meine Frage nicht beantwortet."

„Weil ich Sie so sehr viel interessanter finde." Sie beugte sich vor. Unwillkürlich fiel sein Blick auf den tiefen Ausschnitt ihres geblümten Kleides.

„Ihnen gehört also Chetwynd“, stellte sie fest.

Er zwang sich, ihr ins Gesicht zu schauen. „Es gehört meinen Onkel Hugh.“

„Und diese sagenhafte Kunstsammlung? Gehört die auch Ihrem Onkel?“

„Der Familie. Sie sammelt seit Jahrzehnten.“

„Sammelt?“ Sie schmunzelte. „Ich habe Sie offenbar unterschätzt, Mr. Tavistock. Sie sind gar nicht der tölpelhafte Amateur, für den ich Sie gehalten habe.“

„Wie bitte?“

„Im Gegenteil. Sie sind sehr professionell. Ein Dieb *und* ein Gentleman.“

„Ich bin nichts dergleichen.“ Er richtete sich in seinem Stuhl auf. Dabei stieg ihm der Duft ihres intensiven Parfüms in die Nase, sodass ihm beinahe schwindlig wurde. „Die Kunst befindet sich seit Generationen im Besitz der Tavistocks.“

„Aha. Sie sind also der Jüngste in einer langen Reihe von Profis?“

„Das ist absurd.“

„Oder sind Sie etwa der Erste in der Familie?“

Missgelaunt legte er die Hände auf den Tisch, zählte langsam bis fünf und atmete aus. „Ich bin und war nie ein Dieb.“

„Aber ich habe Sie gesehen, schon vergessen? Sie haben den Kleiderschrank durchsucht und etwas an sich genommen. Papiere, nehme ich an. Also *sind* Sie ein Dieb.“

„Nicht in dem Sinne, wie Sie einer sind.“

„Warum sind Sie nicht zur Polizei gegangen, wenn Ihr Gewissen so rein ist?“

„Vielleicht tue ich das noch.“

„Das glaube ich nicht." Ihr triumphierendes Lächeln war eine einzige Provokation. „Ich glaube, wenn es um Diebstahl geht, sind Sie der Verabscheuungswürdigere, weil Sie Ihre Freunde zu Opfern machen."

„Wohingegen Sie Opfer zu Freunden machen?"

„Guy Delancey ist kein Freund."

„Erstaunlich, wie falsch ich Ihr trautes Gespräch eingeschätzt habe. Was ist Ihr Plan, mein unschuldiges Lämmchen? Erst die Verführung, gefolgt von einem kleinen Diebstahl?"

„Geschäftsgeheimnis", entgegnete sie gelassen.

„Und warum um alles in der Welt sind Sie so auf Delancey fixiert? Ist es nicht ziemlich riskant, die Nähe des Opfers zu suchen?"

„Wer sagt denn, dass *er* das Opfer ist?" Sie führte ihr Glas an die Lippen und trank einen winzigen Schluck.

Irritierenderweise faszinierte ihn die Art, wie sie ihre Lippen öffnete und wie die Flüssigkeit in ihrem roten, feuchten Mund verschwand. Jordan schluckte unwillkürlich. Erst da bemerkte er, wie ausgetrocknet seine Kehle war.

„Was suchen sie so händeringend bei Delancey?", fragte er.

„Was waren das für Papiere, die Sie gestohlen haben?", konterte sie.

„Nein, nein, das funktioniert nicht."

„Was funktioniert nicht?"

„Der Versuch, mich auf Ihr Niveau hinunterzuziehen. *Sie* sind die Diebin."

„Sie sind kein Dieb?"

„Was ich aus diesem Schrank genommen habe, hat keinen materiellen Wert. Es war eine rein persönliche Angelegenheit."

„Genau das ist es auch für mich“, entgegnete sie schmallippig. „Eine rein persönliche Angelegenheit.“

Unvermittelt schoss Jordan ein Gedanke durch den Kopf. Er runzelte die Stirn. Guy Delancey hatte ein Verhältnis mit Veronica Cairncross gehabt und ihr anschließend gedroht, sie mit ihren Briefen zu erpressen. War das vielleicht seine Masche? War Diana Lamb oder eine Freundin, die ihr nahestand, ebenfalls auf Guy reingefallen?

Oder versuche ich gerade, die Tatsachen zu verdrehen? fragte er sich. Es stand fest, dass diese Frau eine ganz gewöhnliche Diebin auf der Suche nach Beute war. Dass sie in Häuser einbrechen konnte, hatte sie bewiesen. Was also sollte sonst dahinterstecken?

Jordan bedauerte diesen Fakt, während er das Gesicht mit den alabasterfarbenen Wangen und den haselnussbraunen Augen betrachtete. Früher oder später würden diese klugen Augen durch die Stäbe eines Gefängnisgitters blicken.

„Gibt es eine Möglichkeit, wie ich Sie davon abbringen kann?“, fragte er.

„Warum sollten Sie das tun?“

„Ich denke, Sie verschwenden gerade Ihre offensichtlichen … Talente. Hinzu kommt, dass es moralisch falsch ist, sich auf diese Weise zu bereichern.“

„Richtig, falsch.“ Sie wedelte mit der Hand durch die Luft. „Manchmal ist es doch gar nicht eindeutig, was es ist.“

Diese Frau war einfach unbelehrbar! Und die Tatsache, dass er ihre Pläne kannte, machte ihn, sollte sie erfolgreich sein, quasi mitschuldig.

Und das wollte er unbedingt verhindern.

„Ich lasse es nicht zu“, sagte er fest. „Ich bin zwar kein großer Freund von Guy Delancey, dennoch möchte ich nicht, dass er bestohlen wird.“

„Ich nehme an, Sie werden ihm erzählen, unter welchen Umständen wir uns kennengelernt haben?“ In ihren Augen lag keine Spur von Besorgnis.

„Nein. Aber ich werde ihn warnen.“

„Mit welchem Argument?“

„Einem Verdacht!“

„An Ihrer Stelle wäre ich vorsichtig.“ Sie trank noch einen Schluck und stellte gelassen ihr Glas ab. „Ein Verdacht kann in mehr als nur in eine Richtung gehen.“

Damit hatte sie ihn am Haken. Er konnte Guy Delancey nicht warnen, ohne sich selbst zu enttarnen. Denn sollte Delancey einen Aufstand bei der Polizei machen, wäre nicht nur Jordans Ansehen irreparabel zerstört, auch Veronicas Ruf würde leiden.

Dieses Risiko konnte er nicht eingehen.

Ruhig erwiderte er Dianas Blick. „Vorsicht ist besser als Nachsicht“, sagte er lächelnd.

„Was soll das heißen?“

„Es soll heißen, dass ich es Ihnen verdammt schwer machen werde, diesem Mann auch nur einen Teelöffel zu stehlen und damit zu verschwinden.“

Zum ersten Mal sah er so etwas wie Besorgnis in ihrem Blick. Sie presste die rot geschminkten Lippen fest zusammen. „Sie verstehen überhaupt nichts. Abgesehen davon geht es Sie überhaupt nichts an.“

„Selbstverständlich tut es das. Ich werde Sie mit Argusaugen beobachten. Ich werde Ihnen und Guy Delancey überallhin folgen und dort auftauchen, wo Sie es am wenigsten erwarten. Ich werde Sie regelrecht belästigen. Kurz gesagt, Miss Lamb, habe ich Sie mir als Ziel meines Kreuzzuges ausgewählt. Und wenn Sie auch nur eine falsche Bewegung machen, werde ich Zeter und Mordio schreien."

Lächelnd setzte er sich auf seinem Stuhl zurück. „Denken Sie darüber nach."

Sie dachte tatsächlich darüber nach. Er erkannte es an ihrer Miene, die alles andere als glücklich war.

„Das können Sie nicht tun", flüsterte sie.

„Oh doch. Ich *muss* es tun."

„Es steht zu viel auf dem Spiel. Ich werde nicht zulassen, dass Sie alles ruinieren."

„*Was* ruinieren?"

Sie wollte gerade antworten, als eine Hand auf ihre Schultern gelegt wurde. Ruckartig sah sie auf und erblickte Guy Delancey, der soeben zurückgekehrt und hinter ihr stehen geblieben war.

„Entschuldigen Sie, wenn ich Sie erschreckt habe", trompetete er fröhlich. „Ist alles in Ordnung?"

„Ja. Alles ist wunderbar." Obwohl jegliche Farbe aus ihrem Gesicht gewichen war, gelang es ihr, zu lächeln und Guy Delancey einen schelmischen Blick zuzuwerfen. „Ist der Wagen bereit?"

„Er wartet bereits am Tor, Mylady." Guy half ihr von ihrem Stuhl hoch. Dann nickte er Jordan zum Abschied kurz zu. „Bis bald, Jordan."

Jordan erhaschte einen letzten Blick auf das Gesicht der Frau, die ihn mit unterdrückter Wut musterte. Dann straffte sie entschlossen die Schultern und folgte Delancey durch die Menge.

Sie sind gewarnt, Diana Lamb, dachte Jordan. Jetzt würde er ja sehen, ob sie sich diese Warnung zu Herzen nahm. Falls sie es nicht tat …

Jordan zog ein Taschentuch aus seiner Jackentasche. Vorsichtig griff er nach dem Champagnerglas der Frau und betrachtete die rubinroten Lippenstiftspuren. Er lächelte. Dort, auf dem kristallklaren Glas, fand er, wonach er gesucht hatte.

Fingerabdrücke.

Ogilvie hatte seine dritte Filmrolle verschossen und schraubte die Schutzkappe wieder auf das Teleobjektiv. Von dem blonden Mann hatte er ausreichend Fotos. Bis zum Abend würde er die Bilder nach London übermittelt haben, und mit etwas Glück die Identität des Mannes erfahren. Der Umstand, dass Clea Rice offensichtlich einen unbekannten Partner hatte, irritierte ihn. Soweit ihm bekannt war, handelte die Frau schon immer allein.

Er musste mehr über diesen blonden Kerl herausfinden.

Die Frau erhob sich von ihrem Stuhl und ging mit Guy Delancey fort. Ogilvie verstaute seine Kamera in seiner Tasche und verließ das Zelt, um ihnen zu folgen. Dabei achtete er auf eine sichere Distanz, während er sich unter die Leute mischte. Mit ihrem roten Haar, das in der Sonne leuchtete, war Clea Rice leicht zu verfolgen. Es war eine schlechte Wahl, um eine Entdeckung zu verhindern. Aber Clea Rice war immer für Überraschungen gut.

Das Paar steuerte auf den Ausgang zu.

Ogilvie beschleunigte seine Schritte. Er erreichte das Tor gerade rechtzeitig, um zu sehen, dass die rote Mähne in einem wartenden Bentley verschwand.

Nervös blickte sich Ogilvie auf dem Parkplatz um und entdeckte seinen schwarzen MG zugeparkt in der dritten Reihe. Bis er ihn aus dem Meer von Jaguars und Mercedes herausmanövriert hatte, waren Delancey und die Frau über alle Berge.

Frustriert sah er Delanceys Bentley davonfahren. So viel zu einer Verfolgungsjagd! Er würde die Frau später treffen müssen. Kein Problem. Er wusste, in welchem Hotel sie wohnte und dass sie für drei Nächte im Voraus bezahlt hatte.

Er beschloss, sich zunächst um den blonden Mann zu kümmern.

Fünfzehn Minuten später kam dieser tatsächlich durch das Tor. Charles Ogilvie hatte seinen Wagen inzwischen startklar gemacht und wartete in der Nähe der Ausfahrt. Der Mann stieg in einen champagnerfarbenen Jaguar. Ogilvie merkte sich das Nummernschild. Der Jaguar rollte vom Parkplatz.

Genau wie Ogilvies MG.

Seine Beute führte ihn über eine lange kurvenreiche Straße, die durch sanft geschwungene Felder und an Baumreihen vorbeiführte, deren Blätter bereits vom feurigen Rot des Herbstes gefärbt waren. *Eine Blaublüter-Gegend*, dachte Ogilvie mit Blick auf die grasenden Pferde auf den Weiden. Wer zum Teufel war dieser Kerl?

Schließlich verließ der champagnerfarbene Jaguar die Hauptstraße und bog in einen Privatweg ein, der von hohen Ulmen gesäumt war. Von der Straße konnte Charles Ogilvie nur einen Teil des hinter Bäumen verborgenen Hauses erspähen. Es war ein beeindruckendes Herrenhaus mit Giebeln und Türmen, das mitten in einem weitläufigen Park lag.

Der Name des Landsitzes war in eine Bronzeplatte eingraviert, welche auf einer der Steinsäulen angebracht war, die rechts und links der Einfahrt standen.

Chetwynd.

„Du hast es weit gebracht, Clea Rice", murmelte Ogilvie.

Dann wendete er den Wagen. Es war vier Uhr. Gerade noch genügend Zeit, um seinen Bericht nach London zu schicken.

Victor Van Weldon hatte einen schlechten Tag hinter sich. Seine Ärzte hatten ihm mitgeteilt, dass sich sein Lungenemphysem verschlimmert habe und er wieder Sauerstoff benötige. Dabei hatte er so gehofft, nicht mehr auf das grüne Gerät angewiesen zu sein. Jetzt hing er wieder an der Maschine, die an seinem Rollstuhl befestigt war, und die Schläuche steckten in seiner Nase. Einmal mehr spürte er seine Sterblichkeit.

Simon Trott hatte einen wirklich ungünstigen Moment für ein Treffen gewählt.

Victor Van Weldon hasste es, wenn man ihn in einem so schwachen und verletzlichen Zustand sah. Jahrelang war er stolz auf seine robuste Natur und seine Widerstandsfähigkeit gewesen. Wenn Simon Trott ihn jetzt so als alten, todgeweihten Mann sah, würde er es bestimmt zu seinem Vorteil nutzen. Obwohl Victor Van Weldon Trott bereits zu seinen Nachfolger bestimmt hatte, war er noch nicht bereit, ihm die Leitung seiner Organisation zu überlassen. *Ich werde die Firma bis zu meinem letzten Atemzug kontrollieren,* dachte er.

Es klopfte an der Tür. Victor Van Weldon drehte den Rollstuhl, um seinem jüngeren Teilhaber ins Gesicht sehen zu können, sobald er das Zimmer betrat. An Trotts Miene erkannte er, dass er keine guten Nachrichten mitbrachte.

Wie gewöhnlich trug Trott einen perfekt sitzenden maßgeschneiderten Anzug, der seinen athletischen Körper vorteilhaft zur Geltung brachte. Er hatte wirklich alles, er war jung, sportlich, blond und sah gut aus. Damit bekam er jede Frau ins Bett. *Aber noch gehört ihm nicht die Firma,* dachte Victor Van Weldon. *Noch hat er Angst vor mir. Angst, mir die letzten Neuigkeiten zu erzählen.*

„Was hast du herausgefunden?“, fragte Victor Van Weldon.

„Ich glaube, ich weiß, warum Clea Rice nach England gekommen ist“, sagte Simon Trott. „Es gibt gewisse Gerüchte ... auf dem Schwarzmarkt ...“ Er räusperte sich.

„Was für Gerüchte?“

„Es heißt, ein Engländer brüste sich mit einer Erwerbung, die er vor Kurzem in aller Stille getätigt habe. Er behauptet, er habe ...“ Simon Trott schaute zu Boden und beendete seinen Satz nur zögernd, „... das Auge von Kaschmir gekauft.“

„*Unser* Auge von Kaschmir? Unmöglich!“

„So geht jedenfalls das Gerücht.“

„Das Auge ist nicht auf dem Markt, niemand kann es kaufen.“

„Wir haben die Sammlung seit dem Umzug nicht kontrolliert. Es wäre durchaus möglich ...“

Die beiden Männer wechselten einen Blick. Und Victor Van Weldon verstand. Beide verstanden. *Wir haben einen Dieb in unseren Reihen. Einen Verräter, der es wagt, sich gegen uns zu stellen.*

„Sollten Clea Rice die Gerüchte über den Verkauf ebenfalls zu Ohren gekommen sein, könnte das für uns eine Katastrophe bedeuten", sagte Victor.

„Das ist mir durchaus bewusst."

„Wer ist dieser Engländer?"

„Er heißt Guy Delancey. Wir versuchen gerade herauszufinden, wo er wohnt."

Van Weldon nickte. Er sank in seinem Rollstuhl zurück und ließ den Sauerstoff eine Weile durch seine Lungen fließen. „Such diesen Delancey", sagte er leise. „Ich habe das Gefühl, dass du dort auch Clea Rice finden wirst."

4. KAPITEL

„Auf neue Freunde", sagte Guy und drückte Clea ein Glas perlenden Champagner in die Hand.

„Auf neue Freunde", murmelte sie und trank einen Schluck. Der Champagner war ausgezeichnet. Sie musste achtgeben, dass er ihr nicht zu Kopf stieg. Im Moment brauchte sie dringend einen klaren Kopf. Es war verzwickt! Wie sollte sie dieses Haus hier durchsuchen, wenn sie dieser schmierige Casanova nicht aus seinen Fängen ließ? Sie wollte nur bis zu einer gewissen Grenze gehen, aber es war sonnenklar, dass Guy mehr im Sinn hatte als nur einen harmlosen Flirt.

Er setzte sich so nahe neben sie auf das geblümte Sofa, dass sie fast jede Pore in seinem Gesicht erkennen konnte. Für einen Mann Ende vierzig sah er noch recht attraktiv aus. Seine Haut war glatt, sein Haar noch pechschwarz, aber die wässrigen Augen und die Hängebacken zeugten untrüglich davon, dass er ein ausschweifendes Leben geführt hatte.

Guy beugte sich näher zu ihr. Clea musste sich zusammenreißen, um nicht angewidert zurückzuweichen, als sein Gesicht vor ihren Augen verschwamm. Gott sei Dank versuchte er nicht, sie zu küssen, noch nicht. Der Trick bestand darin, sich den Mann vom Leibe zu halten und dennoch so viele Informationen wie möglich aus ihm herauszukitzeln.

Sie setzte ein schüchternes Lächeln auf. „Ihr Haus gefällt mir."

„Danke."

„Und die Kunst! Eine wirklich beeindruckende Sammlung, sind das alles Originale?"

„Selbstverständlich." Stolz deutete Guy auf die Gemälde an der Wand. „Ich besuche alle möglichen Auktionshäuser. Bei Sotheby's reiben sie sich schon erwartungsvoll die Hände, wenn sie mich sehen. Natürlich sind das nicht die Glanzstücke meiner Sammlung."

„Nicht?"

„Nein. Die schöneren Objekte befinden sich in meinem Stadthaus in London. Dort gebe ich die meisten Gesellschaften. Außerdem ist das Haus besser gesichert."

Cleas Herz sank. Verdammt, bewahrte er das Auge von Kaschmir etwa auch in seinem Londoner Stadthaus auf? Dann hatte sie eine ganze Woche in Buckinghamshire verschwendet.

„Ich beschäftige mich derzeit sehr intensiv mit dem Thema", sagte er und rückte noch näher. „Mit der Sicherheit, meine ich."

„Sie meinen gegen Einbruch?"

„Ich meine Sicherheit generell, der Wolf vor der Tür oder die Kälte eines einsamen Bettes." Er beugte sich vor und presste seine weichen und feuchten Lippen auf ihren Mund. Sie schauderte. „Ich bin schon so lange auf der Suche nach der richtigen Frau", flüsterte er. „Nach einer Seelenverwandten …"

Fallen Frauen wirklich auf so was rein? fragte sie sich.

„Und als ich Ihnen heute in dem Zelt in die Augen gesehen habe, dachte ich, dass ich sie vielleicht gefunden habe."

Clea riss sich zusammen, um nicht laut loszulachen. Stattdessen bemühte sie sich, seinem glühenden Blick standzuhalten. „Aber man muss vorsichtig sein."

„Ich stimme Ihnen zu."

„Herzen sind ja so zerbrechlich, und das meine ganz besonders."

„Ja, ja, ich verstehe." Er küsste sie erneut und noch intensiver. Es war mehr, als sie ertragen konnte.

Angeekelt wich sie zurück. Ihr Atem ging schneller. Guy schien es nicht zu stören. Im Gegenteil, er glaubte vermutlich, ihre Leidenschaft entfacht zu haben.

„Das geht zu schnell, viel zu schnell", keuchte sie.

„Wahrscheinlich soll es genauso sein", entgegnete er.

„Ich bin noch nicht bereit für …"

„Ich mache dich bereit." Ohne Vorwarnung ergriff er ihre Brust und begann, sie heftig wie einen Brotteig zu kneten.

Clea sprang auf und trat ein paar Schritte zurück. Es war die einzige Möglichkeit für sie, ihm nicht ins Gesicht zu schlagen. Mit zitternder Stimme sagte sie: „Bitte, Guy. Vielleicht später. Wenn wir uns ein wenig besser kennen. Wenn *ich* das Gefühl habe, *Sie* zu kennen. Als Mensch, meine ich."

„Als Mensch?" Frustriert schüttelte er den Kopf. „Was genau wollen Sie wissen?"

„All diese Kleinigkeiten, die mir viel von Ihnen erzählen. Zum Beispiel", sie drehte sich um und deutete auf die Gemälde, „sammeln Sie Kunst. Aber ich sehe nur das, was an der Wand hängt. Ich habe keine Ahnung, was Sie bewegt, was Sie antreibt, was Ihnen gefällt. Sammeln Sie auch noch andere Dinge außer Gemälden?"

Er zuckte mit den Schultern. „Antike Waffen."

„Sehen Sie?" Lächelnd kam sie wieder näher. „Das fasziniert mich. Daran erkenne ich, dass Sie einen Hang zum Abenteuer haben. Eine sehr männliche Eigenschaft."

„Wirklich?“ Er sah sehr zufrieden aus. „Ja, ich denke, das kann man so sagen.“

„Was für Waffen sind es denn?“

„Antike Schwerter. Pistolen. Ein paar Dolche.“

Bei seinem letzten Wort schlug ihr Herz ein wenig schneller. *Dolche.* Sie kam noch näher. „Antike Waffen“, flüsterte sie, „sind in meinen Augen ausgesprochen erotisch.“

„Wirklich?“

„Ja, ich denke da an Ritter in Rüstungen, an adlige Burgfräulein.“ Sie faltete die Hände und erschauerte vor Aufregung. „Wenn ich nur daran denke, bekomme ich bereits eine Gänsehaut.“

„Ich hatte keine Ahnung, dass diese Waffen eine solche Wirkung auf Frauen haben“, entgegnete er überrascht. Mit neu erwachtem Enthusiasmus erhob er sich von der Couch. „Kommen Sie mit mir, Mylady.“ Er ergriff ihre Hand. „Ich zeige Ihnen eine Sammlung, die Ihnen Wonneschauer über den Rücken jagen wird. Ich habe gerade eine neue Errungenschaft, einen Schatz, den ich auf diskreten Wegen von einer privaten Quelle erworben habe.“

„Sie meinen auf dem Schwarzmarkt?“

„Viel schwärzer.“

Er führte sie in die Halle und die Treppe hinauf. *Er bewahrt es also im ersten Stock auf,* dachte sie. Vermutlich im Schlafzimmer. Nicht auszudenken, dass sie dem Objekt ihrer Begierde in jener Nacht schon so nahe gekommen war!

Irgendwo im Haus läutete ein Telefon. Guy achtete nicht darauf.

Sie erreichten den oberen Treppenabsatz. Er wandte sich nach rechts zum Ostflügel, wo das Schlafzimmer lag, und blieb unvermittelt stehen, als er eine Stimme hörte.

„Master Delancey!“, rief jemand. „Sie werden am Telefon verlangt.“

Guy musterte den grauhaarigen Butler ungehalten, der am Fuß der Treppe stand. „Nehmen Sie die Nachricht entgegen“, bellte er.

„Aber … es ist … es ist …“

„Ja?“

Der Butler räusperte sich. „Es ist Lady Cairncross.“

Guy zuckte zusammen. „Was will die denn?“

„Sie möchte Sie sofort sehen.“

„Sie meinen *jetzt*?“

Guy eilte die Stufen hinunter und nahm den Hörer. Von oben lauschte Clea auf die Unterhaltung im Erdgeschoss.

„Ganz ungünstiger Zeitpunkt, Veronica“, sagte Guy gerade. „Kannst du nicht … Hör zu, ich habe gerade etwas anderes zu tun … Du bist unvernünftig. Nein, Veronica, das darfst du nicht! Wir reden ein anderes Mal darüber … Hallo? Hallo?“ Missmutig starrte er auf den Hörer, ehe er ihn auf die Gabel legte.

„Sir?“, sagte der Butler. „Kann ich irgendetwas für Sie tun?“

Guy schaute auf. Plötzlich wurde ihm bewusst, in welchem Dilemma er steckte. „Ja. Ja, bitte sorgen Sie dafür, dass Miss Lamb nach Hause gebracht wird.“

„Nach Hause?“

„Fahren Sie sie in ein Hotel. Ein Hotel im Dorf.“

„Sie meinen jetzt?“

„Ja. Holen Sie den Wagen. Gehen Sie!“

Guy polterte die Stufen hinauf, packte Clea am Arm und zog sie ziemlich unsanft hinunter zur Tür. „Es tut mir schrecklich leid, meine Liebe, aber mir ist etwas dazwischengekommen. Etwas Geschäftliches, verstehen Sie?“

Widerspenstig bohrte Clea die Fersen in den Teppich. „Etwas Geschäftliches?"

„Ja. Ein Notfall. Einer meiner Klienten ..."

„Ein Klient? Oh je, ich weiß noch gar nicht, womit Sie Ihren Lebensunterhalt verdienen."

„Mein Chauffeur besorgt Ihnen ein Hotelzimmer. Ich hole Sie morgen um fünf Uhr ab, was halten Sie davon? Dann machen wir uns einen schönen Abend."

Er drückte ihr einen schnellen Kuss auf die Wange, und Clea wurde praktisch zur Tür hinausgeschoben. Der Wagen war bereits vorgefahren und der Chauffeur stand neben der geöffneten Wagentür. Clea blieb nichts anderes übrig, als einzusteigen.

„Ich rufe Sie morgen an", rief Guy winkend hinter ihr her.

Als der Chauffeur das Eingangstor passierte, umklammerte Clea frustriert die lederne Armlehne. *Ich war so verdammt nahe dran,* dachte sie. Um ein Haar hätte er ihr den Dolch gezeigt. Sie hätte ihn anfassen können. Wäre doch bloß nicht dieser Anruf von dieser Frau dazwischengekommen.

Wer zum Teufel war Veronica überhaupt?

Veronica legte den Hörer auf die Gabel und drehte sich zu Jordan um. „Nun?", wollte sie wissen. „Glaubst du, dass der Anruf etwas bewirkt hat?"

„Wenn nicht der, dann auf jeden Fall dein Besuch."

„Muss ich ihn wirklich treffen? Ich habe dir doch gesagt, dass ich mit dem Mann nichts mehr zu tun haben möchte."

„Es ist der beste Weg, diese Frau aus dem Haus zu bekommen, ehe sie Schaden anrichten kann."

„Es muss doch eine andere Möglichkeit geben, sie davon abzuhalten. Wir könnten die Polizei verständigen."

„Damit mein nächtlicher Ausflug in Guys Haus und die Geschichte von gestohlenen Briefen ans Licht kommen?" Er machte eine Pause. „Ganz zu schweigen von deiner Affäre mit Delancey?"

Veronica schüttelte entschlossen den Kopf. „Das können wir ihnen unmöglich erzählen."

„Ich dachte mir, dass du das sagst."

Veronica griff resigniert ihre Handtasche und ging zur Tür. „Also gut. Ich habe dich da hineingezogen, ich denke, ich bin dir diesen Gefallen schuldig."

„Außerdem ist es deine Bürgerpflicht", ergänzte Jordan. „Die Frau ist eine Diebin. Gleichgültig, wie schlecht du über Guy denkst, wir können ihn nicht einfach bestehlen lassen."

„Guy?" Veronica lachte. „Es ist mir vollkommen egal, was mit ihm passiert. Ich denke vielmehr an deine Diebin. Wenn sie geschnappt wird und der Polizei alles erzählt ..."

„Ist mein Ruf komplett ruiniert", gab Jordan zu.

Veronica nickte. „Und meiner auch, fürchte ich."

Clea schleuderte ihre High Heels von den Füßen, warf ihre Tasche auf einen Stuhl und sank stöhnend auf das Hotelbett. Was für ein schrecklicher Tag! Sie hasste Polo, sie verabscheute Guy, und ihr rotes Haar war ihr zuwider. Sie wollte nur noch schlafen, das Auge von Kaschmir vergessen und alles vergessen. Aber jedes Mal, wenn sie die Augen schloss und zu schlafen versuchte, kehrten die alten Albträume zurück. Die Bilder und Geräusche des schrecklichen Überfalls waren so deutlich, dass sie glaubte, alles noch einmal zu erleben.

Sie versuchte, die entsetzlichen Erinnerungen mit angenehmeren Bildern zu überlagern. Sie dachte an den Sommer von 1972, als sie acht und Tony zehn Jahre alt war und sie sich für das Foto in Positur gestellt hatten, das später Onkel Walters Kaminsims schmückte. Sie trugen die gleichen braunen Latzhosen, und Tony hatte seinen dünnen Arm über ihre knochige Schulter gelegt. Sie grinsten in die Kamera wie zwei Diebe in der Ausbildung, was sie ja tatsächlich auch waren. Sie hatten ja auch den besten Lehrer: Onkel Walter, ein Dieb und Hochstapler *par excellence,* der ein Herz aus Gold besaß. Verflucht! Wie mochte es dem alten Knaben wohl im Moment im Gefängnis ergehen? Onkel Walter würde bald auf Bewährung entlassen. Vielleicht hatte ihn die Zeit im Gefängnis ja verändert, so, wie sie auch Tony verändert hatte.

Und wie sie sie verändert hatte!

Vielleicht hatte Onkel Walter inzwischen genug von Gaunereien und Betrügereien.

Ganz bestimmt!

Sie zuckte zusammen, als das Telefon klingelte. Sofort griff sie zum Hörer. „Hallo?"

„Diana, Liebling! Ich bin's."

Genervt verdrehte sie die Augen. „Hallo, Guy."

„Es tut mir furchtbar leid, was heute Nachmittag passiert ist. Verzeihen Sie mir?"

„Ich denke darüber nach."

„Mein Chauffeur hat mir gesagt, dass Sie ein paar Tage im Dorf bleiben wollen. Geben Sie mir dir Chance, es wiedergutzumachen? Morgen Abend vielleicht? Ein Abendessen und eine musikalische Soiree im Haus eines Freundes. Und den Rest des Abends verbringen wir bei mir."

„Ich weiß nicht …“

„Ich zeige Ihnen auch meine antike Waffensammlung.“ Seine Stimme wechselte in einen vertraulichen Singsang. „Denken Sie doch nur an all die Ritter in ihren glänzenden Rüstungen. An die Burgfräulein, die gerettet werden müssen …“

Sie seufzte. „Meinetwegen.“

„Ich hole Sie um fünf im *Village Inn* ab.“

„Gut. Dann sehen wir uns morgen um fünf.“ Sie legte den Hörer auf und stellte fest, dass sie entsetzliche Kopfschmerzen hatte. Tja, das war die Strafe für ihr Mata-Hari-Spiel.

Nein, die wirkliche Strafe würde sie erst ereilen, wenn sie mit diesem abscheulichen Kerl im Bett landen müsste.

Seufzend erhob sie sich und ging ins Bad, um den Geruch von Poloponys und die schmierigen Berührungen von Guy Delancey loszuwerden.

Guy Delancey war bereits ziemlich angeheitert, als er am nächsten Abend vorm *Village Inn* vorfuhr. Sie überlegte, ob es so klug war, zu ihm in den Wagen zu steigen, während er beschwipst am Steuer saß, doch sie hatte keine Wahl, wenn sie diese Sache zu Ende bringen wollte. In Anbetracht dessen war das Risiko, sich auf einen betrunkenen Autofahrer zu verlassen, ziemlich gering. Das Risiko war ohnehin relativ, und diese Nacht war wie geschaffen dazu, es mit Risiken aufzunehmen.

„Wird heute Abend bestimmt eine muntere Gesellschaft werden“, sagte Guy, während er aufs Gaspedal trat. Hohe Hecken gaben nie mehr als ein paar Meter Sicht auf die kurvenreiche Straße frei, und Clea konnte nur hoffen, dass ihnen kein Fahrzeug entgegenkam. „Die Musik interessiert mich nicht so sehr, dafür aber die Unterhaltungen und der Spaß hinterher umso mehr."

Und der Alkohol, dachte sie und umklammerte die Armlehne fest, während Guy um Haaresbreite an einem Baum vorbeischrammte.

„Es ist eine gute Gelegenheit, Sie vorzustellen", fuhr er fort, „und um mit Ihnen anzugeben."

„Wird Veronica auch da sein?"

Verdattert starrte er sie an. „Wie bitte?"

„Veronica. Die Frau, die Sie gestern angerufen hat. Sie wissen doch, Ihre Klientin."

„Ach, ach ja die." Er lachte gezwungen. „Nein, nein, sie ist keine Musikliebhaberin. Ich meine, sie mag Rock 'n' Roll und ähnlichen Schund, aber keine klassische Musik. Nein, sie zählt nicht zu den Gästen." Er machte eine Pause, ehe er leise hinzufügte: „Das hoffe ich jedenfalls."

Zwanzig Minuten später wurden seine Hoffnungen zerstört, als sie das Musikzimmer der Forresters betraten. Clea entging nicht, wie entsetzt Guy nach Luft schnappte. „Ich glaube es nicht", murrte er, als eine Frau mit rotbraunem Haar quer durch den Raum auf sie zusteuerte. Sie trug ein atemberaubendes cremefarbenes Kleid und um den Hals eine kostbare Perlenkette. Aber es war nicht die Frau, die Cleas Aufmerksamkeit auf sich zog.

Sondern ihr Begleiter. Er musterte Clea amüsiert. Oder war es ein triumphierender Blick, den sie in Jordan Tavistocks Augen las?

Guy räusperte sich. „Guten Tag, Veronica", brachte er mühsam hervor.

„Ich habe schon gehört, dass es eine neue Dame in deinem Leben gibt."

„Nun ja …". Guy lächelte gequält.

Veronica schaute Clea in die Augen und hielt ihr die Hand entgegen. „Ich bin Veronica Cairncross."

Clea ergriff die Hand. „Diana Lamb."

„Guy und ich sind alte Freunde", erklärte Veronica. „*Sehr* alte Freunde. Und trotzdem schafft er es immer wieder, mich zu überraschen."

„Ich überrasche *dich*?", schnaubte Guy. „Seit wann bist du ein Fan von musikalischen Soireen?"

„Seit Jordan mich dazu eingeladen hat."

„Oliver ist zu vertrauensselig."

„Wer ist Oliver?", fragte Clea.

Guy lachte. „Ach, nur ihr Ehemann, eine zu vernachlässigende Unannehmlichkeit."

„Idiot", zischte Veronica, drehte sich auf dem Absatz um und ließ ihn stehen.

„Man sollte nicht von sich auf andere schließen!", konterte Guy und folgte ihr aus dem Raum.

Jordan und Clea sahen sich an.

Jordan seufzte. „Ist Liebe nicht etwas Großartiges?"

„Sind die beiden verliebt?"

„Ich denke, es ist ziemlich offensichtlich, dass sie es noch sind."

„Haben Sie die Frau deshalb mit hierher gebracht? Wollen Sie meinen Abend sabotieren?"

Jordan nahm zwei Gläser Weißwein vom Tablett, das ein Dienstbote vorbeitrug, und reichte Clea eines davon. „Wie ich Ihnen schon einmal gesagt habe, Miss Lamb – Sie nennen sich doch noch Miss Lamb, oder? –, wie dem auch sei: Ich betrachte es als meine persönliche Aufgabe, Sie zum Guten zu bekehren. Ich werde Sie vor einem kriminellen

Leben bewahren. Jedenfalls so lange, wie Sie sich in meiner Nachbarschaft aufhalten."

„Ist das nicht ziemlich überheblich?"

„Zweifellos."

„Und wenn ich Ihnen bei meinem Leben schwöre, Ihr Territorium nicht zu betreten? Ich lasse Ihnen Ihr Jagdrevier."

„Und Sie ziehen sich in aller Stille zurück?"

„Vorausgesetzt, Sie halten Ihren Teil der Abmachung ein."

Er musterte sie misstrauisch. „Was schlagen Sie vor?"

Clea musterte ihn ebenfalls und fragte sich, wie er wohl ticken mochte. Sie fand Jordan Tavistock vom ersten Moment an attraktiv. Jetzt wurde ihr klar, dass er mehr zu bieten hatte als ein hübsches Gesicht und breite Schultern. Es waren seine Augen, die ihr Interesse erregten. Sie blickten so klug, so humorvoll, und entschlossen. Er mochte als Einbrecher absolut untalentiert sein, aber er besaß Klasse, Kontakte und wusste viel über seine Nachbarn. Seinem Auftreten nach zu urteilen war er unabhängig und arbeitete für niemanden. Vielleicht … konnte sie ja *mit* ihm arbeiten.

Und vielleicht machte es ihr sogar Spaß.

Sie ließ ihren Blick durch den überfüllten Raum schweifen und bedeutete Jordan, ihr in eine ruhige Ecke zu folgen. „Ich helfe Ihnen, und Sie helfen mir", raunte sie.

„Wobei?"

„Ach, nur eine Kleinigkeit. Nichts Besonderes, wirklich."

„Nur ein kleiner Einbruch?" Er verdrehte die Augen. „Wo habe ich das nur kürzlich schon mal gehört?"

„Wie bitte?"

„Ach, vergessen Sie's!" Er seufzte und trank einen Schluck Wein. „Und was, wenn ich fragen darf, würde ich bekommen?"

„Was hätten Sie denn gern?"

Er sah sie durchdringend an. Seine Wangen erröteten unvermittelt und Clea wusste, dass ihn dieselben Gedanken übermannten.

„Darauf antworte ich nicht ", sagte er.

„Nun ja, ich dachte daran, Sie im Gegenzug an meinem Fachwissen teilhaben zu lassen", erwiderte sie. „Ich denke, Sie könnten es gebrauchen."

„Privatunterricht in der Kunst des Einbrechens? Dieses Angebot kann ich kaum ausschlagen."

„Ich werde Ihnen natürlich nicht praktisch helfen, aber ich gebe Ihnen Tipps."

„Aus persönlicher Erfahrung?"

Sie lächelte ihn über ihr Weinglas hinweg an. *Es wird Zeit, den Lebenslauf etwas zu ergänzen,* schoss ihr durch den Kopf. Obwohl sie niemals irgendwo professionell eingebrochen war, besaß sie das Talent dazu. Sie konnte es mit den Besten der Branche aufnehmen, Onkel Walter inklusive. „Ich bin gut genug, um anständig davon leben zu können", log sie.

„Das klingt verlockend, leider muss ich ablehnen."

„Ich könnte Ihrer Karriere neuen Schwung verleihen."

„Ich arbeite nicht in Ihrer Branche."

„In welcher Branche sind Sie denn tätig?", fragte sie enttäuscht.

Er überlegte einen Moment. „Ich bin ein Gentleman."

„Und was noch?"

„Nichts! Nur ein Gentleman."

„Ist das ein Beruf?"

„Ja." Er lächelte verlegen. „Ein Vollzeitjob. Trotzdem lässt er mir genügend Zeit für andere Aktivitäten, wie beispielsweise die Verbrechensverhütung in der Nachbarschaft."

„Nun gut." Sie seufzte. „Was muss ich tun, damit Sie mir nicht in die Quere kommen oder zu einem völlig unpassenden Moment auftauchen?"

„Damit Sie Ihren Job bei Guy Delancey in aller Ruhe zu Ende bringen können?"

„Danach werde ich für immer von hier verschwinden. Versprochen."

„Was genau interessiert Sie denn an seinem Besitz?"

Sie starrte in ihr Weinglas, um seinem Blick auszuweichen. Nein, sie würde ihm nichts verraten. Sie konnte es nicht, weil sie ihm nicht vertraute. Wenn er vom Auge von Kaschmir erfuhr, würde er es womöglich für sich beanspruchen, und wo bliebe dann sie? Ohne den Beleg hatte sie nichts in den Händen und stand im Regen.

Dann käme Victor Van Weldon ungeschoren davon.

„Es muss ein sehr wertvolles Objekt sein", mutmaßte er.

„Nein, es hat eher", sie zögerte und suchte den passenden Begriff, „es hat eher einen ideellen Wert."

Er runzelte die Stirn. „Das verstehe ich nicht."

„Guy besitzt etwas, das meiner Familie seit Generationen gehört, aber es wurde uns vor rund einem Monat gestohlen. Wir wollen es zurück."

„Warum gehen Sie nicht zur Polizei?"

„Guy Delancey wusste, dass es sich um heiße Ware handelte, als er es erwarb. Glauben Sie im Ernst, er würde zugeben, dass er den Besitzer kennt?"

„Sie wollen es also zurückstehlen?"

„Ich sehe keine andere Möglichkeit." Zerknirscht blickte sie zu ihm auf und bemerkte einen kurzen Anflug von Unsicherheit in seiner Miene. Kaufte er ihr die Geschichte etwa wirklich ab? Es überraschte sie, wie schäbig sie sich plötzlich fühlte. In letzter Zeit hatte sie so viele Lügen erzählt und sich immer damit gerechtfertigt, dass es um ihr Überleben ging. Aber Jordan Tavistock anzulügen fühlte sich irgendwie … kriminell an. Was eigentlich gar keinen Sinn ergab, weil er genau das war. *Ein Dieb und ein Gentleman*, dachte sie. Mit seinen braunen Augen schien er sie bis in ihr Innerstes durchleuchten zu können. So etwas hatte sie noch nie erlebt. Dieses aristokratische Gesicht! Dieses Lächeln, das ihre Knie weich werden ließ!

Verwirrt betrachtete sie ihr Glas. Hatte ihr jemand etwas in den Wein geschüttet? Im Saal wurde es ganz warm, und sie hatte Schwierigkeiten, gleichmäßig zu atmen.

Guy Delanceys Rückkehr empfand sie wie einen unwillkommenen eisigen Luftzug. „Es geht los", verkündete er.

„Was?", fragte Clea verständnislos.

„Das Konzert. Kommen Sie, wir suchen uns einen Platz."

Als sie in Guys Gesicht sah, staunte sie über seinen grimmig Ausdruck. „Wo ist Veronica?"

„Erwähnen Sie diesen Namen niemals in meiner Gegenwart", grollte er.

In diesem Augenblick betrat Veronica den Raum und schlenderte direkt auf sie zu. Sie würdigte Guy keines Blickes. „Jordan, Liebling", schnurrte sie und hakte sich besitzergreifend bei ihm unter. „Wollen wir uns setzen?"

Mit resigniertem Blick ließ sich Jordan von ihr ins Musikzimmer führen.

Die Musiker, ein Streichquartett aus London, stimmten bereits ihre Instrumente, und die Zuhörer nahmen nach und nach auf den Stühlen Platz. Clea und Guy saßen weit entfernt von Jordan und Veronica. Die Paare hätten allerdings ebenso gut nebeneinander sitzen können, denn Guy und Veronica warfen sich quer durch den Saal unentwegt wütende Blicke zu. Clea konnte während des gesamten Konzerts das Hin- und Herfliegen tödlicher Giftpfeile förmlich hören.

Auf Dvořák folgte Bartóks Streichquartett Nr. 6, dem sich wiederum Debussy anschloss. Clea überlegte die ganze Zeit, wie sie den Abend nutzbringend für sich verwenden konnte. Wie nahe würde sie dem Auge von Kaschmir wohl kommen können? Sie hoffte inständig, dass es der letzte Abend sein möge, den sie mit Guy Delancey verbringen musste, der letzte Abend voller Lügen und mit diesen hässlichen roten Haaren. Sie beachtete die Darbietung kaum, und erst als der Applaus aufbrandete, bemerkte sie, dass das Konzert vorbei war.

Diener reichten Erfrischungen, es war eine köstliche Mischung aus Kuchen, Kanapees und sehr viel Wein. Guy, der schon beim Eintreffen ziemlich angeheitert war, betrank sich beinahe bis zur Bewusstlosigkeit. Das lag nur an Veronicas Nähe. Es war zu viel für ihn zu sehen, wie seine verlorenen Liebe mit ihrer neuen Begleitung flirtete.

Als er nach einem neuen Glas Wein griff, beschloss Clea, dass es nun genug sei. Nur wie sollte sie Guy vom Trinken abhalten, ohne eine unangenehme Szene heraufzubeschwören? Er redete und lachte schon viel zu laut.

In diesem Moment griff Jordan ein. Sie hatte ihn zwar nicht darum gebeten, aber er hatte Guy schon die ganze Zeit stirnrunzelnd beobachtet und die Gläser gezählt, die er trank. Er ging zu Guy hinüber und sagte leise: „Vielleicht sollten Sie es ein bisschen langsamer angehen lassen, mein Lieber."

„Was sollte ich langsamer angehen?", trompetete Guy.

„Das ist, glaube ich, Ihr sechstes Glas. Und Sie wollen die Dame doch noch nach Hause fahren."

„Das schaffe ich schon."

„Ich bitte Sie, Delancey", drängte Jordan, „etwas mehr Zurückhaltung wäre gerade angebracht."

„Zurückhaltung? Wer zum Teufel sind Sie, dass Sie mir Zurückhaltung empfehlen?" Guy bellte ihn regelrecht an. Rings um sie herum brachen alle Gespräche ab. „Sie machen mit der Frau eines anderen Mannes rum und zeigen auf mich?"

„Niemand hat mit der Frau eines anderen etwas angefangen!"

„Ich war jedenfalls diskret, als ich es getan habe."

Veronica seufzte bestürzt auf und eilte aus dem Raum.

„Feigling!", schrie Guy hinter ihr her.

„Delancey, bitte!", knurrte Jordan. „Das ist weder der richtige Ort noch die richtige Zeit."

„Veronica!" Guy bahnte sich grob einen Weg durch die Menge zur Tür. „Warum stellst du dich nicht ein einziges Mal den Tatsachen, verdammt noch mal!"

Jordan warf Clea einen Blick zu. „Guy ist sturzbetrunken, Sie können sich unmöglich von ihm nach Hause fahren lassen."

„Ich komme schon mit ihm klar."

„Dann nehmen Sie ihm wenigstens die Autoschlüssel ab. Bestehen Sie darauf, selbst zu fahren."

Das hatte sie auch vor. Als sie Guy nach draußen folgte, hörte sie, wie er und Veronica noch immer lauthals miteinander stritten. Guy war so betrunken, dass er hin und her schwankte und kaum aufrecht stehen konnte. Er schimpfte Veronica ein verlogenes Miststück, dem man nicht vertrauen könne. Er jedenfalls habe ihr zum Glück niemals vertraut. Sie reiße sein Herz in Stücke, genau das würde sie tun, verdammt noch mal, und so etwas müsse er sich nicht bieten lassen. Er bräuchte nur einmal mit den Fingern zu schnippen, dann hätte er eine neue Frau.

„Warum tust du's dann nicht?“, konterte Veronica.

„Das werde ich. Ich habe es bereits getan.“ Guy drehte sich um die eigene Achse, schwankte hin und her und richtete seinen verschwommenen Blick auf Clea. Er ergriff ihre Hand. „Komm, wir fahren.“

„Nicht in Ihrem Zustand“, widersprach Clea.

„Ich bin in bester Verfassung.“

„Geben Sie mir die Autoschlüssel, Guy.“

„Ich kann fahren.“

„Nein, das können Sie nicht.“ Sie entzog ihm ihre Hand. „Geben Sie mir die Schlüssel.“

Er wedelte verärgert mit der Hand. „Na gut. Dann sieh eben selbst zu, wie du nach Hause kommst. Zur Hölle mit euch beiden, zum Teufel mit allen Frauen!“ Schwankend lief er zu seinem Wagen. Er schaffte es kaum, die Tür zu öffnen. Mühevoll kletterte er hinters Steuer.

„Idiot“, schimpfte Veronica. „Er bringt sich noch um.“

Sie hat recht, dachte Clea. Sie lief zu Guys Wagen und riss die Tür auf. „Kommen Sie, steigen Sie aus.“

„Verschwinde!“

„Lassen Sie mich besser fahren.“

„Hau ab.“

Clea ergriff seinen Arm. „Ich fahre Sie nach Hause. Legen Sie sich auf die Rückbank.“

„Ich nehme keine Befehle von einer verdammten Frau entgegen“, schrie er und schubste sie grob von sich.

Clea taumelte auf ihren High Heels rückwärts und fiel ins Gebüsch. Dieser Dummkopf war zu betrunken, um zur Vernunft zu kommen. Während sie noch versuchte, ihre Kette zu befreien, die sich in einem der Büsche verfangen hatte, hörte sie, wie Guy den Motor startete und sich über schmarotzerhafte Frauen beklagte. Wütend trommelte er auf das Steuerrad, als der Motor erstarb. Wieder drehte er den Zündschlüssel. Gerade als Clea es geschafft hatte, ihre Kette aus den Zweigen zu lösen, heulte der Motor auf. Ohne sich noch einmal umzuschauen, fuhr er mit aufheulendem Motor los.

Idiot, dachte sie und rappelte sich auf.

Die Wucht der Explosion schleuderte sie zurück. Clea flog über die Sträucher hinweg und landete auf dem Rücken unter einem Baum. Sie war zu verdattert, um den Schmerz des Aufpralls zu spüren. Zuerst nahm sie die Geräusche wie aus weiter Ferne wahr. Sie hörte dumpfe Schreie und Rufe, Metallteile fielen klirrend auf die Straße und Flammen prasselten in die Nacht. Noch immer spürte sie keinen Schmerz, auch wenn sie ahnte, dass er bald einsetzen würde. Sie kam auf die Knie und begann, wie ein Baby vorwärtszukriechen, auch wenn sie nicht wusste, wohin. Sie wollte nur weg von dem Baum und dem verdammten Gebüsch. Ihr Gehirn setzte wieder ein und sagte ihr Dinge, die sie gar nicht wissen wollte. Auch ihr Kopf pochte wie wild. Schmerzhafte Stiche bohrten sich plötzlich in ihren ganzen Körper. Sie glaubte zu weinen, war sich allerdings nicht sicher. Durch den Lärm konnte sie ihre eigene Stimme nicht hören. Sie wusste nicht, ob das warme Etwas, das über ihre Wangen lief, Tränen oder Blut war. Instinktiv kroch sie weiter. Nur ein Gedanke schoss ihr durch den Kopf: *Ich sterbe, wenn ich nicht von hier wegkomme. Ich sterbe.*

Ein Paar Beine standen ihr plötzlich im Weg. Sie blickte auf und entdeckte einen Mann, der ihr bekannt vorkam. Sie wusste nur nicht, woher.

Lächelnd sagte er: „Ich bringe Sie ins Krankenhaus."

„Nein!"

„Kommen Sie, Sie sind verletzt." Er ergriff ihren Arm. „Sie brauchen einen Arzt."

„Nein!"

Plötzlich schien sich die Hand des Mannes in Luft aufzulösen.

Clea setzte sich auf den Boden. Die Nacht wirbelte um sie herum wie ein Karussell aus Flammen und Chaos. Erneut vernahm sie eine Stimme, und dieses Mal war es eine wohlbekannte. Hände griffen nach ihren Schultern.

„Diana? *Diana?*"

Warum nannte er sie so? Das war doch gar nicht ihr Name. Sie blinzelte und sah das Gesicht von Jordan Tavistock.

Und dann fiel sie in Ohnmacht.

5. KAPITEL

Der Doktor schaltete das Ophthalmoskop aus und die Deckenleuchte im Untersuchungszimmer ein. „Neurologisch scheint alles in Ordnung zu sein. Aber sie hat eine Gehirnerschütterung, und dieser kurze Verlust des Bewusstseins macht mir ein bisschen Sorge. Ich schlage vor, dass sie mindestens eine Nacht zur Beobachtung im Krankenhaus bleibt."

Jordan betrachtete das Häuflein Elend, das im Bett vor ihnen lag. In Cleas zerzausten roten Haaren hatten sich Grashalme und Blätter verfangen, und ihr Gesicht war blutverschmiert. „Ich bin ganz Ihrer Meinung, Doktor", sagte Jordan.

„Schön. Ich glaube zwar nicht, dass irgendwelche Komplikationen auftreten werden, aber sicher ist sicher. Wir behalten sie besser ein bisschen im Auge."

„Ich kann nicht bleiben", unterbrach ihn Clea.

„Natürlich bleiben Sie hier", widersprach Jordan.

„Nein, ich muss hier raus." Sie setzte sich auf und schwang die Beine auf den Boden.

Jordan trat neben sie, um sie zurückzuhalten. „Was, um Himmels willen, machen Sie da, Diana?"

„Ich muss ... ich muss ..." Offenbar von einer Schwindelattacke überrascht, verstummte sie und schüttelte den Kopf.

„Sie können mit Ihrer Gehirnerschütterung nicht gehen. Legen Sie sich wieder hin, ja?" Behutsam, aber dennoch nachdrücklich schob er sie unter die Bettdecke zurück. Beim Versuch, aufzustehen, war ihr das Blut aus dem Gesicht gewichen. Sie schien so zerbrechlich wie Porzellan und so kraftlos, als wäre schon das Gewicht der Bettdecke zu viel für sie. Nur in ihren glänzenden Augen lag ein Ausdruck von … war es Angst? Oder Kummer? Sie empfand doch nicht wirklich etwas für Guy Delancey?

„Gleich kommt die Schwester und hilft Ihnen", sagte der Arzt. „Sie müssen sich jetzt ausruhen, Miss Lamb. Sie sind bald wieder die Alte."

Beruhigend drückte Jordan ihre Hand. Sie war eiskalt. Zögernd folgte er dem Arzt aus dem Zimmer.

Als er die Tür geschlossen hatte, fragte Jordan den Arzt: „Was ist denn mit Mr. Delancey? Können Sie mir etwas über seinen Zustand verraten?"

„Er wird noch operiert. Sie müssten sich eine Etage höher erkundigen, aber ich fürchte, sein Zustand gibt wenig Anlass zur Hoffnung."

„Ich bin überrascht, dass er bei der Wucht der Detonation überhaupt noch am Leben ist."

„Glauben Sie, dass es eine Bombe war?"

„Da bin ich mir ziemlich sicher."

Der Doktor warf einen Blick ins Schwesternzimmer, wo ein Polizist auf eine Gelegenheit wartete, die Frau zu befragen. Zwei Beamte hatten sie schon vernommen, ohne Rücksicht auf ihren Zustand zu nehmen. Der Arzt schüttelte den Kopf. „Meine Güte, in welchen Zeiten leben wir eigentlich? Jetzt gehen die Bomben der Terroristen schon in unserer beschaulichen Gegend hoch …"

Terroristen, fragte sich Jordan im Stillen. Ja, natürlich, man würde die Tat einem unbekannten Attentäter oder einem nicht näher bezeichneten Schurken in die Schuhe schieben. Wer außer einem Terroristen würde schon eine Bombe im Wagen eines unbescholtenen Bürgers platzieren?

Es grenzte an ein Wunder, dass nur ein Mensch bei dem Anschlag an diesem Abend schwer verletzt worden war. Ein halbes Dutzend anderer Besucher des Konzerts hatten leichte Verletzungen davongetragen, die meisten von ihnen Schnitte von Glassplittern im Gesicht und an den Händen oder auch Schürfwunden. Die Polizei sprach davon, dass die Besucher „mit einem blauen Auge" davongekommen seien.

Bis auf Guy Delancey.

Jordan fuhr mit dem Aufzug zu den Operationssälen in der ersten Etage. Im Wartezimmer wimmelte es nur so von Polizisten, die ihm allerdings keine Auskunft geben wollten. In der Hoffnung, etwas Neues zu erfahren, blieb er eine Weile, doch er hörte nur, dass Guy Delancey noch lebte und gerade operiert wurde. Ob er überleben würde, hing von der Kunstfertigkeit der Ärzte ab.

Er fuhr zurück auf die Etage, auf der sich Dianas Zimmer befand. Der Polizist stand noch immer im Schwesternzimmer. Er trank Kaffee und redete mit der hübschen Angestellten. Jordan beachtete sie nicht weiter, sondern ging sofort in Dianas Zimmer.

Ihr Bett war leer.

Sofort schrillten bei ihm sämtliche Alarmglocken. Er klopfte an die Tür zum Bad. „Diana?", rief er. Keine Antwort. Vorsichtig öffnete er die Tür und spähte hinein.

Doch auch dort war sie nicht. Nur ihr Krankenhausnachthemd lag zusammengeknüllt auf dem Linoleum.

Er riss die Schranktür auf. Die Regale waren leer. Dianas Kleidung und ihre Handtasche waren verschwunden.

Was denkst du dir eigentlich dabei? fragte er sich. Warum kroch sie aus dem Bett, zog sich an und stahl sich davon wie ein Dieb in der Nacht?

Weil sie eine Diebin ist, du Idiot!

Er lief aus dem Zimmer und schaute den Gang auf und ab. Keine Spur von ihr. Der dämliche Polizist flirtete noch immer mit der Angestellten und schien voll im Banne seiner eigenen Hormone zu stehen. Er schien nichts und niemanden zu bemerken. Jordan lief über den Korridor zum Notausgang. Wenn Diana auf der Flucht vor der Polizei war, würde sie vermutlich nicht den Aufzug in die Lobby nehmen, sondern einen Nebenausgang nutzen, der direkt auf den Parkplatz führte.

Er stieß die Tür zum Treppenhaus auf. Er befand sich im zweiten Stock. Als er Diana zuletzt gesehen hatte, hatte sie auf ihn nicht den Eindruck gemacht, als könnte sie auf den Füßen stehen, geschweige denn so viele Stufen hinunterlaufen. Hatte sie es vielleicht doch geschafft? Oder lag sie bewusstlos auf einem Treppenabsatz?

Besorgt eilte Jordan die Treppe hinunter. Vor dem, was er möglicherweise finden würde, graute ihm bereits jetzt.

Sie hatte ein grässliches Pochen im Kopf, und ihre hohen Absätze brachten sie fast um. Trotzdem lief sie unbeirrt die Straße entlang wie ein pflichtbewusster Soldat. Automatisch setzte sie einen Schritt vor den anderen, links, rechts, links. Sie folgte einer inneren Stimme, die ihr Befehle erteilte. Bleib nicht stehen, gehe immer weiter. Der Feind kommt näher. Marschiere oder stirb.

Deshalb stolperte sie auf ihren High Heels weiter voran, obwohl sie am liebsten vor Schmerzen geschrien hätte. Ihr Kopf pochte immer noch wie verrückt. Zweimal hörte sie einen Wagen kommen und versteckte sich schnell in Büschen am Straßenrand. Beide Male fuhren die Autos weiter, ohne dass man sie entdeckte. Gerade war sie auf die Straße zurückgeklettert und hatte ihren qualvollen Marsch fortgesetzt. Sie wusste nicht, was sie als Nächstes tun sollte. Das nächste Dorf konnte meilenweit entfernt sein. Wenn sie an einem Bahnhof vorbeikam, könnte sie Buckinghamshire verlassen. Oder vielleicht gleich England.

Und wohin gehe ich dann?

Nein, so weit im Voraus konnte sie nicht planen. Sie wusste nur, dass sie kläglich versagt hatte und dass sie keine zweite Chance bekommen würde. Sie stand ganz oben auf Victor Van Weldons Abschussliste. Verzweifelt versuchte sie, weiterzugehen, doch ihre Füße schienen ihr nicht mehr zu gehorchen. Die Straße vor ihr begann zu schwanken. *Ich darf nicht stehen bleiben,* dachte sie. *Ich muss weiterlaufen.* Plötzlich sah sie alles nur noch verschwommen. Ihr wurde übel, und sie sank auf die Knie und wartete, dass der Anfall vorüberging. Während sie in der Dunkelheit auf dem Boden kauerte, spürte sie eine leichte Vibration. Allmählich drang das lauter werdende Geräusch durch ihren vernebelten Verstand.

Ein Wagen näherte sich ihr von hinten.

Sie blickte auf und sah direkt in zwei Scheinwerfer, die rasch größer wurden. Panisch rappelte sie sich auf, um sich hinter den Büschen zu verstecken, doch ein weiterer Schwindelanfall brachte sie erneut zu Fall. Die Scheinwerfer tanzten und verschwammen zu einem grellen Nebel. Clea kniete und ihre Handflächen schabten über den rauen Asphalt. Eine Autotür wurde geöffnet, Schritte näherten sich, es war zu spät. Man hatte sie entdeckt.

„Nein“, flehte sie, die Arme um den Körper geschlungen. „Bitte nicht …“

„Es ist alles in Ordnung."

„*Nein!*", schrie sie. Sie glaubte jedenfalls, dass sie schrie. Ihr Gesicht lag an der Brust eines Mannes, und aus ihrer Kehle kam kaum mehr als ein ersticktes Flüstern. Sie wehrte sich gegen den Kidnapper, trommelte mit den Fäusten auf seinen Rücken und seine Schultern, aber seine Arme schlossen sich nur noch enger um sie.

„Lassen Sie das, Diana. Ich tue Ihnen nichts. *Hören Sie auf!*"

Schluchzend hob sie den Kopf. Durch einen Schleier von Tränen und durch die Nebelschwaden in ihrem Gehirn nahm sie schemenhaft wahr, dass Jordan Tavistock vor ihr stand. Ihre Schläge wurden schwächer, sie klammerte sich an seine Jacke. Die Wolle fühlte sich so warm und gut an wie der ganze Mann. Sie sahen einander an, ihr Kopf ihm zugeneigt, ihr Körper schwach und wie betäubt in seinen Armen.

Plötzlich presste er seine Lippen auf ihren Mund, und die Taubheit in ihrem Körper wich einer Welle fantastischer Gefühle. Mit seinem Kuss schenkte er ihr seine Wärme und seine Stärke, und sie sog seine Lebensgeister in sich auf. Sie waren Labsal für ihre geschundene Seele. Sie wollte mehr davon, immer mehr, und sie erwiderte seinen Kuss mit der verzweifelten Begierde einer Frau, die in den Armen eines Mannes endlich fand, wonach sie schon so lange suchte. Es war weder Lust noch Verlangen, sondern Geborgenheit und Schutz. Sie klammerte sich an ihn und überließ sich und ihr Schicksal dem einzigen Mann, der ihr jemals ein Gefühl von Sicherheit vermittelt hatte.

Keiner von ihnen hörte den näher kommenden Wagen.

Erst als sie vom Licht der Scheinwerfer erfasst wurden, lösten sie sich voneinander. Clea schaute auf die Straße. Die

Lichtkegel waren bereits nahe. Sofort geriet sie wieder in Panik. Hastig befreite sie sich aus Jordans Umarmung und lief zu den Büschen.

„Diana, warte!", rief Jordan ihr hinterher.

Blindlings bahnte sie sich einen Weg durch das Gestrüpp. Flucht war ihr einziger Gedanke, aber ihre Beine gaben nach. Jordan folgte dicht hinter ihr. Unter seinen Sohlen knackten die Zweige. Als er sie einholte, griff er nach ihrem Arm.

„Diana …!"

„Sie werden mich sehen."

„Wer?"

„Lass mich."

Der Wagen auf der Straße bremste. Sie hörten, wie eine Tür geöffnet wurde. Sofort ging Clea zu Boden und duckte sich in den Schatten.

„Hallo!", rief ein Mann. „Ist alles in Ordnung?"

Bitte, Jordan, flehte Clea. *Verrate mich nicht. Sag ihm nicht, dass ich hier bin.*

Eine kurze Pause entstand. Dann hörte sie Jordan zurückrufen: „Es ist alles in Ordnung."

„Habe Ihren Wagen am Straßenrand gesehen. Da wollte ich mal lieber nachschauen", sagte der Mann.

„Ich … ähm", Jordans verlegenes Lachen klang ziemlich überzeugend, „ich musste dem Ruf der Natur folgen."

„Ach so. Na, dann will ich Sie nicht stören." Die Autotür fiel wieder ins Schloss und der Wagen fuhr weiter. Die Rücklichter wurden rasch kleiner.

Clea, die immer noch am ganzen Körper zitterte, schluchzte erleichtert auf. „Danke", flüsterte sie.

Er betrachtete sie schweigend. Dann streckte er die Hand

aus und half ihr auf die Beine. Unsicher lehnte sie sich an ihn.

„Komm“, sagte er leise. „Ich bringe dich zurück ins Krankenhaus.“

„Nein!“

„Du bist nicht in der Verfassung, hier nachts durch die Gegend zu spazieren.“

„Ich kann nicht zurück.“

„Wovor hast du Angst? Vor der Polizei?“

„Lass mich einfach gehen.“

„Sie werden dich nicht festnehmen, du hast nichts getan.“ Er hielt inne. Dann fragte er leise: „Oder doch?“

Sie befreite sich aus seinem Griff, was sie die letzten Kräfte kostete. Plötzlich verschwamm alles vor ihren Augen, und die Dunkelheit überwältigte sie wie ein wilder Wasserstrudel. Später erinnerte sie sich nicht mehr daran, wie sie zu Boden gesunken und in seine Arme gefallen war. Aber genau dort fand sie sich plötzlich wieder. Jordan trug sie zum Wagen. Sie war zu müde, um sich zu wehren und sich zu fragen, was mit ihr geschah. Jordan setzte sie behutsam auf den Beifahrersitz, wo sie bald mit dem Kopf gegen die Tür sank. Sie bemühte sich, nicht in Ohnmacht zu fallen, und kämpfte gegen die Übelkeit an, die von ihrem Magen aufzusteigen begann. *Ich kann mich doch nicht in seinem schönen Wagen übergeben,* dachte sie. *Es würde die kostbaren Ledersitze ruinieren.* Wie durch einen Nebel nahm sie wahr, dass er sich neben sie setzte und den Wagen startete. Es ließ ihre Angst erneut ins Übermächtige steigen.

Mit letzter Kraft klammerte sie sich an seiner Jacke fest. „Bitte bring mich nicht ins Krankenhaus zurück“, flehte sie.

„Beruhige dich. Ich werde dich nicht zwingen, zurückzugehen."

Sie versuchte, sich zu konzentrieren, und betrachtete sein scharf geschnittenes Profil. Jordan starrte angestrengt auf die Straße.

„Wenn du willst, bringe ich dich in dein Hotel", sagte er. „Aber du brauchst jemanden, der sich um dich kümmert."

„Dorthin kann ich auch nicht."

Er sah sie stirnrunzelnd an. Offenbar erkannte er ihre Angst und ihre Verzweiflung. „Na gut", seufzte er. „Dann sag mir einfach, wo du hinwillst."

„Zum Bahnhof."

Er schüttelte den Kopf. „Du bist nicht in der Verfassung, zu reisen."

„Ich kann das."

„Du kannst ja nicht einmal aufrecht stehen."

„Ich habe keine Wahl", rief sie. „Ich habe keine Wahl." Sie schluchzte herzzerreißend.

„Du wirst nicht mit dem Zug fahren", sagte er nach einer Weile. „Das erlaube ich nicht."

„Du *erlaubst* es nicht?", konterte sie wütend. Trotzig hob sie den Kopf. „Dazu hast du kein Recht. Du hast ja keine Ahnung, was mich erwartet …"

„Hör zu. Ich bringe dich an einen sicheren Ort. Vertrau mir wenigstens in dieser Beziehung." Er sah ihr direkt in die Augen. Sein Blick war so aufrichtig, dass sie gar nicht anders konnte, als ihm zu glauben. Wie einfach wäre es, ihr Schicksal in die Hände dieses Mannes zu legen und auf das Beste zu hoffen. Sie wollte ihm vertrauen, und deshalb vertraute sie ihm, auch wenn es ihren sicheren Tod bedeutete. Denn niemand überlebte einen so leichtsinnigen Fehler lange.

Mir bleibt keine Wahl, dachte sie, als ein neuer Anfall von Schwindel sie erfasste. Kraftlos ließ sie den Kopf sinken. Genauso gut hätte sie eine weiße Flagge hissen können. Ihre Zukunft lag nun nicht mehr in ihren Händen.

Sondern in denen von Jordan Tavistock.

„Wie geht es ihr?", fragte Richard.

Jordan trat durstig und erschöpft zu Richard in der Bibliothek und goss sich einen großzügigen Brandy ein. „Sie hat offenbar eine Heidenangst", antwortete er. „Aber ansonsten scheint sie weitgehend in Ordnung zu sein. Beryl bringt sie gerade zu Bett. Vielleicht erfahren wir morgen mehr." Er leerte das Glas mit wenigen Schlucken und goss es gleich wieder voll. Als er einen weiteren Schluck trank, spürte er Richards zweifelnden Blick auf sich. Müde sank Jordan in den einladenden Sessel neben dem Kamin. Alkohol zählte eigentlich nicht zu seinen Lastern. Es sah ihm gar nicht ähnlich, zwei doppelte Brandys so schnell nacheinander hinunterzukippen.

Und es sah ihm nicht ähnlich, orientierungslose Frauen mit nach Hause zu bringen.

Doch genau das hatte er getan. Glücklicherweise löcherte ihn Beryl bei seiner Ankunft nicht mit Fragen, in dieser Beziehung war seine Schwester einfach vorbildlich. Sobald es kritisch wurde, tat sie, was zu tun war. Fürs Erste war Diana also gut versorgt.

Natürlich würden die Fragen irgendwann kommen. Jordan hatte keine Ahnung, wie er sie beantworten sollte, er kannte die Antworten ja selbst nicht. Er wusste nicht einmal, warum er Diana mit nach Hause gebracht hatte. Er wusste nur, dass sie um ihr Leben fürchtete und dass er sie nicht im Stich lassen konnte. Aus irgendeinem irrationalen Grund fühlte er sich für die Frau verantwortlich.

Verrückterweise *wollte* er sich auch für sie verantwortlich fühlen.

Er fuhr sich mit beiden Händen übers Gesicht. „Was für eine Nacht“, stöhnte er.

„Du hast wirklich einiges erlebt“, sagte Richard. „Eine Autobombe, eine Frau auf der Flucht. Warum hast du uns darauf nicht vorbereitet?“

„Ich hatte doch keine Ahnung, dass gleich eine Bombe hochgehen wird. Ich dachte, ich hätte es bloß mit einem listigen Einbrecher zu tun. Oder besser einer Einbrecherin. Gibt es den Begriff überhaupt?“ Er schüttelte den Kopf. Die angenehme Wirkung des Brandys setzte bereits ein. „Diebstahl ist eine Sache, aber von durchgeknallten Bombenbauern hat sie nie gesprochen.“

Richard kam näher. „Ich frage mich, für wen die Bombe eigentlich bestimmt war“, bemerkte er beiläufig.

„Wie bitte?“ Jordan sah auf. Er hatte großen Respekt vor seinem Schwager in spe. Die jahrelange Arbeit für den Geheimdienst und bei einer Sicherheitsfirma hatte ihn gelehrt, Beweise niemals für bare Münze zu nehmen. Man musste in alle Richtungen ermitteln, Umwege machen und um die Ecke denken und so zu völlig neuen Einsichten kommen. Genau das tat Richard gerade.

„Die Bombe befand sich in Guy Delancey Wagen“, überlegte Richard. „Vielleicht war es ein Zufall, vielleicht aber auch geplant. Oder …“

Jordan sah ihn stirnrunzelnd an. Beide dachten in diesem Moment das Gleiche. „Oder die Bombe war gar nicht für Delancey bestimmt“, schloss Jordan leise.

„Sie sollte mit ihm in seinem Wagen fahren“, fuhr Richard fort.

„Es besteht kein Zweifel daran, dass Diana Angst hat. Allerdings hat sie mir nicht gesagt, wovor.“

„Was weißt du eigentlich von dieser Frau?“

Jordan schüttelte den Kopf. „Ich weiß nur, dass sie Diana Lamb heißt. Viel mehr kann ich dir leider nicht sagen. Ich kenne nicht einmal ihre richtige Haarfarbe. An einem Tag ist sie blond, am nächsten Tag hat sie eine rote Mähne.“

„Was ist mit den Fingerabdrücken, die an dem Glas waren, das du mitgebracht hast?“

„Ein Freund von Onkel Hughs Freund hat sie mit der Datenbank von Scotland Yard abgeglichen, aber keine Übereinstimmung gefunden. Ehrlich gesagt hat mich das nicht sonderlich überrascht. Ich bin sicher, dass sie Amerikanerin ist.“

„Du hast deine Hausaufgaben wirklich gemacht! Aber warum zum Teufel bist du nicht schon früher zu mir gekommen? Ich hätte die Fingerabdrücke längst von amerikanischen Behörden überprüfen lassen können.“

„Ich durfte nichts sagen. Das hatte ich Veronica versprochen, verstehst du?“

Richard lachte. „Und ein Gentleman hält grundsätzlich sein Versprechen.“

„Nun ja, natürlich! Es sei denn, es wird eine Autobombe gezündet.“ Jordan starrte in sein leeres Brandyglas und überlegte, ob er es ein drittes Mal füllen sollte. Nein, besser nicht. Er musste daran denken, was der Alkohol aus Guy Delancey gemacht hatte. Drinks und Frauen waren sein einziger Lebenszweck. Und jetzt hatte man ihm beides genommen.

Jordan stellte das Glas ab. „Das Motiv", sagte er. „Ich habe keine Ahnung, was das Motiv sein könnte. Warum sollte jemand Diana töten wollen?"

„Oder Guy Delancey."

„Das ist nicht schwer zu beantworten", entgegnete Jordan. „Gott allein weiß, wie viele Frauen er im vergangenen Jahr gehabt hatte. Nimm ein paar wütende Ehemänner hinzu, und schon hast du eine ganze Menge Leute, die ihn gerne tot sehen wollten."

„Inklusive deiner Freundin Veronica und ihrem Mann."

Jordan hielt inne. „Ich glaube nicht, dass einer von beiden jemals …"

„Trotzdem müssen wir sie in Betracht ziehen. Jeder ist verdächtig."

Sie hörten Schritte und drehten sich gleichzeitig um. Beryl betrat die Bibliothek und musterte ihren Bruder und ihren Verlobten. „Wer ist verdächtig?", fragte sie.

„Richard rechnet alle dazu, die eine Affäre mit Guy Delancey hatten", erklärte Jordan.

Beryl lachte. „Es wäre einfacher, mit denen zu beginnen, die *keine* Affäre mit ihm hatten." Sie bemerkte Richards fragenden Blick und fügte empört hinzu: „Nein, ich war eine der wenigen, die dazu zählt!"

„Habe ich was gesagt?", fragte Richard.

„Ich habe deinen Blick gesehen."

„Das ist mein Stichwort." Jordan erhob sich. „Ich denke, ich verziehe mich jetzt. Gute Nacht zusammen."

„Jordan!", rief Beryl ihm hinterher. „Was ist denn nun mit Diana?"

„Was soll mit ihr sein?"

„Willst du mir nicht sagen, was los ist?"

„Nein.“

„Und warum nicht?“

„Weil ich selbst nicht die geringste Ahnung habe“, erwiderte er müde. Damit verließ er die Bibliothek. Er wusste, dass er Beryl eine Erklärung schuldete, aber er war zu erschöpft, um die Geschichte noch einmal zu wiederholen. Richard würde seiner Braut schon alles erzählen.

Jordan stieg die Treppe hinauf und lief über den Korridor zu seinem Schlafzimmer. Auf halbem Wege hielt er inne. Irgendetwas zwang ihn, sich umzudrehen und zu dem Gästezimmer zu gehen, in dem Diana schlief. Unschlüssig blieb er eine Weile vor der verschlossenen Tür stehen und überlegte, ob er nicht besser umkehren sollte.

Doch er konnte nicht anders: Er klopfte an die Tür. „Diana?“, rief er.

Als niemand antwortete, betrat er leise das Zimmer.

In einer Ecke brannte eine Lampe. Sie tauchte das Bett und die darin Schlafende in ein sanftes Licht. Diana lag zusammengerollt auf der Seite und hatte die Arme schützend um ihren Oberkörper gelegt. Ihr Haar lag wie goldrote Wellen auf dem Kopfkissen. Das Nachthemd, das sie trug, stammte von Beryl und war ein paar Nummern zu groß. Dianas Hände verschwanden fast in den weit geschnittenen Ärmeln. Er sollte besser wieder gehen. Stattdessen sank er auf den Stuhl neben dem Bett und sah Diana beim Schlafen zu. Wie klein sie wirkte, und wie schutzlos!

„Meine kleine Diebin“, murmelte er.

Unvermittelt seufzte sie, wovon sie erwachte. Benommen sah sie sich um und Jordan an, bis ihr klar wurde, wo sie sich befand.

„Entschuldige bitte.“ Er erhob sich von seinem Stuhl.

„Ich wollte dich nicht wecken. Schlaf weiter." Er machte Anstalten, zu gehen.

„Jordan?"

Er drehte sich zu ihr um. Es sah aus, als würde sie in den weißen Daunen, den riesigen Kissen und dem viel zu großen Nachthemd versinken. Sollte er ihr nicht zu Hilfe eilen, bevor sie in einem Meer von Weiß ertrank? *Lächerlich!*

„Ich … ich muss dir etwas sagen", flüsterte sie.

„Das kann bis morgen warten."

„Nein, ich muss es dir jetzt sagen. Es ist nicht fair, dich mit hineinzuziehen. Dir könnte etwas passieren."

Stirnrunzelnd ging er zum Bett zurück. „War die Bombe am Wagen wirklich für Guy bestimmt?"

„Ich weiß es nicht." Sie blinzelte, und er bemerkte eine Träne auf ihren Wimpern. „Vielleicht, vielleicht galt sie aber auch mir. Ich bin mir nicht sicher. Das … das macht es ja so verwirrend. Nicht zu wissen, ob ich diejenige bin, die sterben sollte. Ich überlege die ganze Zeit …" Sie sah ihn gequält an. „Ich denke die ganze Zeit, dass ich schuld an Guys Unglück bin. Er hat nichts Unrechtes getan. Ich meine, nichts *wirklich* Unrechtes. Er war einfach nur … ich meine, er wollte nur mit mir ins Bett. Aber das hat er nicht verdient …" Sie schluckte und starrte auf die weißen Laken. „Er hat es nicht verdient zu sterben", flüsterte sie.

„Möglicherweise überlebt er ja."

„Du hast die Explosion doch selbst gesehen. Glaubst du wirklich, dass jemand so etwas überleben kann?"

Jordan sah sie an. „Nein. Und um ehrlich zu sein, ich glaube nicht, dass er es schafft."

Sie schwiegen eine Weile. *Hatte Guy ihr überhaupt etwas bedeutet,* fragte er sich. Oder waren das Tränen der Schuld?

Er fühlte sich selbst ein wenig schuldig, schließlich war er in das Haus dieses Mannes eingebrochen. Er hatte Guy immer für eine lächerliche Figur gehalten, aber nun stand er an der Schwelle des Todes, und nicht einmal Guy Delancey hatte ein so schreckliches Ende verdient.

„Warum glaubst du, dass *du* das Ziel gewesen sein könntest?“, fragte er.

„Weil ...“ Sie atmete tief ein und aus. „Weil es schon einmal passiert ist.“

„Ein Bombenanschlag?“

„Nein. Andere Dinge. Unfälle.“

„Wann?“

„Vor ein paar Wochen in London. Ich wäre fast von einem Taxi überfahren worden.“

„Das kann in London jederzeit passieren“, konterte er trocken.

„Es war nicht das einzige Mal.“

„Du meinst, es gab noch einen Unfall?“

Sie nickte. „In der U-Bahn. Ich stand auf dem Bahnsteig, als mich jemand von hinten stieß.“

Er sah sie skeptisch an. „Bist du dir sicher, Diana? War es nicht eher so, dass dich jemand versehentlich angerempelt hat?“

„Hältst du mich für blöd?“, rief sie. „Meinst du, ich merke es nicht, wenn ich gestoßen werde?“ Schluchzend vergrub sie ihr Gesicht in ihren Händen.

Dieser unerwartete Ausbruch erstaunte ihn. Einen Moment lang wusste er nicht, was er erwidern sollte. Schließlich legte er ihr sanft seine Hand auf die Schulter. In diesem kostbaren Moment schien etwas mit ihnen zu passieren. Er spürte ein Begehren und die Wärme ihrer Haut. Unvermittelt erinnerte er sich an den Geschmack ihrer Lippen und wie zärtlich sie seinen Kuss noch vor wenigen Stunden erwidert hatte.

Entschlossen verdrängte er all die unpassenden Begierden, die seinen gesunden Menschenverstand zu vernebeln drohten, und setzte sich zu ihr aufs Bett. „Erzähl mir, was in der U-Bahn passiert ist."

„Du glaubst mir ja doch nicht."

„Gib mir die Chance dazu, bitte."

Sie hob den Kopf. „Ich … ich bin auf die Schienen gestürzt. Der Zug fuhr gerade ein. Wenn da nicht ein Mann gewesen wäre, der mich gesehen hatte …"

„Ein Mann? Dann hat dich also jemand hochgezogen?"

Sie nickte. „Ich weiß nicht einmal, wie er hieß. Ich erinnere mich nur daran, dass er seine Hände ausgestreckt und mich auf den Bahnsteig zurückgezogen hat. Ich wollte mich noch bei ihm bedanken, aber er, er hat nur gesagt, ich solle künftig vorsichtiger sein. Und dann verschwand er." Immer noch erstaunt darüber schüttelte sie den Kopf. „Er war mein Schutzengel."

In Dianas braunen Augen glitzerten Tränen. Jordan fragte sich, ob all das wohl möglich war. Wie konnte jemand kaltblütig genug sein, um diese Frau vor einen Zug zu stoßen?

„Warum sollte dich jemand töten wollen? Hast du irgendjemandem was getan?"

Diana erstarrte, als hätte er ihr eine Ohrfeige versetzt. „Was meinst du damit?"

„Ich versuche nur zu verstehen …"

„Glaubst du etwa, ich verdiene so eine Behandlung? Dass ich mir irgendetwas habe zuschulden kommen lassen?"

„Diana, ich werfe dir überhaupt nichts vor. Es ist nur so, dass ein Mord, oder ein Mordversuch, normalerweise mit einem Motiv einhergeht. Du hast mir bis jetzt nicht gesagt, worin sie begründet sein könnten."

Er spürte, wie sie mit ihren Gedanken abdriftete. Wie um weitere mögliche Angriffe von seiner Seite abzuwehren, hatte sie ihre Arme schützend um ihren Körper geschlungen.

„Diana", sagte er freundlich, „du musst mir vertrauen."

„Ich muss niemandem vertrauen."

„Es würde die Sache sehr vereinfachen, vor allem, wenn ich dir helfen soll ..."

„Du hast mir schon genug geholfen. Mehr kann ich wirklich nicht von dir verlangen."

„Du könntest mir wenigstens erzählen, in was ich da hineingeraten bin. Wenn hier in der Gegend Bomben explodieren, wüsste ich schon gern, warum."

Sie verharrte in ihrer störrischen Abwehrhaltung und sagte kein Wort. Frustriert erhob er sich von ihrem Bett und lief zur Tür, doch dann besann er sich und kam wieder zurück. Verdammt noch mal, sie *musste* es ihm erzählen, sonst würde er mit dem Äußersten drohen.

„Wenn du mir nichts sagst, muss ich die Polizei verständigen."

Sie lachte ungläubig. „*Die Polizei?* Ich dachte, das wäre die letzte Adresse, an die du dich wenden würdest. Angesichts ..."

„Angesichts was?"

„Delanceys Schlafzimmer, der Diebstahls, nun gut, das ist nur eine Kleinigkeit, aber ..."

Seufzend schob er sich eine Haarsträhne aus der Stirn. „Es wird Zeit, dir reinen Wein einzuschenken. Die Wahrheit ist, dass ich in Guys Haus eingedrungen bin, um einer Dame einen Gefallen zu tun."

„Was für einen Gefallen?"

„Sie hatte ihm ein paar … indiskrete Briefe geschrieben, die sie zurückhaben wollte."

„Willst du damit sagen, dass du lediglich als Gentleman gehandelt hast?"

„So könnte man es nennen."

„Du hast nie eine Dame erwähnt."

„Weil ich ihr versprochen habe, zu schweigen, um ihre etwas kriselnde Ehe nicht zu gefährden. Aber jetzt ist eine Bombe explodiert, und Guy wurde lebensgefährlich verletzt. Ich denke, es wird allmählich Zeit, mit der Wahrheit herauszurücken." Er warf ihr einen vielsagenden Blick zu. „Meinst du nicht?"

Sie überlegte einen Moment, dann schlug sie die Augen nieder. „Na gut. Dann ist wohl jetzt die Stunde der Geständnisse gekommen." Sie atmete tief durch. „Ich bin auch keine Diebin."

„Warum warst du dann in Delanceys Schlafzimmer?"

„Ich bin dort meiner Arbeit nachgegangen. Wir versuchen, Beweise zu sammeln. Es geht um einen Versicherungsbetrug."

Jetzt war es an Jordan, laut zu lachen. „Du willst mir weismachen, dass du für die Polizei arbeitest?"

Sie errötete und sah ihn trotzig an. „Was ist daran so komisch?"

„Für welches Büro arbeitest du? Die Wache hier am Ort? Scotland Yard? Vielleicht Interpol?"

„Ich … ich arbeite für eine private Ermittlungsfirma, nicht für die Polizei."

„Welche Firma?"

„Der Name würde dir nichts sagen."

„Verstehe. Und wer, wenn ich fragen darf, ist dein Auftraggeber?"

„Er ist kein Engländer. Der Name tut auch nichts zur Sache."

„Und wie kommt Guy Delancey ins Spiel?"

Sie fuhr sich müde durchs Haar. „Guy hat vor ein paar Wochen einen antiken Dolch erworben, der unter dem Namen *Auge von Kaschmir* bekannt geworden ist. Es war eines von mehreren Kunstobjekten, die im vergangenen Monat mit der *Max Havelaar* in Italien verschifft worden sind. Das Schiff ist kurz darauf vor der spanischen Küste gesunken, ohne dass etwas gerettet werden konnte. Der Schiffseigner, ein Belgier, hat den Schaden bei der Versicherung geltend gemacht. Das Schiff und seine Ladung waren mit zweiunddreißig Millionen Dollar versichert."

Jordan runzelte die Stirn. „Aber hast du nicht eben erzählt, dass Guy Delancey den Dolch vor Kurzem erst erworben hat?"

„Ja, genau vor drei Wochen, und zwar *nachdem* das Boot gesunken ist."

„Dann … dann war der Dolch also nie auf dem Schiff?"

„Offensichtlich nicht, denn Guy Delancey konnte es von einem Privatverkäufer erwerben."

„Und du suchst nun Beweise gegen diesen Schiffseigner?"

Sie nickte. „Er wird von der Versicherung für den Verlust entschädigt, obwohl er die Kunstobjekte behalten hat und jetzt unter der Hand verkauft. Er verdient doppelt an der Katastrophe, und das ist Versicherungsbetrug."

„Woher weißt du, dass Guy den Dolch tatsächlich gekauft hat?"

Erschöpft sank sie zurück in die Kissen. „Manche Leute brüsten sich gern." Sie seufzte. „Delancey hat Freunden von einem Dolch aus dem siebzehnten Jahrhundert erzählt, den er aus einer privaten Quelle erworben hat. Ein Dolch mit einem sternförmigen Saphir am Griff. Das hat sich in Antiquitätenhändlerkreisen herumgesprochen. Anhand der Beschreibung wissen wir, dass es sich um das Auge von Kaschmir handeln muss."

„Und das wolltest du Guy Delancey stehlen?"

„Nicht stehlen, ich wollte mich nur vergewissern, wo er ihn aufbewahrt, damit er später als Beweismittel konfisziert werden kann."

Jordan dachte über Dianas Worte nach. Hatte sie ihm die Wahrheit erzählt? Oder waren es nur neue Lügenmärchen? „Vor ein paar Stunden sagtest du noch, dass du nur etwas stehlen wolltest, was deiner Familie gehört."

Sie zuckte mit den Schultern. „Ich habe gelogen."

„*Wirklich?*"

„Ich wusste nicht, ob ich dir trauen kann."

„Und jetzt traust du mir?"

„Du hast mir keinen Grund gegeben, es *nicht* zu tun." Sie musterte sein Gesicht, so als suchte sie ein Indiz dafür, dass sie sich irrte und soeben einen gravierenden Fehler begangen hatte. Dann breitete sich ganz langsam ein kokettes Lächeln auf ihren Lippen aus. „Außerdem warst du so nett zu mir. Ein wahrer Gentleman."

Nett, dachte er und stöhnte innerlich. Konnte etwas die Hoffnungen eines Mannes brutaler zunichtemachen als das Wörtchen *nett*?

„Ich kann dir doch trauen?", fragte sie. „Oder?"

Jordan begann erneut, im Zimmer auf und ab zu laufen. Er war irritiert, ihretwegen, seinetwegen und weil er die neueste Wendung ihrer absonderlichen Geschichte unbedingt glauben wollte. Er hatte ihr einfach zu tief in die rehbraunen Augen geschaut. Deshalb verließ ihn nun sein Verstand. „Warum solltest du mir nicht vertrauen können? Da ich doch so schrecklich *nett* zu dir war."

„Warum bist du denn jetzt so wütend? Weil ich dich zuvor angelogen habe?"

„Sollte ich deshalb vielleicht nicht wütend sein?"

„Nun ja … ich denke schon. Aber jetzt habe ich dir die Wahrheit gesagt habe …"

„Hast du das wirklich?"

Sie zog die Lippen zusammen und spannte ihre Wangenmuskeln an. Dadurch wirkte sie noch hübscher. *Verflucht!* Er hätte sich ohrfeigen können, weil ihn dieses Geschöpf so leicht um den Finger wickeln konnte.

„Ja", bestätigte sie, ohne seinem Blick auszuweichen. „Der Belgier, die *Max Havelaar,* der Dolch, das alles ist die reine Wahrheit." Nach einer kurzen Pause setzte sie hinzu: „Genau wie die Gefahr."

Die Bombe ist Beweis genug, grübelte er.

Jordan konnte aber auch nicht anders, als ihr zu glauben, wenn er sie so zusammengekauert in ihrem Bett liegen sah und in ihre flehenden, glänzend braunen Augen blickte. Das wiederum bedeutete, dass er entweder dabei war, den Verstand zu verlieren, oder dass er einfach zu erschöpft war, um noch einen klaren Gedanken zu fassen.

Sie brauchten beide unbedingt ihren Schlaf.

Er wäre das Beste, wenn er ihr jetzt eine gute Nacht wünschen und das Zimmer verlassen würde, aber irgendetwas zwang ihn dazu, sich zu ihr hinunterzubeugen und ihre Stirn zu küssen. Der Duft ihres Haares und der blumigen Seife betörten seine Sinne.

Sofort wich er zurück. „Du bist hier vollkommen sicher", sagte er.

„Ich glaube dir", flüsterte sie. „Obwohl ich nicht weiß, warum."

„Natürlich weißt du es. Ich gebe dir das Ehrenwort eines Gentlemans." Lächelnd löschte er das Licht und ging hinaus.

Eine Stunde später lag er noch immer wach im Bett und dachte über das nach, was sie ihm erzählt hatte. Natürlich wusste er, dass das Gerede vom Versicherungsbetrug und von den Undercover-Ermittlungen erfunden war. Doch dass sie in Gefahr war, glaubte er ihr, denn er hatte die Angst in ihrem Blick gesehen.

Er überlegte, wie sicher sie in seinem Haus wohl war. Es war mit modernsten Alarmanlagen und Sicherheitsvorrichtungen ausgestattet. Während Onkel Hughs Zeit beim britischen Geheimdienst war ihm dies ein überlebenswichtiges Anliegen gewesen. Das Anwesen wurde von Kameras überwacht, das Personal war durchleuchtet, und früher hatte man die Zimmer regelmäßig auf Wanzen untersucht. Seit Onkel Hughs Pensionierung vor ein paar Monaten war die Sicherheit auf Chetwynd allerdings kein vordringliches Thema mehr. Die Häuser von Privatpersonen mussten schließlich nicht wie Festungen bewacht sein. Auf Chetwynd war man zwar noch immer vergleichsweise sicher, doch wenn jemand entschlossen war, hier einzubrechen, würde ihm das auch gewiss irgendwie gelingen.

Dafür musste dieser Jemand jedoch erst einmal herausbekommen, dass sich die Frau hier aufhielt.

Dieser Gedanke beruhigte Jordan etwas. Niemand außerhalb dieses Hauses konnte von ihrem Aufenthaltsort wissen. Solange es geheim blieb, konnte ihr nichts passieren.

6. KAPITEL

Clea wartete, bis es im Haus vollkommen ruhig geworden war, bevor sie aus dem Bett schlüpfte. In ihrem Kopf pochte es zwar noch immer wie verrückt, und der Boden schien unter ihren nackten Füßen zu schwanken, doch sie biss die Zähne zusammen, durchquerte ein wenig unsicher das Zimmer und öffnete die Tür einen Spalt.

Der Korridor lag verlassen vor ihr. Am Ende des Ganges brannte eine kleine Lampe, und neben der Lampe stand ein Telefon.

Lautlos schlich Clea über den Korridor und nahm den Hörer zur Hand. Den Anfall von schlechtem Gewissen ignorierend, wählte sie Tonys Brüsseler Nummer. Gut, es war ein Ferngespräch, aber es handelte sich schließlich um einen Notfall. Die Tavistocks würden sich die Kosten für das Telefonat schon leisten können.

Nach dem vierten Läuten hob Tony ab. „Clea?“

„Ich stecke in der Klemme“, flüsterte sie. „Sie haben mich aufgespürt.“

„Wo bist du?“

„Im Moment in Sicherheit, Tony, aber Delancey wurde schwer verletzt. Er liegt im Krankenhaus und wird es vermutlich nicht mehr lebend verlassen …“

„Was? Wie …“

„In seinem Wagen ist eine Bombe explodiert. Ich fürchte, ich komme nicht an das Auge heran. Jedenfalls nicht so schnell. Sein Haus wird von der Polizei bewacht.“

Tony schwieg so lange, dass Clea schon fürchtete, die Leitung sei zusammengebrochen. Doch dann sagte er: „Was hast du jetzt vor?“

„Ich weiß es nicht." Hektisch schaute sie sich um, als eine Bodendiele knarrte, aber sie sah niemanden. *Die Geräusche von alten Häusern,* dachte sie, während ihr das Herz bis zum Hals schlug. Leise fuhr sie fort: „Wenn sie mich gefunden haben, können sie dich auch finden. Verschwinde aus Brüssel. Geh woandershin."

„Clea, da gibt es etwas, das ich dir sagen muss …"

Sie drehte sich hektisch um, als sie ein weiteres Geräusch hörte. Es kam aus einem der Schlafzimmer. Jemand war dort noch wach. Rasch legte sie den Hörer auf und eilte über den Korridor zurück.

In ihrem Zimmer blieb sie lauschend an der Tür stehen. Zu ihrer Erleichterung war es im Haus wieder ganz ruhig geworden. Wenigstens hatte sie es geschafft, Tony zu warnen. Jetzt musste sie über sich selbst nachdenken. Sie verschloss die Tür und klemmte zur Sicherheit noch einen Stuhl unter den Knauf, bevor sie sich wieder ins Bett legte.

Ihre Kopfschmerzen ließen allmählich nach. Bis zum Morgen waren sie vielleicht ganz verschwunden. Dann konnte sie Chetwynd verlassen und untertauchen, noch bevor Van Weldons Leute sie wieder aufspürten. Bis jetzt hatte sie Glück gehabt, aber das würde nicht ewig so weitergehen, nicht bei den Leuten, mit denen sie es zu tun hatte. Sie musste ihr Aussehen wieder ändern. Ein Haarschnitt und die Wiedergeburt als Brünette. Und eine Brille. Ja, das konnte funktionieren. Auf diese Weise würde sie sich unerkannt in London bewegen können. Wenn es ihr gelingen sollte, England zu verlassen, verlor Victor Van Weldon möglicherweise das Interesse an ihr. Und dann hätte sie tatsächlich die Chance, in Ruhe ganz alt zu werden.

Vielleicht.

Tony legte den Hörer wieder auf. „Sie hat einfach aufgelegt“, erklärte er und drehte sich zu dem anderen Mann um. „Ich konnte sie nicht daran hindern.“

„Vielleicht hat das Gespräch ja lang genug gedauert.“

„Sie klang total verängstigt. Können Ihre Leute die Sache nicht abblasen?“

„Wir haben noch nicht genug Beweise, aber wir kommen näher.“

„Woher wollen Sie das wissen?“

„Weil Victor Van Weldon sehr nahe an ihr dran ist. Er plant bereits den nächsten Schritt.“

Der andere Mann zog eine Zigarette aus einem Etui und klopfte sie gegen sein Feuerzeug. *Warum klopfen die Leute eigentlich immer mit der Zigarette gegen das Feuerzeug?* fragte sich Tony. Es war noch so eine irritierende Angewohnheit dieses Kerls. Während der vergangenen Woche hatte Tony wohl jede Schrulle und Macke von Archie MacLeod kennengelernt. Er konnte den Mann nicht ausstehen. Wenn es doch nur eine andere Möglichkeit gäbe …

Leider gab es die nicht. Archie MacLeod wusste alles über Tonys Vergangenheit, auch über die Jahre, die er im Gefängnis verbracht hatte. Falls Tony nicht kooperierte, würden Archie MacLeod und Interpol dafür sorgen, dass es auch sämtliche Antiquitätenkäufer in Europa erfuhren. Dann wäre er ruiniert. Tony blieb keine andere Wahl, als bei diesem verrückten Plan mitzumachen. Er konnte nur beten, dass Clea mit heiler Haut davonkam.

„Dieses Mal haben Sie Victor Van Weldon zu nahe kommen lassen“, sagte Tony. „Clea hätte in dem Wagen sterben können.“

„Sie ist aber nicht gestorben.“

„Weil Ihr Mann einen Fehler gemacht hat. Geben Sie es zu."

Archie MacLeod stieß eine Wolke Zigarettenrauch aus. „Zugegeben, wir sind selbst aus allen Wolken gefallen. Wenigstens lebt Ihre Cousine noch. Wir behalten sie weiterhin im Auge."

Tony lachte spöttisch. „Sie wissen ja nicht einmal, wo sie ist."

MacLeods Handy klingelte. Er nahm den Anruf entgegen, lauschte ein paar Sekunden und beendete das Gespräch. Dann sah er Tony an. „Wir wissen genau, wo sie ist."

„Aufgrund des Anrufs?"

„Sie haben ihn zurückverfolgen können. Er kam aus dem Haus eines gewissen Hugh Tavistock in Buckinghamshire."

Tony schüttelte den Kopf. „Wer ist das?"

„Das prüfen wir gerade noch, aber bis dahin ist sie in Sicherheit. Unser Mann vor Ort wurde über ihren Aufenthaltsort informiert."

Tony setzte sich aufs Bett und fasste sich an den Kopf. „Wenn Clea das hier herausbekommt, bringt sie mich um."

„Nach allem, was wir von Ihrer Cousine wissen", erwiderte Archie MacLeod grinsend, „wird sie das höchstwahrscheinlich tun."

„Sie haben ihre Spur verloren", sagte Simon Trott.

Victor Van Weldon blieb äußerlich ungerührt, als ihm die Nachricht überbracht wurde, aber er spürte, wie ihm die Wut die Brust zuschnürte. Das würde gleich wieder vorbei sein, dann konnte er seinen Ärger offen zeigen. Er durfte allerdings nicht die Kontrolle verlieren, vor allem nicht vor Simon Trott.

„Wie konnte das passieren?" Victor Van Weldons Stimme klang eiskalt.

„Sie ist unserem Mann im Krankenhaus entwischt. Dorthin hatte man sie nach der Explosion gebracht."

„War sie verletzt?"

„Eine Gehirnerschütterung."

„Dann kann sie nicht weit gekommen sein. Findet heraus, wo sie ist."

„Das versuchen sie ja schon, sie fürchten allerdings, dass …"

„Was?"

„Dass sie vielleicht Hilfe bei der Polizei gesucht hat."

Wieder schien eine riesige Faust auf Victor Van Weldons Brustkorb zu drücken. Der Belgier rang nach Atem und zählte im Stillen die Sekunden, bis der Anfall vorüberging. *Dieser hier ist ziemlich heftig*, dachte er. Und das nur wegen dieser Frau. Sie war der Nagel zu seinem Sarg. Er holte das Fläschchen mit seiner Medizin hervor, legte zwei Nitroglyzerintabletten unter die Zunge und genoss, wie das beklemmende Gefühl langsam nachließ. *Ich will nicht sterben*, dachte er. *Noch nicht.*

Er schaute Trott an. „Gibt es einen Beweis dafür, dass sie sich an die Behörden gewandt hat?"

„Sie ist uns zu oft entwischt. Irgendjemand muss ihr helfen, entweder die Polizei oder Interpol."

„Nicht Clea Rice, sie hat der Polizei noch nie vertraut." Er steckte die Flasche mit den Tabletten zurück in seine Tasche und atmete durch. Der Schmerz war verschwunden.

„Sie hatte einfach nur Glück", sagte Victor Van Weldon. Er wedelte abfällig mit der Hand. „Aber Glück währt nicht ewig."

Sie hatte gar nicht so lange schlafen wollen, aber durch die Gehirnerschütterung war ihr Körper völlig erschöpft. Zudem war das Bett sehr bequem und, was viel wichtiger war, Clea fühlte sich in dem Haus so sicher, wie schon seit Wochen nicht mehr. Als sie endlich aus den Federn kroch, schien die Sonne direkt durchs Fenster, und ihre Kopfschmerzen waren einem dumpfen Gefühl der Taubheit gewichen.

Ich lebe noch, dachte sie erstaunt.

Aus verschiedenen Ecken des Hauses drangen die Geräusche des Morgens an ihr Ohr. Dielen knarrten, Wasser rauschte durch Leitungen, jemand hustete leise. Jetzt war es zu spät, um unbemerkt fliehen zu können. Sie würde ein paar Stunden lang den Gast der Tavistocks spielen müssen. Später wollte sie dann unbemerkt das Haus verlassen und zum Bahnhof im Ort laufen. Wie viele Meilen mochte der wohl entfernt sein? Egal, sie konnte es schaffen. Sie war kürzlich schon einmal zehn Meilen an der spanischen Küste entlanggelaufen, und das mitten in der Nacht und bis auf die Haut durchnässt. Allerdings trug sie damals keine High Heels.

Stöhnend betrachtete sie ihre Sachen. Ihr Kleid lag verschmutzt und zerrissen über einem Stuhl, und ihre Strümpfe bestanden nur noch aus Fetzen. Ihre Schuhe, diese verdammten Folterinstrumente, schienen sie mit ihren acht Zentimeter hohen Absätzen zu verspotten. Nein, sie würde lieber barfuß gehen, oder vielleicht in Pantoffeln? Sie entdeckte ein Paar neben der Kommode, rosafarben und bequem mit aufgenähtem Pelz. Sie waren genau das Richtige, um in einer Menschenmenge *nicht* aufzufallen!

Sie zog einen seidenen Morgenmantel an, den sie im Kleiderschrank fand, schlüpfte in die rosafarbenen Pantoffeln und stellte den Stuhl beiseite, den sie unter den Türknauf geklemmt hatte. Dann schlich sie aus dem Zimmer.

Alle anderen im Haus waren längst auf den Beinen. Sie lief die Treppe hinunter und erblickte sie durch die Terrassentür. Was sie sah, erinnerte sie an ein Foto aus einem Hochglanzmagazin für Wohnkultur: Am schmiedeeisernen Gitter rankten Kletterrosen empor, dahinter bedeckte Tau den sehr gepflegten Rasen des herbstlichen Gartens. Der Tisch auf der Terrasse war mit einem Leinentuch und feinstem Porzellan gedeckt. Und erst die Menschen, die um den Tisch herum saßen! Da war Beryl mit ihren formvollendeten Wangenkochen und dem glänzenden schwarzen Haar neben dem groß gewachsenen Richard Wolf, der seinen Arm lässig und besitzergreifend um Beryls Schultern legte.

Und Jordan!

Nichts an ihm deutete darauf hin, dass die vergangene Nacht womöglich anstrengend gewesen war. Er wirkte gelassen und elegant wie immer. Sein Haar schimmerte in der Morgensonne beinahe silbern. Das Tweedjackett saß passgenau auf seinen Schultern. *Sie sehen alle so perfekt aus*, dachte Clea, als sie die drei durch die Glasscheiben beobachtete. Sie war nicht neidisch, eher erstaunt, so als würde sie Wesen von einem anderen Stern betrachten. Sie konnte sich unter ihnen bewegen, ihre Rolle perfekt spielen, aber in ihren Adern würde immer das falsche Blut fließen. Verunreinigtes Blut, so wie das von Onkel Walter.

Sie war zu schüchtern, um dieses vollkommene Tableau zu betreten, und wollte gerade wieder nach oben gehen, als Jordan ihren Namen rief. Er winkte ihr zu und bedeutete ihr, sich zu ihnen zu setzen. An ein Entkommen war nicht mehr zu denken. Da musste sie jetzt irgendwie durch.

Sie strich den seidenen Morgenmantel glatt, fuhr sich mit den Fingern durchs Haar und trat hinaus auf die Terrasse. Erst dann fielen ihr die rosafarbenen Pantoffeln wieder ein. Die Sohlen machten unangenehme schlurfende Geräusche auf den Fliesen.

Jordan erhob sich und zog einen Stuhl für sie hervor. „Ich wollte gerade nach dir sehen. Wie geht es dir heute Morgen?"

Peinlich berührt zupfte sie an ihrem Morgenmantel. „Ich bin überhaupt nicht fürs Frühstück angezogen. Meine Kleider sind total verschmutzt und zerrissen, und ich wusste nicht, was ich sonst anziehen …"

„Kein Problem. Wir sind ein ziemlich lässiger Haufen."

Clea warf Beryl einen Blick zu, die in ihrem Kaschmirpullover und ihrer Reithose ebenso wie aus dem Ei gepellt aussah wie Jordan in seinem Tweedjackett. Wirklich *sehr* lässig. Resigniert setzte sie sich auf den angebotenen Stuhl. Sie fühlte sich wie ein seltenes Tier mit rosafarbenen flauschigen Füßen. Jordan goss ihr Kaffee ein und servierte ihr Eier und Würstchen. Dabei konnte sie ihren Blick nicht von seinen Händen wenden. Er hatte sehr lange, gepflegte Finger und goldene Härchen auf seinem Handrücken. *Die Hand eines Aristokraten*, dachte sie. Plötzlich erinnerte sie sich, mit welcher Kraft diese Hände sie in der Nacht zuvor festgehalten hatten.

„Magst du keine Eier?"

Blinzelnd betrachtete sie ihren Teller. *Eier, ach ja.* Wie automatisch griff sie nach der Gabel. Als sie den ersten Bissen nahm, fühlte sie alle Blicke auf sich gerichtet.

„Ich wollte Ihnen heute Morgen ein paar saubere Sachen bringen", sagte Beryl. „Aber die Tür war versperrt."

„Ich hatte einen Stuhl davorgestellt", erklärte Clea.

„Ach so." Beryl lächelte etwas seltsam, so als wollte sie sagen *Natürlich! Verbarrikadieren wir nicht alle unsere Türen?*

Keiner wusste so recht das ins Stocken geratene Gespräch neu zu beleben. Deshalb sahen sie Clea einfach beim Essen zu. Ihre Blicke waren nicht unfreundlich, eher erstaunt.

„Das ist so eine Angewohnheit", fuhr Clea fort und goss Milch in ihren Kaffee. „Ich vertraue keinem Schloss. Man kann sie zu leicht aufbrechen."

„Tatsächlich?", fragte Beryl.

„Vor allem Schlafzimmertüren. Das typische Schloss einer Schlafzimmertür kann man innerhalb von fünf Sekunden knacken. Sogar die moderneren Plattenzylinderschlösser."

„Das ist gut zu wissen", sagte Beryl.

Clea blickte auf und stellte fest, dass alle sie fasziniert beobachteten. Sie errötete und widmete sich rasch wieder ihren Eiern. *Ich rede fürchterlichen Unsinn,* dachte sie.

Sie zuckte zusammen, als Jordan ihre Hand ergriff.

„Diana, ich habe es ihnen erzählt."

Sie erstarrte. „Was erzählt? Meinst du … die Sache mit …"

„Alles. Wie wir uns kennengelernt haben. Die Mordanschläge auf dein Leben. Ich *musste* es ihnen sagen. Wenn sie uns helfen sollen, müssen sie alles wissen."

„Glauben Sie mir, wir wollen Ihnen wirklich helfen", beteuerte Beryl. „Sie können uns ebenso vertrauen wie Jordan."

Cleas Hände zitterten, und sie verbarg sie im Schoß. *Sie bitten mich, ihnen zu vertrauen, lachte sie bitter in sich hinein. Dabei ich bin diejenige, die ihnen nicht die Wahrheit erzählt hat.*

„Wir haben Verbindungen, die vielleicht hilfreich sein könnten", fuhr Jordan fort. „Kontakte zum Geheimdienst. Und Richards Firma ist auf Sicherungssysteme spezialisiert. Wenn du also Hilfe brauchst …"

Das Angebot war zu verlockend, um es abzulehnen. Seit Wochen schon war sie auf sich allein gestellt, sie war von Hotel zu Hotel geflüchtet und hatte nicht gewusst, wem sie vertrauen oder wo sie als Nächstes hingehen konnte. Sie hatte das Fortlaufen so satt.

Dennoch war sie nicht bereit, ihr Leben jemand anderem anzuvertrauen. Nicht einmal Jordan.

„Ich möchte Sie eigentlich nur um einen Gefallen bitten", antwortete sie zögernd. „Wenn mich jemand zum Bahnhof bringen könnte. Und vielleicht …" Sie schaute hinunter auf ihre pinkfarbenen Pantoffeln und musste lachen, „etwas anderes zum Anziehen?"

Beryl erhob sich. „Das lässt sich gewiss einrichten." Sie zog ihren Verlobten am Ärmel. „Komm, Richard. Wir gucken mal in meinen Schrank."

Clea blieb allein mit Jordan zurück. Sie schwiegen bedrückt. In den Bäumen gurrten die Tauben einen Trauergesang auf den sterbenden Sommer. Wolken schoben sich vor die Sonne und tauchten den Morgen kurz in graues Licht.

„Dann wirst du uns also verlassen", sagte Jordan.

„Ja." Sie faltete ihre Serviette sorgfältig zusammen und legte sie auf den Tisch. Obwohl sie sich auf das kleine Stoffquadrat zu konzentrieren versuchte, konnte sie die Gegenwart dieses Mannes nicht ausblenden. Sie spürte fast die Wärme seines Blickes. Alle ihre Sinne sprachen der Gleichgültigkeit Hohn, die sie ihm gegenüber empfinden wollte. Mit dem Kuss in der vergangenen Nacht waren sie über eine unsichtbare Schwelle in ein Areal getreten, in dem es anstelle von Grenzen ungeahnte Möglichkeiten gab.

Aber mehr ist es auch nicht, rief sie sich ins Gedächtnis. *Nur Möglichkeiten.* Fantasien, die im Dämmer von Halbwahrheiten schlummerten. Sie hatte ihm so viele Lügen erzählt und ihre Geschichte so oft verändert und ihm die schrecklichste Wahrheit gar nicht gestanden. Und das war die Wahrheit darüber, *wer* sie war und *was* sie war.

Und was sie einmal gewesen war.

Ich verlasse ihn lieber, solange er noch an das Gute glaubt, sagte sie sich im Stillen. *Er soll nur das Beste von mir denken und nicht das Schlimmste.*

Als sie aufblickte, bemerkte sie, wie irritiert und nachdenklich er sie betrachtete. „Wohin willst du jetzt gehen?", fragte er.

„Nach London. Mir ist klar, dass ich das alles nicht alleine schaffen kann. Meine … Kollegen in der Agentur werden die Untersuchungen fortsetzen."

„Und was wirst du tun?"

Sie zuckte die Achseln und lächelte. „Leichtere Aufgaben übernehmen. Bei denen keine Autos explodieren."

„Diana, falls du jemals meine Hilfe benötigst … oder sonst irgendetwas …"

Ihre Blicke trafen sich. In seinem sah sie mehr als nur ein Hilfsangebot. Sie musste gegen die Versuchung ankämpfen, ihm auf der Stelle alles zu gestehen und ihn in diesen gefährlichen Schlamassel mit hineinzuziehen.

Sie schüttelte den Kopf. „Ich habe sehr fähige Kollegen. Sie kümmern sich schon um mich. Trotzdem vielen Dank für das Angebot."

Er nickte nur kurz und ließ das Thema auf sich beruhen.

Auf dem Bahnsteig saß ein Mann im grauen Anzug auf einer Bank und tat so, als ob er Zeitung las, während er die Passagiere, die auf den Zug um zwölf Uhr fünfzehn nach London warteten, beobachtete. Es war der vierte Zug an diesem Tag, und bis jetzt war Clea Rice hier noch nicht aufgetaucht. Neben ihm saßen drei andere Frauen und ein lebhaftes Kind, das unentwegt gegen seine Zeitung schlug. Es fehlte nicht viel, und der Mann hätte dem Balg eine Ohrfeige verpasst. Er war sich so sicher gewesen, dass Clea Rice den Zug nehmen würde. Jetzt aber sah alles danach aus, als habe sie sich auf einem anderen Weg aus der Stadt geschlichen. Ja, sie beherrschte das Spiel tatsächlich immer besser, und sie überraschte ihre Verfolger immer wieder. Nach wie vor war es ihm schleierhaft, wie sie in der vergangenen Nacht aus dem Krankenhaus entwischen konnte. Es wäre viel leichter gewesen, die Sache dort zu Ende zu bringen, in einem Krankenzimmer und mit einem mit Beruhigungsmitteln vollgepumpten Patienten. Bei einem früheren Auftrag hatte er mal erfolgreich einen Arzt gemimt. Das wäre ihm gewiss noch einmal geglückt.

Schade, dass sie nicht kooperieren wollte.

Jetzt musste er sie unbedingt ausfindig machen, bevor sie im Gewimmel von London untertauchte.

„Andere würden auch gern auf der Bank sitzen“, meckerte ihn eine Stimme an.

Er drehte den Kopf zur Seite und bemerkte eine Frau mit Betonfrisur und einer Einkaufstüte in der Hand. „Sie ist besetzt“, antwortete er barsch und zog die Zeitung straffer.

„Ein anständiger Mann würde einer vollbepackten Frau Platz machen“, brabbelte die Fremde weiter.

Unbeirrt las er weiter in seiner Zeitung. Es juckte ihm in den Fingern, seine Pistole aus dem Schulterholster zu ziehen und dieser dummen Ziege eine Kugel zwischen die Augen zu jagen, damit sie endlich den Mund hielt. Sie ließ ihm keine Ruhe. Es gebe kaum noch Gentlemen auf der Welt, grollte sie, wobei sie ihn nicht direkt ansprach, aber laut genug redete, um die Aufmerksamkeit der Umstehenden auf sich zu ziehen. Das passte ihm ganz und gar nicht.

Er stand auf, maß die Frau mit einem giftigen Blick und gab seinen Anspruch auf den Sitzplatz auf. Zufrieden seufzend ließ sie sich sofort auf den freien Platz fallen. Er faltete die Zeitung und schlenderte zum anderen Ende des Bahnsteigs.

In diesem Moment entdeckte er Clea Rice.

Sie trat gerade aus der Toilette. Sie trug einen Rock und eine Jacke mit Hahnentrittmuster. Beide waren ein paar Nummern zu groß. Ihr Haar verschwand fast vollständig unter einem Tuch, aber ein paar rote Strähnen lugten hervor. Daran und an ihrem gehetzten Blick sowie ihrem ziellosen Umherlaufen erkannte er sie. Er lächelte still, weil Clea Rice einen respektvollen Abstand zur Bahnsteigkante hielt.

Hier war nicht der richtige Ort, um die Sache zu Ende zu bringen.

Er beschloss, sie einsteigen zu lassen und ihr in den Zug zu folgen. Dort konnte er sie im Auge behalten. Vielleicht wenn sie ausstieg …

Mit der Fahrkarte in der Hand mischte er sich unter die Fahrgäste und wartete darauf, einsteigen zu können.

Clea Rice nahm also den 12.15-Uhr-Zug nach London. *Nicht besonders clever*, dachte Charles Ogilvie, der hinter ihr in der Schlange vor dem Kartenschalter stand. Es war leicht gewesen, ihr von Chetwynd zu folgen. Jason Tavistocks champagnerfarbener Jaguar war kaum zu übersehen. Wenn er ihnen auf der Spur bleiben konnte, würde es gewiss auch jedem anderen gelingen.

Und nun wollte die Frau am helllichten Tag mit dem Zug nach London fahren.

Charles Ogilvie war inzwischen an den Anfang der Schlange vorgerückt und kaufte schnell seine Karte. Dann folgte er der Frau auf den Bahnsteig. Sie war in der Damentoilette verschwunden. Er wartete. Erst als der Zug in die Bahnhofshalle einfuhr, trat sie wieder heraus. Etwa zwei Dutzend Leute warteten mit ihnen auf dem Bahnsteig, es war eine Mischung aus Geschäftsleuten und Hausfrauen, und jeder von ihnen konnte ein Mörder sein. Langsam ließ Charles Ogilvie seinen Blick über die Gesichter schweifen und überlegte, ob er eines davon schon einmal gesehen hatte.

Am Rand der Menge entdeckte er einen Mann im grauen Anzug, der eine Zeitung in der Hand hielt und ihm bekannt vorkam. Sein Gesicht war eher nichtssagend, und dennoch erinnerte es ihn an jemanden. Wo hatte er es schon mal gesehen?

Das Krankenhaus! Vergangene Nacht in der Empfangshalle. Der Mann hatte eine Zeitung am Kiosk gekauft.

Jetzt stieg er in den 12.15-Uhr-Zug nach London. Direkt hinter Clea Rice.

Eine Welle von Adrenalin schoss durch Charles Ogilvies Adern. Jetzt würde bald etwas passieren. Vielleicht nicht hier in der Menge, aber im Zug oder beim nächsten Stopp. Man brauchte nur eine Pistole an Cleas Hinterkopf zu halten, denn Clea Rice würde überhaupt nicht damit rechnen.

Der Mann im grauen Anzug rückte näher an die Frau heran.

Charles Ogilvie ging los. Er hatte sein Jackett bereits aufgeknöpft, um leichter an sein Schulterholster zu gelangen, und hielt den Blick starr auf den Mann im grauen Anzug geheftet. Beim ersten Anzeichen eines Angriffs konnte er sich auf etwas gefasst machen. Er war Clea Rices einziger Rettungsring.

Und es würde keine zweite Chance geben.

Fast am Ziel. Fast am Ziel.

Wie einen Glücksbringer hielt Clea die Fahrkarte fest in der Hand, während sie darauf wartete, dass der Zug stehen blieb. Sie hielt sich ein wenig zurück und ließ allen anderen den Vortritt. Die Erinnerung an den Vorfall in der Londoner U-Bahn war noch zu frisch. Sie würde nie wieder an einer Bahnsteigkante warten, wenn ein Zug einfuhr. Es reichte ein kleiner Schubs von hinten. Nein, es war besser, sie hielt sich ein oder zwei Meter zurück, wo sie besser sehen konnte, ob jemand etwas Böses im Schilde führte.

Der Zug kam zum Stehen, und die Fahrgäste begannen einzusteigen.

Clea mischte sich unter die Gruppe. Ihre Kopfschmerzen waren mit aller Wucht zurückgekehrt, und sie sehnte sich nach der Abgeschiedenheit eines Eisenbahnabteils. Noch ein paar Schritte, und sie war auf dem Weg in die Anonymität Londons. Es war das Beste, einfach unterzutauchen. Sie musste verrückt gewesen sein zu glauben, sie könne es mit Victor Van Weldon aufnehmen. Er war ein eiskalter

Gegner, der jeden ihrer Züge sofort und mit tödlicher Entschlossenheit parierte. Er hatte allen Grund und alle Mittel, sie zu vernichten. Nun gut, sie hisste die weiße Flagge. Sie war bereit aufzugeben, um zu überleben.

Sie konzentrierte sich so sehr aufs Einsteigen, dass sie den Aufruhr hinter ihr nicht bemerkte. Gerade als sie auf die erste Stufe treten wollte, griff eine Hand nach ihrem Arm und zerrte sie auf den Bahnsteig zurück.

Sie wirbelte herum, sofort bereit zur Attacke, die Finger gekrallt, um sie in das Gesicht ihres Angreifers zu bohren. Doch dann erstarrte sie.

„Jordan?“, fragte sie ungläubig.

Er ergriff ihr Handgelenk. „Verschwinden wir von hier.“

„Was hast du vor?“

„Das erkläre ich dir später. Komm jetzt.“

„Aber ich will fahren …“

Er zog sie aus der Reihe der Fahrgäste. Sie wollte sich aus seinem Griff befreien, doch Jordan legte seine Hände auf ihre Schultern und drückte sie an sich. „Hör zu“, flüsterte er, „jemand ist uns von Chetwynd bis hierhin gefolgt. Du kannst den Zug nicht nehmen.“

Sofort versteifte sie sich. Sein Atem wehte heiß durch ihr Haar. Sein Duft stieg ihr in die Nase, sie spürte die Wärme seines Körpers. Selbst durch das Tweedjackett konnte sie das Klopfen seines Herzens und seine angespannten Muskeln spüren. Wortlos nickte sie, und der Arm, der sie umfasste, entspannte sich. Zusammen drehten sie dem Zug den Rücken zu und traten auf den Bahnsteig zurück.

Doch plötzlich tauchte wie aus dem Nichts ein Mann im grauen Anzug auf und versperrte ihnen den Weg. Sein Gesicht war ziemlich nichtssagend, dafür sprach die Pistole in seiner Hand eine deutliche Sprache. Verdutzt schaute Clea auf die Waffe.

Sie wich bereits nach links aus, als der erste Schuss ertönte. Etwas traf ihre Schulter und drückte sie fort. Jordan! Wie in Zeitlupe tauchte Jordans Tweedjackett vor ihrem Gesicht auf, als er sich schützend vor sie warf. Dann stolperte sie zur Seite, fiel auf die Knie und landete auf dem Bahnsteig. Den Aufprall auf dem harten Beton spürte sie in jedem Wirbel ihres Rückgrats. Ein greller Schmerz explodierte in ihrem Kopf.

Um sie herum schrien Menschen. Clea rappelte sich wieder auf und drehte sich halb um, um ihren Angreifer anzusehen. Panisch zerstieb die Menschenmenge auf dem Bahnsteig in alle Richtungen. Jordan beschützte sie immer noch mit seinem Körper und nahm ihr die Sicht, aber über seine Schulter hinweg konnte sie einen Blick auf den Schützen erhaschen.

Und er auf sie. Er hob die Pistole.

Der Schuss dröhnte wie ein Donnerschlag. Clea zuckte zusammen, aber sie spürte keinen Schmerz, keinen Stoß. Sie wunderte sich nur darüber, dass sie noch am Leben war.

Auf dem Gesicht des Schützen zeichnete sich ein erstaunter Ausdruck ab. Er starrte auf seinen Brustkorb. Der dunkelrote Blutfleck auf seinem Hemd breitete sich schnell aus. Er wankte und stürzte auf die Knie.

„Verschwinden Sie von hier“, befahl jemand rechts von ihr.

Sie drehte sich um und sah einen zweiten Mann mit einer Pistole, der ein paar Meter entfernt stand. Mit hektischen Handbewegungen bedeutete er ihr, loszulaufen.

Der Mann im grauen Anzug kroch auf Händen und Knien vorwärts. Er keuchte und fluchte, ließ seine Pistole aber nicht fallen. Jordan musste Clea einen heftigen Stoß versetzen, damit sie sich in Bewegung setzte. Plötzlich gehorchten ihr ihre Beine wieder. Sie lief die Bahnsteigkante entlang, und jeder Schritt war wie ein Nagel, der sich in ihren Kopf hämmerte. Sie hörte Jordan direkt hinter sich, hörte die Schreie des Entsetzens, die langsam leiser wurden. Endlich hatten sie das Ende des Zuges erreicht und sprangen auf die Schienen, um zum gegenüberliegenden Bahnsteig zu hasten.

Clea kletterte zuerst hinauf. Jordan schien zurückzubleiben. Sie blieb stehen und griff nach seiner Hand, um ihn zu sich auf den Bahnsteig zu ziehen.

„Warte nicht auf mich", keuchte er, als sie zu den Stufen rannten. „Geh einfach … zum Parkplatz …"

„Ich muss auf dich warten. Du hast die verdammten Autoschlüssel."

Der Jaguar stand in der zweiten Reihe unweit des Bahnhofseingangs. Jordan warf Clea die Schlüssel zu. „Du fährst besser", sagte er.

Sie diskutierte nicht mit ihm, sondern setzte sich sofort hinters Steuer und startete den Motor. Mit kreischenden Reifen fuhren sie davon.

Das Geräusch von Sirenen näherte sich rasch. *Die Polizei*, dachte Clea. Aber sie war nicht an ihr interessiert.

Sie hatte recht. Zwei Streifenwagen sausten an ihr vorbei.

Im Rückspiegel sah Clea, dass die Straße hinter ihnen leer war. „Niemand scheint uns zu folgen. Ich glaube, wir sind in Sicherheit."

„Fürs Erste."

„Du hast gesagt, dass wir seit Chetwynd verfolgt wurden. Woher wusstest du das?"

„Zuerst war ich mir nicht sicher. Anfangs habe ich die ganze Zeit einen schwarzen MG im Rückspiegel gesehen, doch er blieb irgendwann zurück, deshalb habe ich nichts gesagt. Ich dachte, er sei verschwunden."

„Trotzdem bist du zum Bahnhof gekommen, um mich zu holen."

„Auf dem Weg zum Bahnsteig habe ich den MG wiedergesehen. Er parkte gerade. Da habe ich erkannt …" Er schnitt eine Grimasse und rutschte auf seinem Sitz zurück. „Willst du mir jetzt nicht endlich erzählen, was zum Teufel hier eigentlich los ist?"

„Jemand hat gerade versucht, uns umzubringen."

„Ich glaube, das weiß ich schon. Wer war der Schütze?"

„Du meinst, wie er heißt?" Sie schüttelte den Kopf. Sofort begann ihr Kopf wieder höllisch zu schmerzen. „Keine Ahnung."

„Und der andere? Der uns das Leben gerettet hat?"

„Seinen Namen kenne ich auch nicht. Aber …" Sie hielt inne. „Ich glaube, ich habe ihn schon mal gesehen. In London, in der U-Bahn."

„Dein Schutzengel?"

„Aber dieses Mal hast *du* ihn gesehen. Also ist er wohl kein Engel." Sie schaute in den Spiegel. Noch immer folgte ihnen niemand. Allmählich ging ihr Atem wieder ruhiger, und sie überlegte, wohin sie als Nächstes fahren konnten. Nach Chetwynd?

Als ob er ihre Gedanken lesen konnte, sagte er: „Wir können nicht nach Chetwynd zurück. Davon gehen sie nämlich aus."

„Du *könntest* zurück."

„Da bin ich mir nicht mehr so sicher."

„Von dir wollen sie nichts."

„Verrätst du mir, wer *sie* sind?"

„Dieselben Leute, die Guy Delanceys Wagen in die Luft gejagt haben."

„Und haben diese Leute etwas mit diesem geheimnisvollen Belgier zu tun? Oder war das auch nur ein Märchen?"

„Es ist die Wahrheit. Jedenfalls irgendwie."

Er stöhnte. „Irgendwie?"

Sie sah ihn von der Seite an und stellte fest, dass seine Wangenmuskeln angespannt waren. *Er hat wahrscheinlich genauso viel Angst wie ich,* schoss es ihr durch den Kopf.

„Ich denke, wir haben ein Recht auf die ganze Wahrheit", sagte er.

„Später, wenn wir ein bisschen zur Ruhe gekommen sind." Sie trat das Gaspedal durch. Der Jaguar reagierte mit einem leisen Brummen, während er an Tempo zulegte. „Im Moment will ich nur raus aus diesem Land. Wenn wir in London sind ..."

„London?" Er schüttelte den Kopf. „Glaubst du wirklich, dass du da so einfach hinkommst? Wenn diese Leute wirklich so gefährlich sind, wie du sagst, kontrollieren sie bereits alle großen Straßen."

Und ein champagnerfarbener Jaguar gehörte nicht zu den Wagen, die man so leicht übersah. Sie musste ihn loswerden, und vielleicht auch den Mann. Es ging ihm besser ohne sie. Sie zog die Probleme an wie ein Magnet Eisenspäne, und wenn das nächste Problem auftauchte, wollte sie Jordan aus der Schusslinie halten. Das war sie ihm schuldig.

„Dahinten kommt eine Abzweigung. Bieg da ab", forderte er sie auf.

„Wohin führt sie?"

„Zu einer Nebenstrecke."
„Nach London?"
„Nein, zu einem Gasthof. Ich kenne die Besitzer. Sie haben eine Scheune, in der wir den Wagen verstecken können."
„Und wie komme ich nach London?"
„Gar nicht. Wir halten uns eine Weile versteckt, warten ab, was passiert, und dann überlegen wir, wie wir weiter vorgehen wollen."
„Ich würde sagen, gehen ist das richtige Wort, und wenn es sein muss, laufen wir auch. Ich will nicht länger als unbedingt nötig in der Gegend bleiben."
„Ich fürchte, uns bleibt nichts anderes übrig."
Wieder musterte sie ihn von der Seite. Als ihr Blick auf seinen Oberkörper fiel, hätte sie vor Schreck beinahe das Steuer herumgerissen.
Er hatte sein Jackett beiseitegeschoben und betrachtete sein Hemd. Der edle Leinenstoff war voller Blut.

7. KAPITEL

„Himmel“, rief Clea entsetzt. „Warum hast du mir nichts gesagt?“

„Es ist nichts Ernstes.“

„Woher willst du das wissen?“

„Ich atme noch, oder etwa nicht?“

„Da ist ja *toll*!“ Sie schlug den Lenker ein. Der Jaguar beschrieb eine scharfe 180-Grad-Wendung. „Wir fahren sofort ins Krankenhaus.“

„Nein.“ Er griff nach ihrer Hand. „Da würden sie dich sofort schnappen.“

„Was soll ich dann tun? Dich verbluten lassen?“

„Mir geht es gut. Ich glaube, es blutet gar nicht mehr.“ Wieder schaute er auf sein Hemd. Die Flecken schienen tatsächlich nicht größer zu werden. „Wie heißt es immer so schön? Es war nur ein Streifschuss.“

„Und wenn nicht? Wenn du innere Verletzungen hast?“

„Dann werde ich der Erste sein, der um Hilfe bittet. Glaub mir“, fügte er mit einem gequälten Lächeln zu. „Tief in meinem Inneren bin ich nämlich ein Feigling.“

Ein Feigling? Doch nicht dieser Mann, dachte sie. Sie hatte noch nie einen Menschen getroffen, der weniger ängstlich war.

„Fahr zu dem Gasthof“, bat er. „Wenn es wirklich etwas Schlimmes ist, kann ich immer noch einen Arzt rufen.“

Widerwillig wendete sie den Wagen und fuhr wieder in die entgegengesetzte Richtung. Schließlich erreichten sie eine schmale, von Hecken gesäumte Straße. Durch Lücken im Gebüsch erspähte Clea Felder und Steinmauern. Die Hecken endeten an einer Kiesauffahrt. Kurz darauf standen sie vor dem Munstead Inn. Der Weg zum Eingang führte durch einen in herbstliche Farben getauchten Bauerngarten.

Clea sprang aus dem Wagen, um Jordan beim Aussteigen zu helfen.

„Lass mich allein gehen", bat er. „Wir tun am besten so, als sei alles in Ordnung."

„Und wenn du in Ohnmacht fällst?"

„So etwas Peinliches ist mir noch nie passiert." Ächzend hievte er sich aus dem Wagen und schaffte es, ohne ihre Unterstützung aufrecht stehen zu bleiben. Allein durchquerte er den Garten und stieg die Stufen zur Haustür hinauf.

Auf ihr Klopfen hin öffnete ein älterer Herr, dem eine dunkelbraune Hose um die Hüfte schlackerte. Er musterte sie durch seine Gleitsichtbrille und rief erfreut aus: „Na, wenn das nicht der junge Mr. Tavistock ist!"

Jordan lächelte. „Hallo, Mr. Munstead. Haben Sie noch Zimmer frei?"

„Für Freunde wie Sie jederzeit." Der alte Mann trat beiseite und winkte sie in die Eingangshalle. „Ist in Chetwynd also alles belegt?", erkundigte er sich. „Keine Gästezimmer mehr frei?"

„Um ehrlich zu sein, dieses Zimmer wäre für mich und die junge Dame."

„Sie und …" Mr. Munstead drehte sich um und betrachtete Jordan überrascht. Dann breitete sich ein verschmitztes Lächeln auf seinem Gesicht aus. „Ach, es ist also ein Geheimnis?"

„Und das sollte es auch bleiben."

Mr. Munstead zwinkerte ihm zu. „Schon verstanden, Sir."

Clea war es schleierhaft, wie es Jordan schaffte, den munteren Plauderton aufrechtzuerhalten. Während der alte Mann nach einem Schlüssel kramte, erkundigte sich Jordan höflich nach dem Befinden von Mrs. Munstead, fragte, wie der Garten im Sommer gediehen war und ob die Kinder Weihnachten zu Besuch kämen. Endlich wurden sie auf die erste Etage geführt. Unter anderen Voraussetzungen wäre Clea vermutlich über die romantische Atmosphäre des Hauses entzückt gewesen und hätte lobende Worte für die Velourstapete und die Seidenvorhänge gefunden. Doch jetzt wollte sie nur, dass Jordan sich endlich aufs Bett legte und sie seine Wunde inspizieren konnte.

Als sie die Tür hinter sich geschlossen hatten, befahl Clea Jordan, sich sofort hinzusetzen. Er tat wie geheißen und verzog schmerzhaft das Gesicht, als Clea ihm das Jackett auszog. Die Wunde hatte nicht nur sein Hemd befleckt, sondern auch an seinem rechten Arm eine Blutspur hinterlassen.

Sie knöpfte das Hemd auf. Das Blut war getrocknet, und der Stoff klebte daran fest. Vorsichtig streifte sie das Hemd ab und enthüllte einen breiten Brustkorb mit goldbraunen Härchen, von denen einige blutverkrustet waren. Seine Wunde sah eher nach einer Stichverletzung aus, so als ob die Klinge eines Messers an der Achsel eingedrungen wäre und die rechte Seite aufgeschlitzt hätte.

Sie seufzte erleichtert. „Es scheint tatsächlich nur ein Kratzer zu sein. Er hat dich nur im Vorübergehen erwischt. Aber das hätte auch schiefgehen können, du hast wirklich Glück gehabt."

Stirnrunzelnd betrachtete er die Wunde. „Vielleicht war es mehr ein göttlicher Eingriff als Glück."

„Wie bitte?“

„Gib mir mal mein Jackett.“

Verdutzt reichte sie ihm die Jacke. Das Einschussloch war leicht zu finden. Die Kugel hatte das Gewebe über seiner rechten Brust zerstört. Jordan griff in die Innentasche und zog eine Uhr hervor, die an einer Kette befestigt war. Auf dem goldenen Uhrdeckel befand sich eine hässliche Delle.

„Eine helfende Hand aus dem Jenseits.“ Er reichte Clea die Uhr.

Sie ließ den Uhrdeckel aufschnappen und las, was im Inneren eingraviert war. „Bernard Tavistock!“

„Sie gehörte meinem Vater“, erklärte Jordan. „Ich habe sie nach seinem Tod geerbt. Sieht ganz so aus, als ob er noch immer auf mich aufpasst.“

„Dann solltest du sie besser immer bei dir tragen.“ Sie gab ihm die Uhr zurück. „Damit sie auch die nächste Kugel abfangen kann.“

„Ich hoffe doch sehr, dass es keine nächste Kugel geben wird. Diese eine reicht mir voll und ganz. Die Folgen sind nicht gerade angenehm.“

Clea ging ins Bad, tränkte ein Handtuch in warmem Wasser und wrang es aus. Als sie wieder ans Bett trat, sah er ein bisschen verlegen aus. Vermutlich fand er, dass sie zu viel Aufhebens um ihn machte. Sie beugte sich hinunter, um die Wunde zu säubern, und ihre Köpfe berührten sich. Ein irritierend maskuliner Duft stieg in ihre Nase. Jordan roch nach Blut, Schweiß und Aftershave. Sein Atem wehte warm in ihr Haar und streifte ihre Wangen. Krampfhaft bemüht, sich ihre Reaktion nicht anmerken zu lassen, konzentrierte sie sich auf die Wunde.

„Ich habe gar nicht mitbekommen, wie du getroffen worden bist“, sagte sie leise.

„Es war der erste Schuss. Ich bin irgendwie in die Schusslinie geraten.“

„Irgendwie! Du hast dich reingedrängt, indem du mich weggezogen hast, du Dummkopf.“

Er lachte. „Heutzutage wird Ritterlichkeit einfach nicht mehr geschätzt.“

Ohne Vorwarnung nahm sie sein Gesicht zwischen ihre Hände, beugte sich zu ihm hinab und küsste leidenschaftlich seine Lippen. Sofort wurde ihr klar, dass das ein Fehler war, denn in ihrem Bauch schien ein Schwarm Schmetterlinge aufzusteigen. Sie spürte, wie er den Kuss erwiderte, und hörte, wie er lustvoll und zufrieden stöhnte. Doch ehe er sie fester an sich ziehen konnte, wich sie zurück.

„Du siehst, du irrst dich“, flüsterte sie. „Ritterlichkeit wird sehr wohl noch geschätzt.“

„Wenn das die Belohnung ist, würde ich mich jederzeit wieder so zeigen.“

„Lieber nicht. Beim ersten Mal ist es vielleicht Ritterlichkeit, beim zweiten Mal Dummheit.“

Schwer atmend konzentrierte sie sich wieder auf die Wunde. Sie spürte seine Blicke auf sich und hatte noch den Geschmack seines Kusses auf den Lippen, aber sie weigerte sich beharrlich, ihm in die Augen zu sehen. Wenn sie das tat, würden sie sich wahrscheinlich wieder küssen.

Sie wischte das letzte Blut fort und richtete sich auf. „Wie sollen wir es verbinden?“

„Ich habe einen Erste-Hilfe-Kasten im Wagen.“

„Ich hole ihn.“

„Dann fahr den Wagen doch bitte gleich in die Scheune, damit ihn keiner sieht."

Fast erleichtert verließ sie das Zimmer und eilte die Stufen hinunter. Erst im Freien hatte sie das Gefühl, die Kontrolle über sich wiedergefunden zu haben.

Zielstrebig ging sie zum Jaguar, startete ihn und rollte ihn in die Scheune. Nachdem sie den Erste-Hilfe-Kasten aus dem Kofferraum geholt hatte, blieb sie eine Weile nachdenklich neben dem Wagen stehen. Sie atmete tief ein und genoss, dass die Luft um sie herum so intensiv nach Heu duftete. Endlich waren ihre Kopfschmerzen verschwunden, und sie konnte wieder klar denken. *Ich muss mich konzentrieren,* befahl sie sich. *Vergiss nicht, was vor dir liegt. Ich kann mir keine Ablenkung leisten. Nicht einmal von jemandem so Wunderbaren wie Jordan.*

Mit dem Erste-Hilfe-Kasten in der Hand kehrte sie ins Zimmer zurück. Kaum hatte sie die Tür geöffnet, gerieten ihre Vorsätze wieder ins Wanken. Jordan stand am Fenster und wandte ihr seinen breiten Rücken zu. Er war in den Anblick des Gartens vertieft. Sie unterdrückte den Wunsch, zu ihm zu gehen, die Hand auf seine nackte Haut zu legen und ihn zu streicheln.

„Ich habe den Wagen versteckt", sagte sie.

Er schien zu nicken, antwortete aber nicht.

Sie stutzte. „Ist irgendwas nicht in Ordnung?"

Jetzt drehte er sich um. „Ich habe mit Chetwynd telefoniert."

Sie überlegte, warum ein Anruf sein Verhalten so grundlegend ändern sollte. „Du hast angerufen? Warum?"

„Um ihnen zu erzählen, was passiert ist. Wir brauchen Hilfe."

„Es ist besser, wenn niemand Bescheid weiß. Es wäre sicherer …“

„Sicherer für wen?“

„Für alle Beteiligten. Möglicherweise reden sie mit den falschen Leuten. Verraten etwas, das sie besser …“

Da er im Gegenlicht am Fenster stand, konnte sie seinen Gesichtsausdruck nicht erkennen, aber sie hörte den Zorn in seiner Stimme. „Wenn ich mich nicht mehr auf meine eigene Familie verlassen kann, auf wen dann?“

Sein scharfer Ton verletzte sie. Sie ließ sich aufs Bett sinken. Wie betäubt betrachtete sie den Erste-Hilfe-Kasten auf ihrem Schoß. „Ich beneide dich um dein blindes Vertrauen“, sagte sie leise. Sie öffnete den Kasten und entdeckte Verbandszeug, Pflaster und eine Flasche mit Desinfektionslösung. „Komm. Ich versorge jetzt besser deine Wunde.“

Er durchquerte das Zimmer und setzte sich neben sie aufs Bett. Keiner von ihnen sagte etwas, als sie den Verband aus der Folie nahm und zurechtschnitt. Als Clea das Desinfektionsmittel auf die Wunde tupfte, atmete Jordan zischend ein, aber er sagte nichts. Sein Schweigen bereitete ihr geradezu Angst. Irgendetwas war zwischen ihnen anders geworden, seitdem sie das Zimmer verlassen hatte. Es musste mit dem Anruf zusammenhängen. Sie scheute sich, danach zu fragen, weil sie befürchtete, das Band, das zwischen ihnen war, zu zerschneiden. Deshalb beendete sie ihre Aufgabe stumm und kämpfte gegen das panische Gefühl an, sein Vertrauen verloren zu haben. Oder schlimmer noch, ihn zum Gegner gemacht zu haben.

Ihr hässlicher Verdacht schien sich zu bestätigen, als sie das letzte Pflaster auf seiner Brust befestigte. „Richard ist hierher unterwegs.“

Sie starrte ihn an. „Du hast ihm gesagt, wo wir sind?"

„Ich musste es."

„Hättest du ihm nicht einfach erzählen können, dass es dir gut geht und alles in Ordnung ist? Und es dabei belassen …"

„Er hat mir etwas zu sagen."

„Das hätte er doch auch am Telefon tun können."

„Er will es mir aber persönlich mitteilen." Jordan schwieg eine Weile. „Es hat mit dir zu tun."

Sie umklammerte die Rolle mit dem Pflaster und starrte ihn stumm an. *Er weiß Bescheid*, dachte sie. Plötzlich wurde ihr übel. Sie hasste sich und ihre betrübliche Vergangenheit. Was immer Jordan an ihr attraktiv gefunden haben mochte, es zählte offensichtlich nach dem Anruf nicht mehr. Er musste irgendetwas erfahren haben.

Sie schluckte und schlug die Augen nieder. „Was hat er dir denn gesagt?"

„Nur dass du uns in Bezug auf deine Person angelogen hast."

„Und …", sie räusperte sich, „… wie hat er es herausgefunden?"

„Mit Hilfe deiner Fingerabdrücke."

„Welche Fingerabdrücke?"

„Auf dem Champagnerglas vom Poloplatz."

Es dauerte eine Weile, bis ihr die Bedeutung seiner Worte klar wurde. „Dann bist du es also … du hast …"

Er nickte. „Ich habe dein Glas mitgenommen. Bei Scotland Yard sind deine Fingerabdrücke nicht registriert, deshalb habe ich Richard gebeten, bei den amerikanischen Behörden nachzufragen. Und dort waren die Abdrücke in der Datei."

Abrupt stand sie auf und trat ein paar Schritte zurück. „Und ich habe dir vertraut!"

„Ich wollte dich nicht verletzen."

„Natürlich nicht, deshalb hast du mich auch hinter meinem Rücken ausspioniert."

„Ich wusste, dass du mir gegenüber nicht aufrichtig warst. Wie hätte ich es sonst herausfinden können? Ich musste es wissen."

„Warum? Was macht es denn für einen Unterschied?", rief sie.

„Ich wollte dir glauben. Ich wollte mir deiner unbedingt sicher sein."

„Deshalb musstest du beweisen, dass ich eine Betrügerin bin."

„Habe ich das bewiesen?"

Sie schüttelte den Kopf und lachte höhnisch. „Was sollte ich denn anderes sein als eine Betrügerin? Das wolltest du doch herausfinden, davon bist du doch ausgegangen!"

„Ich wusste nicht, was ich herausfinden würde."

„Hast du etwa erwartet, dass ich eine verkleidete Prinzessin bin? Nein, die Wahrheit ist leider anders, ich bin keine Prinzessin, sondern ein Frosch. Oh, jetzt bist du bestimmt enttäuscht, aber was glaubst du wohl, wie enttäuscht *ich bin*, dass ich meiner Vergangenheit nicht entkommen kann. Egal, wie sehr ich mich auch anstrenge, sie folgt mir wie ein treuer Hund." Sie betrachtete den Teppich und versuchte, die Struktur des Blumenmusters zu erkennen. Schließlich seufzte sie müde. „Jedenfalls vielen Dank für deine Hilfe. Du hast dich wie ein Gentleman verhalten, das habe ich noch bei keinem anderen Mann erlebt. Ich wünschte … ich habe gehofft …" Sie unterbrach sich, schüttelte traurig den Kopf und wandte sich zum Gehen.

„Wo willst du hin?"

„Es ist ein weiter Weg bis nach London. Höchste Zeit, dass ich aufbreche."

Sofort sprang er auf und stellte sich vor sie. „Du kannst nicht von hier fort."

„Mein Leben muss irgendwie weitergehen."

„Und wie lange noch? Was geschieht an der nächsten Bahnstation?"

„Heißt das, du erklärst dich bereit, eine weitere Kugel abzufangen?"

Er ergriff ihren Arm und zog sie an sich. Als sie gegen seinen Oberkörper stieß und seine Wärme spürte, wurden ihre Knie weich.

„Ich bin mir nicht sicher, wozu ich bereit bin", raunte er. „Aber ich glaube, ich habe mich bereits entschieden …"

Der Kuss brachte beide aus dem Gleichgewicht. In dem Moment, als sich ihre Lippen trafen, hatte Clea das Gefühl, den Boden unter den Füßen zu verlieren. Jordan drückte sie an die Wand, ohne den Kuss zu beenden, und versperrte ihr mit seinem warmen, kräftigen Körper jeglichen Fluchtweg. Ihr Atem ging so laut und so schnell, sie seufzte so begierig, dass sie die Schritte, die die Stufen zum Knarren brachten und sich ihrem Zimmer näherten, nicht hörte.

Das Klopfen an der Tür ließ beide zusammenzucken. Wortlos sahen sie einander an. Ihre Gesichter waren vor Leidenschaft gerötet, ihr Haar zerzaust.

„Wer ist da?", rief Jordan.

„Ich bin's."

Jordan öffnete die Tür.

Richard Wolf stand im Korridor. Sein Blick fiel zuerst auf Cleas erhitzte Wangen, dann auf Jordans nackten Oberkörper. Wortlos betrat er das Zimmer und schloss die Tür hinter sich. Clea sah, dass er eine vollgestopfte Mappe unter dem Arm trug.

„Ist dir auch niemand gefolgt?", fragte Jordan.

„Niemand." Erneut musterte Richard Clea mit einem so kühlen Blick, dass sie am liebsten im Erdboden versunken wäre. *Jetzt kommt die Wahrheit ans Licht. Er weiß natürlich alles.* In seiner Akte war gewiss der Beweis ihrer Identität. Er würde Jordan alles brühwarm berichten, und sie würde es nicht mehr abstreiten können. Wie Jordan wohl darauf reagierte? Zornig? Enttäuscht? Angewidert?

Mit dem schrecklichen Gefühl, eine vernichtende Niederlage erlitten zu haben, ließ sie sich aufs Bett sinken. Sie wollte keinem der beiden Männer in die Augen sehen, während sie die Fakten über Clea Rice ausbreiteten. Sie würde einfach nur still hier sitzen bleiben und zu allem Ja und Amen sagen, und anschließend gehen. Dieses Mal würde Jordan sie bestimmt nicht mehr daran hindern. Wahrscheinlich war er sogar froh, sie endlich los zu sein.

Bewegungslos wartete sie ab, bis die Wahrheit endlich ans Licht kam.

„Ihr Name ist nicht Diana Lamb", begann Richard. „Sie heißt Clea Rice."

Jordan sah die Frau an, als erwartete er einen Protest oder einen Widerspruch, aber sie schwieg. Ihre Schultern waren zusammengesunken, den Kopf hatte sie gesenkt. Sie wirkte unendlich müde. Es tat beinahe weh, sie so zu sehen. Das war nicht die couragierte Diana, pardon, Clea, die er kannte.

Im Grunde genommen hatte er sie eigentlich ja ohnehin nie richtig gekannt, oder?

Richard überreichte Jordan die Mappe. „Das ist mir vor einer Stunde aus Washington gefaxt worden."

„Von Niki?"

Richard nickte. Nikolai Sakaroff war sein Partner bei Sakaroff und Wolf, Sicherheitsberater. Begonnen hatte Sakaroff seine Karriere als Oberst beim KGB, doch inzwischen war er zu einem enthusiastischen Vertreter des Kapitalismus mutiert, der seine Talente einem profitableren Berufsfeld widmete. Wenn einer an geheime Informationen gelangen konnte, dann war er es.

„Ihre Fingerabdrücke lagen bei den Polizeibehörden in Massachusetts vor", sagte Richard. „Nachdem er das herausgefunden hatte, war der Rest ein Kinderspiel."

Jordan öffnete die Mappe. Auf der ersten Seite war die körnige Kopie dreier Fahndungsfotos, einmal frontal, zweimal im Profil. Durch das Fax war die Qualität der Fotos beeinträchtigt worden, aber sie zeigten zweifellos eine jüngere Version von Clea. Sie blickte ernst in die Kamera, die Augen weit aufgerissen und verwirrt, die Lippen fest zusammengepresst. Das Haar, das ihr über die Schultern fiel, schien blond zu sein. Jordan blickte zu Clea hinüber. Sie hatte sich nicht vom Fleck bewegt.

Er blätterte zur nächsten Seite.

„Vor drei Jahren hat man sie verurteilt, weil sie einem Dieb Unterschlupf gewährt und Beweismaterial vernichtet hat", erklärte Richard. „Dafür saß sie zehn Monate im Staatsgefängnis von Massachusetts. Sie wurde allerdings wegen guter Führung vorzeitig entlassen."

Jordan wandte sich an Clea. „Stimmt das?"

Sie lachte bitter. „Ja. Im Gefängnis bin ich wirklich ... *gut* geführt worden."

„Und der Rest? Die Verurteilung? Die zehn Monate hinter Gittern?"

„Da steht doch alles Schwarz auf Weiß. Warum fragst du mich noch?"

„Weil ich wissen will, ob es wahr ist."

„Es ist wahr", flüsterte sie. Ihr Kopf schien noch tiefer zu sinken.

Da sie offenbar nicht in die Details gehen wollte, wandte sich Jordan wieder Richard zu. „Wer war der Dieb, dem sie geholfen hat?"

„Sein Name ist Walter Rice, er sitzt immer noch in Massachusetts ein."

„Rice? Ist das ein Verwandter?"

„Er ist mein Onkel, Onkel Walter", antwortete Clea dumpf.

„Und welches Verbrechen wird diesem Onkel Walter zur Last gelegt?"

„Einbruch, Betrug, Hehlerei." Sie zuckte mit den Schultern. „Such dir was aus. Onkel Walter hat eine lange und abwechslungsreiche Karriere."

„An der Clea beteiligt war", fügte Richard hinzu.

Cleas Kopf schoss hoch. Zum ersten Mal zeigte sie so etwas wie Lebenswillen. „Das stimmt nicht!"

„Ach nein? Und was ist mit Ihrem Jugendstrafregister?"

„Das ist doch geschlossen und nicht mehr einsehbar."

„Was nicht bedeutet, dass es nicht mehr existiert! Im Alter von zwölf Jahren hat man Sie dabei erwischt, wie Sie gestohlenen Schmuck verpfänden wollten. Mit vierzehn haben Sie und Ihr Cousin ungefähr ein halbes Dutzend

Häuser in Beacon Hill leer geräumt."
„Ich war ein Kind! Ich wusste nicht, was ich tat."
„Was Sie zu tun *glaubten*!"
„Was Onkel Walter uns zu tun befahl."
„Hatte Ihr Onkel Walter eine solche Macht über Sie, dass Sie nicht mehr zwischen richtig und falsch unterscheiden konnten?"
Sie wandte den Kopf ab. „Onkel Walter war ... er war derjenige, zu dem ich hinaufschauen konnte. Ich bin bei ihm groß geworden. Ich war eine von dreien. Mein Cousin Tony, mein Onkel und ich. Ich wusste, dass das, was wir taten, nicht richtig war. Aber die Diebstähle ... sie wirkten auf mich irgendwie nicht real, verstehen Sie? Es war eine Art Spiel. Onkel Walter hat uns herausgefordert. Er fragte zum Beispiel, wer von uns wohl clever genug sei, um es mit diesem oder jenem Haus aufzunehmen. Und wir kamen uns wie Feiglinge vor, wenn wir uns nicht trauten. Es ging nicht ums Geld, es ging nie ums Geld." Sie sah auf. „Es war die Herausforderung."
„Und wie war das mit Ihrer Moralvorstellung vereinbar?"
„Deshalb habe ich ja aufgehört. Ich bin mit achtzehn bei Onkel Walter ausgezogen und habe mir acht Jahre nichts zuschulden kommen lassen. Ich schwöre es."
„Und in der Zwischenzeit hat Ihr Onkel munter weiter Häuser ausgeraubt. Die Polizei sagt, dass er hinter Dutzenden von Einbrüchen in der wohlhabendsten Gegend von Boston steht. Glücklicherweise ist dabei nie ein Mensch zu Schaden gekommen."
„Er hat niemals jemanden verletzt. Onkel Walter besaß nicht einmal eine Waffe."

„Nein. Er war nur ein Dieb mit hohen moralischen Ansprüchen."

„Er hat nie etwas von Menschen genommen, die es sich nicht leisten konnten."

„Natürlich nicht. Er ist dorthin gegangen, wo Geld war, so wie jeder clevere Einbrecher."

Wieder ließ sie den Kopf hängen und knetete die Hände. *Eine verurteilte Kriminelle*, dachte Jordan. So sah sie gar nicht aus, allerdings war es ihr gelungen, ihn von Anfang an zu täuschen. Nun wusste er, dass er seinen eigenen Augen und Instinkten nicht trauen konnte, jedenfalls nicht, wenn es um sie ging.

Er konzentrierte sich wieder auf die Mappe. Auf einigen Seiten hatte Niki Sakaroff mit seiner gestochen scharfen Handschrift Notizen gemacht, es waren Daten von den Festnahmen, Verurteilungen und Einlieferungen von Walter Rice. Die Kopie eines Zeitungsartikels über die Karriere des Meisterdiebs war dabei, dessen Beutezüge rund um Boston geradezu legendär geworden waren. Wie Clea gesagt hatte, hatte der alte Mann tatsächlich nie jemanden verletzt. Er hatte Häuser stilvoll ausgeräumt und immer eine einzelne Rose als Visitenkarte und Entschuldigung zurückgelassen. Deshalb kannte man ihn als „Rote-Rosen-Dieb".

Doch selbst der geschickteste Verbrecher hat mal Pech. In Walters Fall war es ein aufmerksamer Hausbesitzer mit einer geladenen Waffe. Auf frischer Tat ertappt, mit einer Kugel im Arm, sprintete Walter aus dem Fenster und rannte um sein Leben.

Zwei Tage später wurde er in der Wohnung seiner Nichte verhaftet, wo er Zuflucht gesucht hatte und medizinisch versorgt worden war.

Kein Wunder, dass sie meine Wunde so gut versorgt hat, dachte Jordan. *Sie hat Übung.*

„Es scheint eine Spezialität der Familie Rice zu sein, sich Ärger mit dem Gesetz einzuhandeln.“ Richard musterte sie.

Clea widersprach nicht.

„Was ist mit diesem Cousin, Tony?“, fragte Jordan.

„Er hat sechs Jahre wegen Diebstahls gesessen“, antwortete Richard. „Niki ist zu Ohren gekommen, dass sich Tony Rice irgendwo in Europa aufhält. Er arbeitet als Hehler auf dem Schwarzmarkt für Antiquitäten. Habe ich recht, Miss Rice?“

Clea blickte auf. „Lassen Sie Tony aus dem Spiel. Er ist inzwischen sauber.“

„Arbeiten Sie mit ihm zusammen?“

„Ich arbeite mit niemandem zusammen.“

„Wie wollten Sie denn dann das Diebesgut verhökern?“

„Welches Diebesgut?“

„Die Objekte, die Sie Guy Delancey stehlen wollten?“

Sie sah ihn entnervt an. „Warum beantworte ich Ihnen eigentlich all diese Fragen? Sie haben mich doch schon verurteilt. Es gibt nichts mehr zu sagen.“

„Es gibt noch eine Menge zu sagen“, konterte Jordan. „Wer versucht dich umzubringen? Und mich gleich mit dazu?“

„Wenn ich erst mal weg bin, wird er dich nicht mehr belästigen.“

„*Wer* wird mich nicht mehr belästigen?“

„Der Mann, von dem ich dir erzählt habe.“ Sie seufzte. „Der Belgier.“

„Du meinst, dieser Teil der Geschichte ist wahr?“

„Welcher Belgier?“, schaltete Richard sich ein.

„Er heißt Van Weldon“, erklärte Clea. „Er hat überall seine Leute, die für ihn arbeiten. Guy war nur ein zufälliges Opfer. *Ich* bin diejenige, auf die er es abgesehen hat.“

Richard sah auf und fragte langsam: „Victor Van Weldon?“

Plötzlich blitzte Angst in Cleas Augen auf. Fassungslos starrte sie Richard an. „Sie kennen ihn?“

„Nein. Aber ich habe den Namen schon mal gehört, und das ist noch gar nicht so lange her.“ Stirnrunzelnd betrachtete er Clea, als entdeckte er etwas Neues in ihrem Gesicht. „Ich habe mit einem der Polizisten über den Mann gesprochen, der am Bahnhof erschossen worden ist.“

„Derjenige, der uns umbringen wollte?“, fragte Jordan.

Richard nickte. „Er wurde als George Fraser identifiziert. Ein Engländer, wohnhaft in London. Sie haben versucht, Angehörige ausfindig zu machen, aber sie haben nur die Adresse seines Arbeitgebers herausbekommen. Er ist Kundenberater bei der Van-Weldon-Reederei.“

Jordan entging nicht, wie Clea bei der Erwähnung des Firmennamens schauderte, als sei sie von einer eiskalten Hand berührt worden. Nervös stand sie auf und trat ans Fenster. Die Arme um den Oberkörper geschlungen, starrte sie in das Licht der Nachmittagssonne.

„Was ist mit dem anderen Schützen?“, fragte Jordan.

„Keine Ahnung. Er ist spurlos verschwunden.“

„Mein Schutzengel“, murmelte Clea. „Warum nur?“

„Erzählen Sie's uns“, forderte Richard sie auf.

„Ich weiß, warum man mich umbringen will, aber nicht, warum jemand möchte, dass ich am Leben bleibe.“

„Fangen wir mit dem an, was du weißt.“ Jordan ging zu ihr und legte eine Hand auf ihre Schulter. Clea fühlte sich so zart und zerbrechlich an. „Warum will Victor Van Weldon deinen Tod?“

„Weil ich weiß, was auf der *Max Havelaar* passiert ist.“

„Du meinst, warum sie gesunken ist?“

Sie nickte. „Das Schiff hatte keine wertvolle Fracht an Bord. Die Versicherungsansprüche waren gefälscht. Und die Mannschaft wurde als entbehrlich angesehen.“

„Woher weißt du das alles?“

„Weil ich dabei war.“ Sie drehte sich zu ihm um. In ihren Augen glaubte er das Entsetzen zu erkennen, dessen Zeugin sie in jener Nacht geworden war. „Ich war an Bord der *Max Havelaar,* als sie unterging.“

8. KAPITEL

„Es war meine erste Reise nach Neapel", erzählte sie, „mein erstes Jahr in Europa überhaupt. Ich wollte unbedingt diese schrecklichen Erinnerungen an das Gefängnis hinter mir lassen. Als Tony mir dann schrieb und mich nach Brüssel einlud, habe ich die Gelegenheit sofort wahrgenommen."

„Er ist Ihr Cousin?", hakte Richard nach.

Clea nickte. „Seit einem Unfall auf der Autobahn im vergangenen Jahr sitzt er im Rollstuhl. Er brauchte einen Geschäftspartner, dem er vertrauen konnte, jemand, der Interessenten für die Antiquitäten akquiriert, die er verkauft. Es ist ein ganz legales Geschäft. Tony arbeitet nicht mehr auf dem Schwarzmarkt."

„Und deshalb waren Sie in Neapel?"

„Ja. Und dort habe ich meine beiden italienischen Seeleute getroffen." Sie blickte wieder aus dem Fenster. „Carlo und Giovanni ..."

Sie waren Erster Offizier und Steuermann an Bord eines Schiffes, das im Hafen lag. Beide Männer hatten dunkelbraune Augen mit geradezu lächerlich langen Wimpern und einen Hang zu harmlosen Späßen, und beide beteten Blondinen an. Und obwohl sie mit ihr flirteten und ihr schöne Augen machten, wusste Clea instinktiv, dass sie absolut harmlos waren. Abgesehen davon war Giovanni Tonys bester Freund, und in Italien ging eine Männerfreundschaft über alles. Einer solchen konnte selbst auch der ausgeprägte Paarungsinstinkt eines Italieners nichts anhaben. Selbst wenn sie kurz mit dem Gedanken gespielt hätten, wären sie bei Clea niemals einen Schritt zu weit gegangen.

„Wir drei haben sieben Abende miteinander verbracht“, sagte Clea. „Wir haben in Cafés gegessen, im Brunnen gebadet und viel Spaß miteinander gehabt. Sie waren so nett zu mir und zuvorkommend.“ Sie lachte wehmütig. „Für mich waren sie wie jüngere Brüder. Und als sie diese verrückte Idee hatten, mich auf ihrem Schiff mit nach Antwerpen zu nehmen, hatte ich überhaupt keine Bedenken.“

„Als Passagierin, meinst du?“, fragte Jordan.

„Eher als ein privilegierter blinder Passagier. Es war eine kleine Flucht, die wir uns bei Campari und Pasta ausgedacht haben. Ihr Schiff sollte ein paar Tagen später in See stechen, und sie schlugen mir vor, dass es doch Spaß machen könnte, wenn ich mit ihnen käme. Ihr Kapitän hatte nichts dagegen, solange ich unter Deck blieb, bis wir außer Sichtweite waren. Er wollte keinen Ärger mit dem Schiffseigentümer bekommen. Auf offener See sollte ich dann mein Versteck verlassen und mich in Antwerpen irgendwie von Bord schmuggeln.“

„Du hast ihnen vertraut?“

„Ja. Heute mag es verrückt klingen, aber ich habe es getan. Sie waren alle so … harmlos.“ Bei der Erinnerung musste Clea lächeln. „Vielleicht lag es an den zahlreichen Camparis. Vielleicht hatte ich nur Lust auf ein kleines Abenteuer. Wir planten alles ganz genau, welchen Wein wir an Bord schmuggeln wollten, welche Mahlzeiten ich für alle kochen sollte. Sie erzählten mir, es sei ein großes Schiff. Die einzige Ladung bestünde aus ein paar Kisten mit Kunstgegenständen, die für eine Auktion in Brüssel bestimmt waren. Es gab angeblich noch genügend Platz für acht Seeleute und mich.

Mitten in der Nacht haben sie mich an Bord geschmuggelt. Während die Männer alles für die Abfahrt vorbereiteten, wartete ich im Laderaum. Giovanni hat mir heißen Tee und Schokoladenkekse gebracht. Er war so ein netter Kerl …"

„Sie sind also auf der *Max Havelaar* mitgefahren?", fragte Richard leise.

Sie schluckte. „Ja. Es war die *Max Havelaar*." Sie holte tief Luft und musste sich sichtbar zusammenreißen, um fortfahren zu können. „Es war ein ziemlich altes Schiff. Alles war verrostet, alles schien zu knirschen und zu quietschen. Mir erschien es merkwürdig, dass ein so großes Schiff nur ein paar Kisten mit Kunstwerken transportieren sollte. An einer der Kisten war eine Ladeliste befestigt. Ich habe sie mir genauer angesehen und dabei festgestellt, dass Millionenwerte in den Kisten steckten."

„War der Eigentümer registriert?"

„Ja. Es war die Van-Weldons-Reederei. Sie fungierte als Spediteur."

„Was haben Sie dann gemacht?"

„Natürlich war ich neugierig. Ich hätte zu gerne in eine der Kisten geschaut, aber sie waren alle zugenagelt. Nachdem ich ein bisschen gesucht hatte, habe ich ein Astloch in einer der Kisten gefunden. Es war gerade groß genug, um mit einer kleinen Taschenlampe hineinzuleuchten, aber was ich dann sah, ergab für mich keinen Sinn."

„Was war denn drin?"

„Steine. Auf dem Boden der Kiste lagen nur Steine."

Sie drehte sich um. Die beiden Männer sahen sie erstaunt an. Kein Wunder, damals war sie ebenso verblüfft gewesen.

„Haben Sie mit der Mannschaft darüber gesprochen?", fragte Richard.

„Ich habe gewartet, bis wir auf hoher See waren. Als mir Giovanni dann begegnete, fragte ich ihn, ob er wisse, dass sie Kisten voller Steine transportierten. Er lachte nur und sagte, ich würde Gespenster sehen. Ihm hätte man gesagt, dass der Inhalt der Kisten wertvoll sei. Er habe selbst gesehen, wie sie verladen wurden."

„Wer hat sie verladen?"

„Die Van-Weldon-Reederei selbst. Die Leute kamen mit einem Lastwagen direkt vom Lagerhaus."

„Was haben Sie danach getan?"

„Ich habe darauf bestanden, mit Vicenzo zu reden, dem Kapitän. Er hat mich auch ausgelacht. Warum sollte eine Firma Steine verschiffen, hat er mich gefragt. Außerdem hatte er zu der Zeit andere Probleme, denn die Südküste Sardiniens kam in Sicht, und er musste nach anderen Schiffen Ausschau halten. Er versprach mir aber, später nach der Ladung zu sehen.

Erst als wir Sardinien hinter uns gelassen hatten, gelang es mir, sie unter Deck zu locken. Sie öffneten schließlich eine der Kisten. Zuoberst lagen Sägespäne, also typisches Verpackungsmaterial. Ich bat sie, tiefer zu graben. Nach den Sägespänen kamen Lagen von Zeitungspapier. Sie buddelten tiefer und tiefer, um die Kunstgegenstände zu finden, die auf den Ladepapieren standen. Aber sie entdeckten nur Steine."

„Da hat Ihnen der Kapitän doch wohl geglaubt?"

„Natürlich. Ihm blieb ja nichts anderes übrig. Er beschloss, Neapel anzufunken, um herauszufinden, was los war. Also gingen wir alle hinauf zur Brücke. Aber kaum waren wir oben, explodierte etwas im Maschinenraum."

Richard und Jordan schwiegen. Mit grimmigen Mienen

lauschten sie Cleas Bericht von den letzten Minuten der *Max Havelaar.*

In der Panik, die nach der Explosion folgte, setzte Giovanni ein letztes SOS ab und rannte mit der Mannschaft in die Rettungsboote. Niemand dachte mehr an die Steine, es ging nur noch ums nackte Überleben. Die Flammen breiteten sich in Windeseile aus. Die *Max Havelaar* wurde zum schwimmenden Inferno.

Sie ließen die Rettungsboote zu Wasser. Es blieb keine Zeit mehr, die Leiter hinunterzuklettern. Mit dem Feuer im Rücken sprangen sie ins nächtliche Mittelmeer.

„Das Wasser war eiskalt", erinnerte sie sich. „Als ich wieder auftauchte, sah ich, dass die *Havelaar* lichterloh brannte. Das Rettungsboot war ungefähr zehn Meter weit entfernt. Carlo und der zweite Maat hatten es bereits geschafft, sich hineinzuhieven, und sie beugten sich über die Seite, um Vicenzo hineinzuziehen. Giovanni schwamm noch im Wasser und versuchte, nicht unterzugehen.

Ich war schon immer eine gute Schwimmerin, ich kann mich notfalls stundenlang über Wasser halten, wenn es sein muss. Deshalb habe ich den anderen Männern zugerufen, sie sollten zuerst ins Boot klettern. Ich habe weiter Wasser getreten …"

Sie erinnerte sich, wie ruhig sie trotz der Explosionen geblieben war. Es war beinahe so, als würde sie diese Katastrophe überhaupt nicht betreffen. Vielleicht lag es an den rhythmischen Bewegungen ihrer Beine, mit denen sie im dunklen Wasser paddelte. Vielleicht erschien ihr dieser Albtraum so unwirklich. Jedenfalls verspürte sie in dem Moment keine Angst. Noch nicht.

„Ich wusste, dass die spanische Küste nur etwa zwei Meilen nördlich lag. Bis zum Morgen hätten wir mit unserem Rettungsboot an Land paddeln können. Schließlich waren alle Männer an Bord. Ich war als Einzige noch im Wasser. Ich bin zum Boot geschwommen und wollte gerade nach der Hand greifen, die mir jemand entgegenstreckte, als wir ein Motorengeräusch hörten."

„Ein anderes Boot?", fragte Jordan.

„Ja. Eine Art Schnellboot. Plötzlich schrien alle Männer und winkten wie verrückt. Das Rettungsboot schwankte hin und her. Da ich auf der anderen Seite war, konnte ich das Boot, das sich näherte, nicht erkennen. Die Männer an Bord des Schnellbootes hatten einen Suchscheinwerfer eingeschaltet. Jemand rief uns etwas auf Englisch zu. Der Fremde hatte einen Akzent, den ich nicht zuordnen konnte, und sagte, ihr Boot sei die *Cosima.*

Giovanni beugte sich über die Reling, um mir beim Einsteigen zu helfen. In dem Moment …", sie stockte, „in dem Moment begannen sie von der *Cosima* aus auf uns zu schießen."

„Auf das Rettungsboot?" Jordan war entsetzt.

„Zuerst habe ich überhaupt nicht verstanden, was da passierte. Ich hörte die Männer schreien. Dann ließ Giovanni meine Hand los. Er fiel gegen die Bordwand und starrte mich reglos an. Mir war nicht klar, dass die Geräusche Gewehrschüsse waren. Bis ein Körper ins Wasser fiel. Es war Vicenzo." Sie flüsterte nur noch und schlug die Augen nieder.

„Wie bist du davongekommen?", fragte Jordan mitfühlend.

Clea atmete stockend. „Ich bin getaucht", antwortete sie leise. „Ich habe die Luft angehalten und bin so lange wie möglich unter Wasser geschwommen, bis ich außer Sichtweite des Suchscheinwerfers war. Ich bin immer nur ganz kurz aufgetaucht, um Luft zu holen, und dann sofort wieder runtergegangen und weitergeschwommen. Ich habe gehört, wie sie in meine Richtung schossen, aber die *Cosima* hat die Verfolgung nicht aufgenommen. Ich bin einfach weitergeschwommen und geschwommen, die ganze Nacht über, bis ich die spanische Küste erreichte."

Einen Moment lang blieb sie mit gesenktem Kopf stehen. Im Zimmer herrschte bleiernes Schweigen. Niemand sagte etwas.

„Sie haben sie alle getötet", flüsterte Clea. „Giovanni. Den Kapitän. Sechs hilflose Männer in einem Rettungsboot, und die Mörder hatten keine Ahnung, dass es eine Zeugin gab."

Jordan und Richard betrachteten sie stumm. Der Bericht hatte sie ziemlich schockiert. Clea wusste nicht, ob die beiden ihr glaubten, dennoch fühlte sie sich wie befreit, weil sie diese entsetzliche Erinnerung endlich mit jemandem teilte.

„Ich habe die Küste in der Morgendämmerung erreicht", fuhr sie fort. „Mir war kalt, und ich war erschöpft, aber ich wollte unbedingt zur Polizei." Sie schüttelte den Kopf. „Das war ein großer Fehler, wie ich heute weiß."

„Warum?", wollte Jordan wissen.

„Ich landete in einer Dorfpolizeistation und versuchte denen zu erklären, was geschehen war. Ich musste in einem Hinterzimmer warten, während sie meine Geschichte überprüften. Dabei riefen sie Van Weldons Firma an, damit die ihnen bestätigte, dass ein Schiff mit ihrer Fracht vermisst wurde. Das war natürlich irgendwie verständlich, und ich kann der Polizei auch keinen Vorwurf machen, aber ich musste warten, bis ein Vertreter von Van Weldons Reederei eintraf. Als er endlich eintraf, hörte ich seine Stimme durch die Tür. Ich habe sie sofort erkannt.“ Bei der Erinnerung daran bebte sie am ganzen Körper. „Es war die Stimme von der *Cosima*.“

„Du meinst, die Killer haben in Van Weldons Auftrag gehandelt?“, fragte Jordan.

Clea nickte. „Ich bin so schnell aus dem Fenster geklettert, dass ich Brandspuren hinterlassen haben muss.“ Sie lächelte schwach. „Seitdem bin ich auf der Flucht. Später habe ich herausgefunden, dass die *Cosima* bei Van Weldons Reederei registriert ist. Sie haben die *Havelaar* zerstört und die Mannschaft ermordet.“

„Und es dann als Totalschaden gemeldet“, fasste Richard zusammen. „Inklusive der Kunstgegenstände.“

„Nur, dass überhaupt kein Kunstwerk an Bord war“, schloss Clea. „Sie haben Steine auf einem Boot verschifft, das sie nicht mehr brauchten. Die echte Kunst wurde irgendwo gelagert. Ich bin sicher, dass sie die Gegenstände Stück für Stück auf dem Schwarzmarkt verkaufen und zwar mit doppeltem Profit, wenn man die Versicherungssumme hinzurechnet.“

„Welche Versicherung hat die Police denn ausgestellt?“

„Lloyd’s in London.“

„Hast du mit denen gesprochen?“

„Ja. Aber sie glauben mir nicht. Sie fragten mich die ganze Zeit, ob ich Profit aus der Sache schlagen möchte oder ob ich etwas gegen die Van-Weldon-Reederei hätte. Als sie von meinem Vorstrafenregister erfuhren, haben sie mir erst recht nicht mehr geglaubt.“ Seufzend setzte sie sich aufs

Bett. „Meinem Cousin Tony habe ich geraten, eine Weile unterzutauchen, über ihn haben sie mich nämlich aufgespürt. Er sitzt im Rollstuhl und ist ziemlich wehrlos. Er versteckt sich irgendwo in Brüssel. Von ihm kann ich keine wirkliche Hilfe erwarten, deshalb versuche ich, auf eigene Faust durchzukommen."

Wieder wurde es still. Als Clea schließlich aufblickte, sah sie Jordans gerunzelte Stirn und Richards skeptischen Gesichtsausdruck. Beide Männer waren von der Geschichte ganz offensichtlich nicht überzeugt.

„Sie glauben mir nicht, Mr. Wolf, stimmt's?", fragte sie unverblümt.

„Ich hebe mir mein Urteil für später auf, wenn ich die Fakten überprüft habe." Er wandte sich an Jordan. „Können wir draußen reden?"

Jordan nickte und folgte Richard aus dem Zimmer.

Vom Fenster aus beobachtete Clea die beiden Männer im Garten. Sie konnte nicht hören, was sie sagten, nur ihre Körpersprache deuten. Nach ein paar Minuten stieg Richard in seinen Wagen und fuhr davon. Jordan kam ins Haus zurück.

Clea stand auf. Sie hatte Angst, ihm gegenüberzutreten, und Angst vor seiner Skepsis. Warum sollte er ihr auch glauben? Sie hatte im Gefängnis gesessen und in den vergangenen Monaten so viele Lügen erzählt, dass sie selbst den Überblick verloren hatte. Wahrscheinlich war es zu viel verlangt, wenn sie jetzt von ihm erwartete, dass er ihr glaubte.

Jordan öffnete die Tür und trat ein. Seine Miene war undurchdringlich. Er betrachtete sie einen Moment lang, als sei er sich nicht sicher, was er mit ihr machen sollte. Dann seufzte er theatralisch.

„Du verstehst es wirklich, einen Mann aus dem Konzept zu bringen."

„Entschuldige", war alles, was ihr dazu einfiel.

„Entschuldige?"

„Ich wollte dich da nicht mit hineinziehen, und deine Familie auch nicht. Es wäre für alle Beteiligten einfacher, wenn du nach Hause fahren würdest. Ich werde mich schon heil bis London durchschlagen."

„Dafür sind wir schon ein bisschen zu weit gegangen, um mich jetzt rauszuhalten, oder?"

„Es dürfte für dich kein Problem sein. An dir ist Van Weldon nicht interessiert."

„Und ob er das ist."

„Wie bitte?"

„Richard hat mir gerade gesagt, dass er verfolgt wurde, als er auf dem Weg hierher war. Jemand observiert Chetwynd und registriert jeden, der kommt und geht."

Clea erstarrte vor Schreck. „Sie sind ihm hierher gefolgt?"

„Nein. Er hat sie unterwegs verloren. Beziehungsweise sie haben ihn verloren."

„Wie kann er sich da so sicher sein?"

„Glaub mir, Richard ist ein alter Hase in dem Geschäft. Er weiß, wann ihm jemand auf den Fersen ist und wann nicht."

Mit klopfendem Herzen begann sie, im Zimmer auf und ab zu gehen. Ihr war es egal, wie kompetent Richard Wolf war. Sie fürchtete, dass er Van Weldons Macht und seine Ressourcen unterschätzte. Die vergangenen Monate hatte sie damit verbracht, um ihr Leben zu kämpfen. Sie hatte es sich zur Aufgabe gemacht, alles über Van Weldon herauszufinden, und mittlerweile wusste sie besser als jeder andere, wie weit seine Fangarme reichten. Die Verbindung zwischen ihr und den Tavistocks hatte er inzwischen auch mitbekommen. Es war nur eine Frage der Zeit, bis seine Leute sie hier aufspürten.

Sie sah Jordan fragend an. „Und was passiert als Nächstes? Was hat dein Mr. Wolf jetzt vor?“

„Er will ein paar Dinge herausbekommen, eine ganz diskrete Recherche und ein Gespräch mit Lloyd’s in London.“

„Und was tun wir in der Zwischenzeit?“

„Wir sitzen still und warten. Er ruft uns morgen an.“

Sie nickte. *Morgen früh,* dachte sie, *bin ich nicht mehr hier.*

Victor Van Weldon hatte wieder einen seiner Anfälle, doch dieses Mal war es einer der gefährlicheren Art, seinem kalkweißen Gesicht und den blauen Rändern um seinen Lippen nach zu urteilen. Lange würde er nicht mehr auf dieser Welt sein, schoss es Simon Trott durch den Kopf, vielleicht noch ein paar Monate. Dann wäre der Weg wäre frei für seinen designierten Nachfolger, Simon Trott höchstpersönlich.

Falls Victor Van Weldon ihn nicht vorher rausschmiss, was nach den jüngsten Entwicklungen durchaus möglich zu sein erschien.

„Wie konnte das passieren?“, röchelte Van Weldon. „Du hast gesagt, dass alles unter Kontrolle und diese Frau so gut wie erledigt sei.“

„Es ist im letzten Moment jemand aufgetaucht, der alles vermasselt hat. Wir haben einen Mann verloren.“

„Was ist mit dieser Familie, von der du gesprochen hast, diesen Tavistocks?“

„Die sind nur ein Ablenkungsmanöver, mehr nicht. Über die mache ich mir keine Sorgen."

„Über wen dann?"

Trott zögerte, ihm seine Befürchtungen mitzuteilen. „Interpol", sagte er schließlich. „Es sieht so aus, als seien sie auf die Frau aufmerksam geworden."

Van Weldon reagierte mit einem heftigen Hustenanfall. Als er schließlich wieder zu Atem kam, musterte er Trott mit einem hinterhältigen Blick. „Du hast uns diesen Schlamassel eingebrockt."

„Ich bin sicher, dass wir das wieder hinkriegen."

„Du hast Idioten mit dieser Aufgabe betraut, und ich auch", setzte er sarkastisch hinzu.

„Die Polizei hat nichts in der Hand. Unser Mann ist tot, er kann nicht mehr reden."

„Aber Clea Rice kann es."

„Wir werden sie schon wiederfinden."

„Wie denn? Sie wird von Tag zu Tag geschickter, während wir im Gegenzug immer unfähiger zu werden scheinen."

„Irgendwann finden wir ihre Spur, unser Kontakt in Buckinghamshire …"

Van Weldon schnaubte verächtlich. „Dieser Kontakt ist eine Belastung. Ich will, dass die Verbindung sofort gekappt wird. Es muss Konsequenzen geben, ich werde einen solchen Verrat nicht tolerieren."

Trott nickte ergeben. Konsequenzen, Strafen, er wusste, dass sie nötig waren.

Er hoffte nur, dass sie eines Tages nicht ihn treffen würden.

Es war bereits dunkel, als Richard Wolf endlich in die Einfahrt von Chetwynd einbog. Während er an den Steinsäulen vorbeifuhr, ließ er seinen Blick über die Straße wandern und suchte sie nach einer verräterischen Silhouette ab oder einer Bewegung in den Büschen. Er wusste, dass er beobachtet wurde, so wie er wusste, dass er vor einigen Stunden verfolgt worden war. Selbst wenn er Clea Rices Geschichte keinen Glauben schenkte, so war er doch fest davon überzeugt, dass sie in Lebensgefahr schwebte. Ihre Furcht hatte ihn so angesteckt, dass er inzwischen auf jeden Schatten in der Nähe achtete. Er war nur froh, dass Beryl für ein paar Tage nach London gefahren war. Er würde sie später anrufen und ihr raten, ihren Aufenthalt zu verlängern, damit sie nicht auch noch in den Schlamassel hineingezogen werden konnte, für den Clea Rice verantwortlich war.

Ein Wagen, den er nicht kannte, parkte in der Einfahrt. Richard stellte sich daneben. Vorsichtig stieg er aus, ging um den Saab herum und blickte ins Wageninnere. Er entdeckte ein paar zusammengefaltete Zeitungen, aber nichts, woraus man auf die Identität des Fahrers schließen konnte.

Er stieg die Stufen zum Haus hinauf.

David begrüßte ihn an der Tür und half ihm aus dem Regenmantel. „Sie haben Besuch, Mr. Wolf."

„Das habe ich auch schon gesehen. Wer ist es?"

„Ein Mr. Archibald MacLeod. Er wartet in der Bibliothek."

„Hat er den Zweck seines Besuchs genannt?"

„Es geht wohl um eine polizeiliche Angelegenheit."

Sofort ging Richard in die Bibliothek. Ein Mann mit braunem Haar, nicht allzu groß, aber athletisch gebaut, stand vor einem Regal und blätterte in einem ledergebundenen Buch. Er drehte sich um, als Richard eintrat.

„Mr. MacLeod? Ich bin Richard Wolf."

„Ja, ich weiß. Ich habe einige Recherchen über Sie angestellt. Gerade habe ich mit einem ehemaligen Kollegen von Ihnen gesprochen, er heißt Claude Daumier vom französischen Geheimdienst. Er hat mir versichert, dass ich Ihnen voll und ganz vertrauen kann." MacLeod schloss das Buch und stellte es zurück ins Regal. „Ich arbeite für Interpol."

„Und ich fürchte, dass ich nicht weiß, wie ich Ihnen helfen kann."

„Wir nehmen an, dass Sie und Mr. Tavistock in eine sehr riskante Sache hineingeraten sind. Mir liegt viel daran, dass niemand zu Schaden kommt. Deshalb bin hier, um Sie um Ihre Unterstützung zu bitten."

„In welcher Angelegenheit?"

„Verraten Sie mir, wo ich Clea Rice finden kann."

Richard hoffte, dass man ihm den Schrecken nicht ansah. „Clea Rice?", fragte er gleichmütig.

„Ich weiß, dass Ihnen der Name etwas sagt. Sie haben nämlich um die Identifizierung ihrer Fingerabdrücke gebeten und um eine Kopie ihrer Strafakte. Die amerikanischen Behörden haben uns darüber in Kenntnis gesetzt."

Der Mann muss wirklich von der Polizei sein, folgerte Richard im Stillen. Trotzdem beschloss er, vorsichtig zu sein. Nur weil MacLeod ein Polizist war, konnte man ihm nicht unbedingt trauen.

Richard ging zum Kamin und setzte sich. „Bevor ich Ihnen irgendetwas erzähle", begann er, „würde ich gerne einige Fakten von Ihnen erfahren."

„Über Clea Rice, meinen Sie?"

„Nein. Über Victor Van Weldon."

„Und dann sagen Sie mir, wo wir Miss Rice finden können?"

„Warum suchen Sie sie?“

„Wir haben beschlossen, dass es an der Zeit ist, mit ihr zu reden.“

Richard runzelte die Stirn. „Sie meinen, Sie wollen sie verhaften?“

„Ganz und gar nicht.“ MacLeod sah ihm geradewegs ins Gesicht. „Wir haben Miss Rice lange genug benutzt. Es wird höchste Zeit, sie aus der Schusslinie zu nehmen.“

Ein leichter Nieselregen hatte eingesetzt, als Clea durch die Tür des Munstead Inn ins Freie trat. Es war nach Mitternacht, und das Haus lag in tiefer Dunkelheit. Alle anderen Gäste hatten sich längst zurückgezogen. Eine ganze Stunde lang hatte sie wach neben Jordan gelegen und darauf gewartet, dass er endlich einschlief. Seit den Enthüllungen am Nachmittag schien ein gewisses Misstrauen zwischen ihnen zu herrschen, denn jeder hatte sich an den äußersten Rand des Bettes gelegt, ohne viele Worte miteinander zu wechseln, geschweige denn einander zu berühren.

Jetzt hatte sie sich endlich auf den Weg gemacht. Es war ein klarer Abschluss ohne rührselige Gefühle oder einen melancholischen Abschied. Jordan war der Gentleman, sie der Exhäftling, sie beide trennten Welten.

Die Hintertür quietschte, als Clea sie öffnete. Sie erstarrte mitten in der Bewegung und lauschte, doch sie hörte nur das sanfte Rauschen des Regens, der auf das Laub fiel. In der Ferne bellte ein Hund. Clea zog die Jacke enger um sich und stapfte über die Straße.

Sie würde die ganze Nacht hindurch laufen müssen, um bei Tagesanbruch einige Meilen zurückgelegt zu haben, falls ihre Füße mitmachten und sie ihren Gegnern nicht in die Hände lief.

Vor ihr erstreckte sich die zu beiden Seiten mit Hecken gesäumte Straße. Clea überlegte, ob sie auf der anderen Seite der Hecke laufen sollte, damit sie von der Straße aus nicht zu sehen war, aber nach einigen Schritten im Morast entschied sie, dass das Pflaster das Risiko wert war. Auf dem aufgeweichten Boden kam sie nur langsam voran und um diese späte Stunde war bestimmt niemand mehr mit dem Auto unterwegs. Also zwängte sie sich durch das enge Gebüsch und kraxelte zurück auf die Straße, nur um zur Salzsäule zu erstarren.

Vor ihr stand die schattenhafte Gestalt eines Mannes.

„Du hättest mir ruhig sagen können, dass du gehst“, schimpfte Jordan.

Erleichtert darüber, dass er es war, atmete sie tief durch. „Ja, das hätte ich.“

„Und warum hast du es nicht getan?“

„Weil du mich zurückgehalten hättest. Ich kann mir aber keine weiteren Verzögerungen mehr leisten. Nicht, wenn sie mir so dicht auf den Fersen sind.“

„Mit mir bist du sicherer als allein.“

„Nein, allein bin ich sicherer. Und ich werde immer besser, was das angeht. Möglicherweise schaffe ich es ja sogar, so lange zu leben, bis ich das reife Alter von einunddreißig Jahren erreicht habe.“

„Als was? Als ewiger Flüchtling? Was für ein Leben ist das denn?“

„Wenigstens ist es ein Leben.“

„Und was ist mit Victor Van Weldon? Soll der Mörder ungeschoren davonkommen?“

„Das liegt nicht in meiner Macht, ich habe es immerhin versucht, und was hat es mir gebracht? Eine Bande von Verbrechern ist hinter mir her, meine Frisur ist durch die Haarfärbemittel ruiniert, ich lebe gehetzt. Aber ich gebe auf. Er hat gewonnen, und ich verschwinde von hier." Sie drehte sich um und setzte sich in Bewegung.

„Warum bist du überhaupt nach England gekommen? War es wirklich nur der Dolch, hinter dem du her bist?"

„Ja. Ich dachte, ich könnte ihn an mich bringen. Dann hätte ich nämlich allen beweisen können, dass Van Weldon lügt und dass seine Ansprüche unberechtigt sind. Und vielleicht, ganz vielleicht, hätte mir dann jemand geglaubt."

„Falls das, was du sagst, wahr ist …"

„Falls es wahr ist?" Empört sah sie zu ihm auf. Sie wollte nur noch weg, so weit weg von ihm wie möglich. „Wahrscheinlich habe ich den Kerl mit der Waffe auch nur erfunden." Sie drehte sich um und lief weiter.

Er folgte ihr. „Du kannst nicht ewig davonlaufen. Du bist die einzige Zeugin, die weiß, was mit der *Max Havelaar* passiert ist und die Van Weldon drankriegen kann."

„Wenn er mich nicht als Erste drankriegt."

„Die Polizei braucht deine Aussage."

„Sie glauben mir doch sowieso nicht, solange es keine Beweise gibt. Außerdem vertraue ich der Polizei nicht. Glaubst du, Van Weldon ist so reich geworden, weil er sich ans Gesetz gehalten hat? Nein! Ich hab Erkundigungen über ihn eingeholt. Der Mann beschäftigt Hunderte von Anwälten, die ihre Verbindungen spielen lassen, um ihn immer wieder freizubekommen, und vermutlich stehen auch Hunderte von Polizisten auf seiner Gehaltsliste. Er besitzt ein Dutzend Schiffe, vierzehn Hotels und drei Casinos in

Monaco. Zugegeben, im vergangenen Jahr hatte er nicht so viel Glück, er hat zu hoch gepokert und eine Menge verloren, und weil ihm das Wasser bis zum Hals steht, hat er die *Havelaar* versenkt. Er ist in Panik geraten und paranoid. Und er vernichtet jeden, der sich ihm in den Weg stellt."

„Ich werde dir kompetente Hilfe zur Seite stellen, Clea."

„Du hast eine schöne Villa und einen Schwager, der für die CIA gearbeitet hat, doch das wird nicht reichen."

„Mein Onkel war beim britischen Geheimdienst MI6."

„Dann hat dein Onkel wohl ein paar dicke Freunde im Parlament?"

„Ja."

„Genau wie Van Weldon, er hat auch überall Freunde, und wenn nicht, dann kauft er sich welche."

Er ergriff ihren Arm und drehte sie zu sich um. „Clea, auf der *Max Havelaar* sind acht Menschen ums Leben gekommen, und du hast gesehen, wie es passiert ist. Wie kannst du das so einfach ignorieren?"

„Glaubst du wirklich, dass ich es *einfach* kann?", schrie sie. „Immer wenn ich versuche einzuschlafen, sehe ich den armen Giovanni über den Rand des Rettungsboots hängen, ich höre die Schüsse und Vicenzo, der stöhnt. Und ich höre die Stimme dieses Mannes auf der *Cosima,* der befohlen hat, alle zu töten …" Ärgerlich wischte sie die Tränen weg, die ihr plötzlich in die Augen traten. „Nein, einfach ist es ganz bestimmt nicht, aber ich muss es tun, wenn ich nicht …"

Plötzlich packte Jordan ihren Arm. Erst jetzt sah Clea, dass sich ein Lichtblitz in seinen Augen spiegelte. Sie wirbelte herum.

Ein Wagen näherte sich auf der Straße. Die Scheinwerfer warfen Lichtkegel auf die Hecken.

Sofort hasteten Jordan und Clea den Weg zurück, den sie gekommen waren, denn die Hecken rechts und links waren zu hoch und zu dicht, als dass man hindurchschlüpfen konnte. Ihnen blieb nur die Straße zur Flucht, nur leider hatte der Regen das Pflaster schlüpfrig gemacht, und Cleas Schuhe waren noch schwer von dem Schlamm, der an ihren Absätzen klebte. Man würde sie jeden Moment entdecken.

Jordan stieß sie mit einem heftigen Schubs durch eine Lücke in der Hecke.

Clea taumelte und fiel ins nasse Gras. Nur Sekunden später fuhr der Wagen an ihnen vorbei und weiter in Richtung Munstead Inn. Der leiser werdende Motor war das einzige Geräusch in der Nacht, sonst hörten sie nichts.

„Glaubst du, sie sind weg?“, flüsterte Clea.

„Nein, der Gasthof ist am Ende der Straße, es ist eine Sackgasse.“

„Was haben sie vor?“

„Den Gasthof im Auge behalten, nehme ich an.“

Unseretwegen, dachte sie.

Plötzlich hatte sie das Gefühl, so schnell wie möglich von hier wegkommen zu müssen. Dieses Mal wagte sie es jedoch nicht, die Straße zu nehmen. Stattdessen lief sie querfeldein los, ohne zu wissen, in welche Richtung sie lief. Sie wusste nur, dass sie den Munstead Inn so weit wie möglich hinter sich lassen musste. Nasse Erde klebte an ihren Schuhen und erschwerte ihr Vorwärtskommen. Immer wieder strauchelte sie. Sie hatte das Gefühl, mitten in einem Albtraum zu stecken, der ihr nur zu vertraut war und in dem ihr die Beine den Dienst versagten. Sie keuchte so laut, dass sie nicht bemerkte, dass Jordan ihr folgte. Erst als sie auf die Knie fiel und er ihr die Hand hinhielt, nahm sie ihn wahr.

Er zog sie hoch. Clea versuchte trotz ihrer zitternden Beinen Fuß zu fassen. Sie rang nach Luft, um sie herum erstreckte sich endlose Dunkelheit. Der Regen ließ den Himmel silbern schimmern.

„Wir sind in Sicherheit", japste er. „Sie verfolgen uns nicht."

„Woher wussten sie überhaupt, wo sie uns suchen müssen?"

„Bestimmt nicht von den Munsteads."

„Dann von Richard Wolf."

„Nein", erwiderte Jordan entschieden. „Nicht von Richard."

„Sie könnten ihm gefolgt sein …"

„Er hat doch gesagt, dass ihm niemand gefolgt ist."

„Dann hat er sich eben geirrt." Sie trat beiseite. „Ich hätte dir niemals trauen dürfen, keinem von euch. Jetzt zahle ich es mit meinem Leben." Sie drehte sich um und kämpfte sich weiter vorwärts durch den Morast.

„Warte, Clea!"

„Geh nach Hause, Jordan, und spiel weiter den Gentleman."

„Kannst du überhaupt noch laufen?"

„Und ob ich das kann! Ich werde so weit und so lange laufen wie möglich. Ich war so blöd, dem Tiger auf den Schwanz zu treten und kann von Glück sagen, dass ich es bis jetzt überlebt habe."

„Glaubst du wirklich, dass dich Victor Van Weldon davonkommen lässt? Er wird dich aufspüren, Clea, ganz egal, wo du auch hinläufst. Er wird dir immer auf den Fersen sein, weil du eine Bedrohung für ihn bist. Du bist der einzige Mensch, der ihn vernichten kann. Es sei denn, er vernichtet dich zuerst."

Sie drehte sich um. In der Dunkelheit war sein Gesicht ein schwarzes Oval, das sich schwach gegen die schimmernden Wolken abzeichnete. „Was soll ich denn tun?“ Sie schluchzte verzweifelt. „Ich bin so oder so verloren, Jordan. Und ich habe Angst.“ Sie schlang die Arme um sich. „Außerdem friere ich erbärmlich.“

Sofort schloss er sie in die Arme und zog sie an sich. Beide fühlten sich klamm an und zitterten vor Kälte, doch selbst durch seine feuchte Kleidung spürte Clea seine Wärme, die sich allmählich auf sie übertrug. Er nahm ihr Gesicht in beide Hände und küsste sie so innig, dass ihre Angst für Sekunden verschwand. Obwohl der Regen zunahm, spürte Clea nur Jordans Nähe und Wärme; sie spürte, wie er sich an sie schmiegte, und schmeckte seinen Mund.

Als sie wieder zu Atem kam und ihm in die Augen sah, wusste sie, dass sie nicht länger vor Angst zitterte, sondern vor Begierde.

Sie verzehrte sich nach ihm.

Leise sagte er: „Ich weiß, wo wir heute Nacht bleiben könnten. Es ist zwar weit, aber dort ist es warm und trocken.“

„Und sicher?“

„Und sicher.“ Er küsste sie erneut. „Vertrau mir.“

Ich habe keine Wahl, sagte sie sich. Und ich bin zu müde, um mir zu überlegen, was ich tun und wo ich hingehen soll.

Er nahm ihre Hand. „Wir gehen zunächst querfeldein und folgen dann den Straßen, auf denen wir keine Spuren hinterlassen.“

„Und dann?“

„Es sind etwa vier Meilen. Glaubst du, du schaffst das?“

Sie dachte an die Männer im Wagen, die vor dem Munstead Inn auf sie warteten. Ob in einem der Pistolenläufe eine Kugel steckte, auf der ihr Name stand?

„Das schaffe ich." Sie begann, schneller zu laufen. „Ich tue alles", ihre Stimme war nur noch ein Flüstern, „um am Leben zu bleiben."

9. KAPITEL

Jordan klopfte mehrmals mit einem Stein gegen die Scheibe, bis das Glas klirrend splitterte.

Vorsichtig entfernte er die scharfkantigen Zacken aus dem Fensterrahmen und kletterte ins Innere. Kurz darauf tauchte er an der Tür der Hütte auf und winkte Clea zu sich.

Sie trat ein und blickte sich in dem Raum um, der mit grob geschnitzten antiken Möbeln und Zinnlampen behaglich eingerichtet war. Uralte wuchtige Balken hingen an der Decke des Zimmers, dessen weiß getünchte Wände bis zur halben Höhe mit schimmerndem Holz getäfelt waren. Wäre es nicht so kalt und zugig gewesen, hätte man es fast gemütlich nennen können. *Die Engländer müssen selbst alle wärmeisoliert sein*, dachte Clea.

Das traf auch auf Jordan zu, der, obwohl völlig durchnässt, gelassen und ruhig durch das Zimmer lief und alle Fensterläden schloss. „Ich werde dem guten alten Monty das Fenster bezahlen müssen, aber er wird es verstehen. Er nutzt das Landhaus eigentlich nur im Sommer. Zurzeit ist er, soweit ich weiß, in St. Moritz, um die nächste Mrs. Montgomery Dearborn an Land zu ziehen."

Wie viele Mrs. Dearborns gibt es denn? hätte Clea ihn zu gern gefragt, aber sie brachte kein Wort über die Lippen, weil ihre Zähne so sehr klapperten. Ihre Glieder fühlten sich ziemlich taub an. Es wäre besser, ein Feuer im Kamin zu entzünden und die nassen Sachen auszuziehen, aber Clea konnte sich vor lauter Kälte kaum bewegen. Stockstarr stand sie in der Mitte des Zimmers, während das Wasser aus ihren Kleidern auf den Holzboden tropfte.

Jordan knipste eine Lampe an und erschrak, denn erst im Lichtschein sah er Cleas erbärmlichen Zustand. „Himmel!" Er berührte ihr Gesicht. „Du bist ja ein Eisklotz."

„Feuer", flüsterte sie. „Bitte mach Feuer."

„Das dauert zu lange, du musst dich sofort aufwärmen." Er führte sie durch einen Korridor ins Badezimmer. Rasch drehte er den Duschhahn auf. Während das Wasser herauszischte, streifte er Clea die nasse Wolljacke ab.

„Durchlauferhitzer", erklärte er. „In einer Minute ist das Wasser heiß." Achtlos warf er ihre Jacke zu Boden und öffnete den Reißverschluss ihres Rocks. Ihr war zu kalt, um sich über so Nebensächlichkeiten wie Anstand Gedanken zu machen. Sie ließ es zu, dass Jordan ihr den Rock auszog, der ebenfalls auf dem Boden landete. Das Wasser dampfte bereits. Er prüfte die Temperatur, dann schob er Clea mitsamt der Unterwäsche in die Dusche.

Selbst unter dem heißen Wasser schien es ewig zu dauern, bis ihr Körper sich erwärmte und das Zittern nachließ. Ganz benommen schlang sie die Arme um sich und stellte sich unter den Strahl. Allmählich vertrieb die Hitze das Taubheitsgefühl, und sie spürte ihr Blut wieder durch die Adern fließen.

„Clea?", fragte Jordan.

Sie antwortete nicht. Das Gefühl, sich endlich wieder aufzuwärmen, war zu angenehm. Seufzend drehte sie sich um, damit das Wasser über ihren Rücken laufen konnte. Durch das Plätschern des Wassers drang Jordans Stimme an ihr Ohr.

„Ist alles in Ordnung mit dir?"

Noch bevor sie antworten konnte, schob er den Duschvorhang abrupt beiseite. Sie sah in Jordans Gesicht.

Und er sah in ihres.

Einen Moment lang sagte keiner ein Wort. Als einzige Geräusche drang das Rauschen des Wassers und ihr Herzklopfen an ihr Ohr. Obwohl sie nur spärlich bekleidet war und ihre Unterwäsche nass und durchsichtig an ihrem Körper klebte, wandte Jordan den Blick nicht von ihrem Gesicht. Von dem, was er dort sah, schien er wie verzaubert zu sein. Das Begehren, das er in ihren Augen las, schien ihn zu faszinieren.

Sie streckte ihre Hand aus und berührte sein Gesicht. Unter ihren aufgeheizten Fingern fühlte sich seine Wange rau und kühl an. Doch allein diese flüchtige Berührung schien sämtliche Barrieren zwischen ihnen zu zerstören. Eine andere Hitze stieg tief aus dem Inneren ihres Körpers in ihr hoch. Sie zog sein Gesicht zu sich hinunter und küsste seine Lippen.

Sie klammerten sich wie Ertrinkende aneinander und küssten sich gierig. Heiß lief das Wasser über ihre Schultern, die ihren waren nackt, seine noch bedeckt von seinem Hemd. Durch die Dampfschwaden erkannte Clea das lang unterdrückte Verlangen in seinem Gesicht, das in jener Nacht, als sie sich zum ersten Mal begegnet waren, seinen Anfang genommen hatte.

Sie drängte sich noch enger an ihn und seufzte beinahe triumphierend, als sie die gewaltige Reaktion seines Körpers spürte.

„Deine Kleider“, murmelte sie und zerrte an seinem Hemd. Er streifte es ab und ließ es achtlos auf den Boden fallen. Clea streichelte den muskulösen Oberkörper, den sie vor Kurzem noch bandagiert hatte. Sein goldblonde Haar klebte ihm feucht am Kopf. Beide atmeten sie immer schneller, während sie zu zweit versuchten, den Gürtel seiner Hose zu öffnen.

Irgendwie gelang es ihnen, die Dusche abzustellen, aus der Wanne und über die nasse Kleidung hinwegzusteigen und das Badezimmer zu verlassen. Die restlichen Kleidungsstücke markierten ihren Weg wie bei einer Schnitzeljagd: seine Hose vor der Badezimmertür, ihr Büstenhalter im Korridor, seine Unterhose an der Schwelle zum Schlafzimmer. Als sie das Bett erreichten, gab es nichts mehr, was sie ausziehen konnten. Feuchte Haut schmiegte sich an feuchte Haut, und Jordan und Clea raunten sich Dinge ins Ohr und konnten es kaum abwarten, miteinander zu verschmelzen.

Im Schlafzimmer war es eisig kalt. Zitternd schlüpften sie unter die Decke. Mit verschränkten Gliedern wärmten sie einander, während sie sich mit ihren Mündern und Zungen erforschten. Langsam ließ ihr Zittern nach, Clea vergaß die Kälte im Zimmer, als ihr das Blut rascher durch die Adern schoss und sie das süße Ziehen zwischen ihren Schenkeln spürte. Sie japste nach Luft, als Jordan die harte Spitze ihre Brust mit sanften Lippen umschloss und zärtlich daran nagte.

Sie schob sich über ihn und rächte sich auf ihre Weise, indem sie mit Zunge und Lippen eine leicht feuchte Spur von seiner Brust bis hinunter zu seinem Bauch und weiter tiefer zeichnete. Stöhnend umklammerte er ihre Schultern, erhob sich und rollte Clea auf den Rücken. Plötzlich lag sein Körper schwer auf ihrem und Jordan legte seine Hände um ihr Gesicht.

Sie schauten sich tief und innig in die Augen und lösten den Blick auch nicht, als er in sie eindrang und sie ganz erfüllte. Clea schrie vor Lust auf.

Er bewegte sich langsam und sanft in ihr und sah sie dabei unverwandt an.

Er begann zu keuchen, und der Druck seiner Hände wurde stärker. Ihre Blicke waren ein unlösliches Band, fast noch intensiver und tiefer als die körperliche Vereinigung.

Erst als sie spürte, dass ihr Höhepunkt nah war, schloss sie die Augen und gab sich ganz diesem köstlichen Gefühl hin, das ihren Körper erfasste. Sie schrie abermals auf, was sie faszinierte, und lauschte seinem Stöhnen. Durch die Wogen ihrer eigenen Lust spürte sie seine letzten, wilden Stöße und anschließend das intensive Pulsieren, als er sich wohlig und ausdauernd in sie ergoss. Mit einem letzten Seufzer sank er über ihr zusammen und blieb still liegen.

Sie legte seinen Kopf an ihre Schulter. Als sie ihm einen Kuss auf das feuchte Haar drückte, wurde sie von einer Zärtlichkeit überrollt, die so heftig war, dass sie beinahe erschrak.

Wir haben uns geliebt. Was hat das zu bedeuten?

Sie hatten ihren Spaß mit dem Körper des anderen gehabt. Sie hatten einander befriedigt, und für einen Moment waren sie sogar glücklich gewesen.

Aber was hatte das zu bedeuten?

Noch einmal küsste sie das feuchte Haar, und wieder spürte sie diese Zärtlichkeit, doch dieses Mal so intensiv, dass ihr die Tränen in die Augen traten. Rasch blinzelte sie sie weg. Sie spürte seine Hand an ihrer Wange, Jordan drehte sanft ihren Kopf zu sich, damit er sie ansehen konnte.

„Du bist die überraschendste Frau, die ich je getroffen habe“, sagte er.

Sie schluckte, lachte dann aber. „Ich stecke nun mal voller Überraschungen.“

„Und du bist sehr, sehr sinnlich. Ich habe nicht geahnt, was mich bei dir erwartet, aber inzwischen macht es mich beinahe wahnsinnig.“ Er beugte sich über sie, fuhr zärtlich mit den Lippen über ihren Mund, biss sanft zu und genoss den Geschmack. Sie spürte seine neu aufflammende Lust, die gegen ihren Schenkel pochte.

Sie schob die Hand zwischen ihre Schenkel und streichelte ihn zärtlich, sodass er sofort wieder hart wurde. „Du steckst aber auch voller Überraschungen“, murmelte sie.

„I wo. Ich bin ziemlich …“, er seufzte zufrieden, „… ziemlich normal.“

„Wirklich?“ Sie schloss die Lippen um seine Brustwarze und hinterließ mit ihrer Zunge eine feuchte Spur auf seiner Haut.

„Einige Leute würden mich sogar …“, stöhnend ließ er den Kopf sinken, „… verdammt vorhersehbar nennen.“

„Manchmal ist vorhersehbar gar nicht so schlecht“, flüsterte sie.

Langsam wanderte sie mit ihrer Zungenspitze zur anderen Brustwarze hin, während Jordan immer gepresster atmete und versuchte, seine wachsende Lust im Zaum zu halten.

„Clea … warte!“ Er legte die Hände um ihr Gesicht und schaute sie an. „Ich muss wissen, warum du vorhin geweint hast?“

„Ich habe nicht geweint.“

„Oh doch, gerade erst vor einem Moment.“

Sie sah ihn an, als wollte sie sich jedes Detail in seinem Gesicht einprägen. Die Art, wie sich das Licht in seinem Haar brach, die halbmondförmigen Schatten seiner Wimpern, die Art, wie er sie ansah, so stumm und intensiv, als sei sie ein fremdes, geheimnisvolles Geschöpf.

„Ich habe gerade daran gedacht, dass du ganz anders bist als die Männer, die ich bisher gekannt habe."

„Ach so. Kein Wunder, dass du geweint hast."

Sie lachte und versetzte ihm einen spielerischen Klaps. „Nein, du Dummkopf. Was ich damit sagen will ist, dass die Männer, die ich kannte, immer ... hinter etwas her waren. Sie wollten etwas und planten schon den nächsten Zug."

„Du meinst wie dein Onkel Walter?"

„Ja. Wie mein Onkel Walter."

Die Erwähnung ihrer Vergangenheit und ihrer verkorksten Kindheit versetzten ihrem Begehren einen Dämpfer. Sie rückte ein wenig beiseite, setzte sich auf und schlang die Arme um die Knie. Wenn sie diesen Teil ihres Lebens doch nur ungeschehen machen könnte! Wenn sie noch einmal geboren werden und ein normales Leben haben könnte.

„Es ist mir peinlich zuzugeben, dass er mein Verwandter ist", sagte sie.

Jordan lachte. „Meine Verwandtschaft ist mir auch ziemlich peinlich."

„Aber von denen sitzt niemand im Gefängnis, oder?"

„Im Moment nicht, nein."

„Aber Onkel Walter, und mein Cousin Tony hat auch gesessen." Sie hielt inne. „Und ich auch."

Er griff nach ihrer Hand, ohne etwas zu erwidern. Er sah sie einfach nur an und hörte zu.

„Es ist wirklich verrückt. Ich habe mir acht Jahre lang nichts zuschulden kommen lassen, und plötzlich steht Onkel Walter vor meiner Wohnungstür und blutet meine Terrasse voll. Ich konnte ihn doch nicht einfach fortschicken, und er wollte nicht, dass ich ihn ins Krankenhaus bringe.

Also hatte ich ihn am Hals. Ich habe seine Kleider verbrannt und seine Dietriche am anderen Ende der Stadt in den Müll geworfen. Und dann tauchte die Polizei auf." Sie zuckte mit den Schultern, als wäre der letzte Satz kaum der Rede wert. „Das Komische ist nur", fuhr sie fort, „dass ich ihm nicht böse sein kann, nicht einmal ein bisschen. Man kann Onkel Walter nicht hassen. Er ist so verflixt ...", sie zuckte ratlos mit den Schultern, „... liebenswert."

Lachend drückte er ihre Handfläche an seine Lippen. „Du hast einen sehr speziellen Blick aufs Leben. Das kenne ich so von keiner anderen Frau."

„Mit wie vielen ehemaligen Häftlingen hast du denn schon geschlafen?"

„Reden wir von Frauen *und* Männern?", fragte er grinsend.

Sie stieß ihn heftig in die Rippen.

„Aua." Er wurde wieder ernst. „Ich muss zugeben, du bist die Erste."

„Das kann ich mir vorstellen. Ich denke, du hast eher einen Hang zu anständigen Frauen."

Er runzelte die Stirn. „Was zum Teufel ist eine *anständige* Frau?"

„Na ja, ich bin es jedenfalls nicht."

„Anständig ist langweilig. Und Sie, meine liebe Miss Rice, sind alles andere als langweilig."

Lachend legte sie den Kopf in den Nacken. „Vielen Dank für das Kompliment, Mr. Tavistock."

Er zog sie an sich. „Und was deinen verrufenen Onkel Walter angeht", flüsterte er, während er sie über sich schob. „Wenn er mit dir verwandt ist, muss er doch auch ein paar positive Eigenschaften haben."

Sie lächelte. „Er ist sehr charmant."

Er küsste ihre Lippen. „Davon bin ich überzeugt."

„Und klug."

„Das kann ich mir vorstellen."

„Und die Damen sagen, er sei unwiderstehlich ..."

Wieder fanden sich ihre Lippen. Jordan küsste sie so leidenschaftlich und heiß, dass sie Onkel Walter umgehend vergaß.

„Unwiderstehlich", wiederholte Jordan und schob seine Hand zwischen ihre Schenkel.

Sofort entbrannte eine neue Hitze in ihr. Sie wollte ihn, sie brauchte ihn und sie enthüllte ihm ihre Seele, die er sanft empfing. Laut schrie sie seinen Namen, als sie die Lust wie eine gigantische Welle davontrug. Am Ende lagen sie erschöpft, aber selig nebeneinander. Jordan schlief mit dem Kopf auf ihrer Brust ein.

Lächelnd betrachtete sie sein zerzaustes Haar. „Eines Tages wirst du dich hoffentlich gern an mich erinnern, nicht wahr, Jordan?", flüsterte sie.

Mehr konnte sie nicht erwarten.

Mehr wagte sie nicht zu erwarten.

Als er erwachte, hatte er den süßen Duft eines weiblichen Parfüms in der Nase, und eine Haarsträhne kitzelte sein Gesicht. Er schlug die Augen auf. Im grauen Licht des Morgens, das durch die Fensterläden drang, sah er Clea schlafend neben sich. Ohne ihr Make-up und mit ihrer üppigen Haarpracht, die wie ein Kranz auf ihrem Kissen lag, erschien sie ihm wie eine Märchenprinzessin, die eine Fee in einen hundertjährigen Schlaf versetzt hatte. Es war ein beinahe irreales Bild.

In der vergangenen Nacht war sie ihm ganz und gar nicht wie eine Prinzessin, sondern eher wie eine heiße Verführerin erschienen, die süße Verlockungen und loderndes Feuer versprach.

Selbst jetzt konnte er ihr nicht widerstehen. Er beugte sich hinüber und küsste sie auf den Mund.

Ihre Reaktion traf ihn völlig unerwartet. Beinahe panisch zuckte Clea zusammen und setzte sich auf. Ihre Augen flackerten hin und her.

„Es ist alles in Ordnung“, beruhigte er sie. „Ich bin’s nur.“

Sie starrte ihn einen Moment lang an, so als würde sie ihn nicht erkennen. Dann seufzte sie leise und schüttelte den Kopf. „Ich … ich habe nicht besonders gut geschlafen. Aber das muss ich dir ja nicht erzählen.“

Sie kauerte sich unter die Bettdecke, und er fragte sich, wie sie es in den vergangenen Wochen der Flucht geschafft hatte, nicht vollkommen durchzudrehen. Obwohl er Clea für ihre Stärken und ihren Überlebenswillen bewunderte, tat sie ihm doch unendlich leid.

Sie bemerkte das Tageslicht, das durch die Ritzen der geschlossenen Läden drang. „Sie suchen bestimmt schon nach uns. Wir können nicht länger hierbleiben.“

„Wir können aber auch nicht einfach losgehen. Jedenfalls nicht ohne Hilfe.“

„Oh nein, wir werden nicht noch einmal Freunde oder Familienangehörige um Hilfe bitten. Ich bin mir sicher, dass sie uns gestern genau deswegen gefunden haben. Dein Richard Wolf muss es jemandem erzählt haben.“

„Das würde er niemals tun.“

„Dann sind sie ihm gefolgt oder sie haben dein Telefon angezapft. Irgend so etwas muss es sein.“ Clea sprang unvermittelt aus dem Bett und griff nach ihrer Unterwäsche, die noch immer feucht war. Verärgert schleuderte sie sie auf einen Stuhl. „Ich muss nackt gehen."

„Dann wirst du ganz bestimmt niemandem auffallen."

„Du bist keine große Hilfe! Kannst du nicht wenigstens aufstehen?"

„Ich denke gerade nach. Im Bett kommen mir immer die besten Ideen."

„Im Bett schalten die meisten Männer ihren Verstand aus." Sie griff zu ihrem Büstenhalter, doch auch der war noch so klamm, dass Clea ihn frustriert über den Türknauf hängte und im Zimmer auf und ab ging. „Hast du gesagt, dass der Besitzer dieses Hauses Junggeselle ist?"

„Immer nur zwischen zwei glücklichen Ehen."

„Hat er hier irgendwo Frauenkleider?"

„Mir ist nie in den Sinn gekommen, Monty eine derart persönliche Frage zu stellen."

„Du weißt genau, was ich meine."

Er kletterte aus dem Bett und öffnete die Tür des Kleiderschranks. Im Inneren befanden sich zwei Sommeranzüge, ein Regenmantel und einige gebügelte Hemden. Für Jordan war es perfekt. Clea dagegen würde darin ziemlich lächerlich aussehen. Er nahm einen Morgenmantel heraus und warf ihn ihr zu.

„Wenn wir aus dir keinen Einmeterachtzigmann machen können, nützen dir diese Sachen wenig", sagte er. „Und selbst wenn wir hier irgendwo Frauenkleider fänden, bleibt da immer noch dein Haar. Dieses flammende Rot ist nicht gerade eine sehr zurückhaltende Farbe."

Stirnrunzelnd betrachtete Clea eine Haarsträhne. „Ich hasse es sowieso. Schneiden wir's doch einfach ab."

Jordan betrachtete die üppige Haarmähne und nickte bekümmert. „Monty hat immer ein Haarfärbemittel im Haus, um seine grauen Schläfen zu vertuschen. Wir könnten deine Haare doch auch dunkel färben."

„Ich schau mich mal nach einer Schere um."

„Warte, Clea", hielt er sie zurück. „Wir müssen reden."

Sie drehte sich um und sah ihn entschlossen an. „Worüber?"

„Selbst wenn wir dein Aussehen verändern, wäre Flucht nicht die ideale Lösung."

„Ich glaube, es ist meine einzige Möglichkeit."

„Es gibt immer noch die Polizei."

„Die hat mir schon einmal nicht geglaubt. Warum sollte sie es jetzt tun? Mein Wort gilt nichts gegen das von Victor Van Weldon."

„Das Auge von Kaschmir würde das ändern."

„Ich habe es aber nicht."

„Aber Guy Delancey."

Sie schüttelte den Kopf. „Inzwischen wird Van Weldon wissen, dass es ein Fehler war, das Auge so früh zu verkaufen. Seine Leute werden bestimmt versuchen, es so bald wie möglich zurückzuholen."

„Und wenn sie es noch nicht getan haben? Es könnte noch immer in Guys Haus sein und dort auf uns warten."

Sie wurde ganz still. „Auf *uns*?", wiederholte sie verblüfft.

„Ja, auf uns." Er lächelte ihr aufmunternd zu, doch sein Gedanke zündete wohl nicht, deshalb fuhr er fort: „Darf ich vorstellen, dein neuer Geschäftspartner in Sachen illegaler Geschäfte."

„Soll ich mich jetzt besser fühlen?"

„Tust du das etwa nicht?"

„Ich erinnere mich gerade an deinen letzten Einbruchsversuch und wie knapp wir damals einer Festnahme entkommen sind."

„Da war ich eher unerfahren, aber das hat sich inzwischen geändert."

„Ich glaube, wir geraten von dem Regen in die Traufe."

„Was soll das? Vertraust du mir etwa nicht? Du hast mir erzählt, dass du in Häuser eingebrochen bist, weil du darin eine Herausforderung gesehen hast."

„Damals wusste ich es nicht besser, ich war ein Kind."

„Und jetzt bist du ein Profi. Du hast es weit gebracht in dem Gewerbe."

Sie atmete tief durch und begann, auf und ab zu laufen. „Ich weiß, dass ich noch einmal problemlos dort einbrechen könnte, aber ich weiß nicht, wo ich suchen soll. Der Dolch ist vermutlich irgendwo in der ersten Etage. Im Schlafzimmer vielleicht oder in einem der Gästezimmer. Ich brauche Zeit."

„Zusammen könnten wir es in der Hälfte der Zeit schaffen."

„Oder wir werden doppelt so schnell erwischt."

Er folgte ihr in die Küche, wo sie die Schubladen nach einer Schere durchsuchte. „Es gibt immer noch eine andere Möglichkeit", erinnerte er sie. „Die logische und vernünftige, dann gehen wir zur Polizei."

„Wo sie mir ins Gesicht lachen werden, so, wie sie es schon mal getan haben? Und dann weiß Van Weldon genau, wo er mich finden kann."

„Man wird dich schützen, das verspreche ich dir."

„Der sicherste Platz für mich ist draußen, Jordan, wo ich weglaufen kann. Ein bewegliches Ziel ist nicht so leicht zu treffen." Sie fand die Schere und reichte sie ihm. „Vor allem dann, wenn das Ziel stets sein Aussehen verändert. Na los, fang an."

Er betrachtete die Schere in seiner Hand und dann Cleas prächtige Mähne. Es fiel ihm ausgesprochen schwer, ihr den Wunsch zu erfüllen, aber ihm blieb keine andere Wahl. Mit größtem Bedauern nahm er ein paar Strähnen ihres zimtroten Haares zwischen die Finger. Allein der Duft der seidigen Strähnen reichte aus, um in ihm sämtliche Erinnerungen an die vergangene Nacht zu wecken. Die Art, wie sie sich an ihn geschmiegt, sich unter ihm bewegt und ihren Höhepunkt erlebt hatte, reizte ihn erneut. Er hatte ein scheues Reh erwartet und war auf einen feurigen Vulkan getroffen.

Und genau das war sie, ein feuriger Vulkan, der sowohl sinnlich als auch unvorhersehbar war. Sie trieb ihn in den Wahnsinn.

Jordan spürte, dass er kurz davor stand, erneut die Kontrolle zu verlieren, die ihm sonst selten entglitt. Der Duft ihres Haars und ihre seidig-weichen Strähnen reichte schon aus, um seinen Verstand auszuschalten. Es fehlte nicht viel, und er würde wieder mit ihr im Bett landen.

Energisch schüttelte er den Kopf, um diese unpassenden Bilder zu vertreiben. Dann hob er die Schere mit ruhiger Hand. Vorsichtig begann er, ihr die Haare zu schneiden.

Im grauen Licht des Morgens folgten sie den Fußspuren im Morast, ein großes und ein kleineres Paar Füße, die sich von der Straße in Richtung Westen entfernten. In der vergangenen Nacht hatte es stark geregnet, und auf einer Länge von knapp dreihundert Metern waren die Spuren leicht zu verfolgen, doch dann führten sie auf eine Straße und verloren sich dort.

Sie konnten praktisch überall sein.

Archie MacLeod ließ seinen Blick über das Feld schweifen und fluchte. „Ich hätte es wissen müssen. Sie hat vermutlich geahnt, dass wir ihr auf der Spur sind, und prompt taucht sie ab. Sie ist eine verdammt schlaue Füchsin!"

„Sie können ihr keinen Vorwurf machen", entgegnete Richard. „Natürlich rechnet sie mit dem Schlimmsten. Wie haben sich Ihre Leute denn in ihrem Fall verhalten? Sie sollten sie bewachen, stattdessen jagen Sie ihr solche Angst ein, dass sie untertaucht."

„Sie hatten den ausdrücklichen Befehl, sich still und diskret zu verhalten. Offenbar hat sie irgendwie Wind davon bekommen."

„Oder Jordan", gab Richard zu bedenken. „Ich hätte ihn besser gestern Abend angerufen und ihn darüber informiert, was passieren wird. Jetzt stellt er sich gewiss einige Fragen."

„Sie glauben doch nicht, dass er Ihnen gegenüber misstrauisch geworden ist?"

„Nein, aber er wird vorsichtig sein. Ich denke, er vermutet, dass Van Weldon mich observiert und dass es zu riskant ist, Kontakt zu mir aufzunehmen. Das würde ich jedenfalls an seiner Stelle annehmen."

„Wie können wir die beiden nur finden?"

„Gar nicht." Richard ging zu seinem Wagen zurück und setzte sich hinters Steuer. „Und hoffentlich findet Van Weldon sie auch nicht."

„Da wäre ich mir nicht so sicher."

„Jordan ist nicht auf den Kopf gefallen, und Clea Rice auch nicht. Gemeinsam könnten sie es schaffen."

MacLeod beugte sich zum Wagenfenster hinunter. „Guy Delancey ist heute Morgen gestorben."

„Ich habe es gehört", antwortete Richard.

„Und wie wir gerade erfahren haben, soll Victor Van Weldon das Kopfgeld für Clea Rice auf zwei Millionen angehoben haben. In nicht einmal vierundzwanzig Stunden wird es hier in der Gegend nur so vor Vertragskillern wimmeln. Wenn sie Clea Rice auf den Pelz rücken, hat sie keine Chance, und Jordan Tavistock auch nicht."

Richard musterte ihn durchdringend. „Warum zum Teufel haben Sie so lange damit gewartet, sie in Schutzhaft zu nehmen? Sie hätten sie schon vor zwei Wochen unter Bewachung stellen sollen."

„Wir wussten nicht, ob wir ihr glauben sollten."

„Also haben Sie gewartet, bis Van Weldon reagiert. Dachten Sie, wenn er versucht, sie zu töten, wird sie die Wahrheit gesagt haben?"

Archie MacLeod schlug frustriert mit der flachen Hand gegen die Wagentür. „Ich rechtfertige unser Verhalten nicht. Ich sage nur, dass wir ihren Aussagen inzwischen glauben." Er beugte sich wieder nach unten. „Jordan Tavistock ist doch Ihr Freund. Sie müssen doch eine Ahnung haben, wo er sich aufhalten könnte."

„Ich bin mir nicht einmal sicher, ob er das Heft noch in der Hand hält. Vielleicht bestimmt Clea schon längst, wo's langgeht."

„Rufen Sie mich an, wenn Ihnen irgendwas einfällt. Zum Beispiel wo die beiden als Nächstes hingehen könnten."

Richard startete den Motor. „Ich wüsste jedenfalls, wo *ich* an ihrer Stelle hingehen würde, und zwar so schnell wie möglich. Und das ist weit weg und bietet große Chancen, in der Menge untertauchen zu können."

„London?"

Richard nickte. „Wissen Sie ein besseres Versteck?"

„Diese Frau muss neun Leben haben, und erst drei davon hat sie aufgebraucht", keuchte Victor Van Weldon. Das Atmen fiel ihm schon an guten Tagen schwer, aber heute rasselten seine Lungen wie ein Motor, der nicht mehr anspringen wollte.

Bald, dachte Simon Trott. Victor war ein sterbenskranker Mann, und es wäre für alle eine Erleichterung, wenn es endlich zu Ende gehen würde. Dann gäbe es keine unerfreulichen Audienzen mehr, keine grotesken Szenen mit einem halben Leichnam, der unbedingt noch leben wollte. Wenn der Alte doch endlich den Löffel abgeben würde! Doch bis dahin musste er sich das Wohlwollen des alten Mannes bewahren, und sich selbst des Problems namens Clea Rice annehmen.

„Du hättest dich besser gleich darum gekümmert", brummte Victor. „Jetzt haben wir die Gelegenheit verpasst."

„Wir werden sie schon wieder aufspüren, immerhin ist sie mit diesem Tavistock zusammen."

„Und ist *der* inzwischen irgendwo aufgetaucht?"

„Nein, aber irgendwann kehrt er zu seiner Familie zurück, und dann stehen wir bereit."

Van Weldon seufzte schwer. Sein Atmen klang freier, als ob Simons Worte seine Lungen besänftigt hätten. „Ich möchte, dass du dich der Sache persönlich annimmst."

Simon Trott nickte. „Ich fahre noch heute Abend nach London."

Jordan und Clea hockten hinter der Eibenhecke in Guy Delanceys Garten und warteten in der Dunkelheit, bis die Lichter im Haus ausgingen. Whitmore hatte sich an seine übliche Routine gehalten. Um neun Uhr kontrollierte er die Türen und Fenster, dann legte er eine Pause in der Küche ein, um eine Kanne Tee zuzubereiten, bevor er sich in den Dienstbotenflügel im oberen Stockwerk zurückzog. Seit wie vielen Jahren dieser Mann seine Angewohnheiten wohl nicht mehr geändert hatte, fragte sich Clea. Es musste ein Schock für ihn sein, sich bald auf etwas Neues einlassen zu müssen.

Clea und Jordan hatten am Morgen im Radio gehört, dass Guy Delancey gestorben war.

Bald würden Erben Anspruch auf das Haus erheben, und für den alten Whitmore, dem Relikt aus der Steinzeit, würde sich alles ändern.

Die Lichter im Dienstbotenflügel erloschen.

„Geben wir ihm eine halbe Stunde“, flüsterte Jordan, „um sicher zu sein, dass er schläft.“

Eine halbe Stunde, dachte Clea, während ihr ein Schauer über den Rücken lief. Bis dahin war sie erfroren. Sie trug Montys schwarzen Rollkragenpullover und eine viel zu große Jeans, deren Beine sie kurzerhand abgeschnitten hatte. Die Hose war allerdings viel zu dünn, um Clea gegen die Kälte der Herbstnacht zu schützen.

„Wie gehen wir rein?“, fragte Jordan.

Clea ließ ihren Blick über die Fassade schweifen. Durch die Terrassentür war sie beim ersten Mal ins Innere gelangt. Das Schloss war inzwischen bestimmt ausgewechselt worden, so wie vermutlich alle Schlösser an den Türen und Fenstern im Erdgeschoss.

„Erster Stock“, entschied sie. „Über den Balkon am Schlafzimmer.“

„Da bin ich das letzte Mal reingegangen.“

„Wenn *du* es geschafft hast“, konterte sie trocken, „muss es ein Kinderspiel sein.“

„Ja, beleidige mich ruhig. Du wirst schon sehen, was du davon hast.“

Sie warf ihm einen Blick zu. Clea hatte ihr zimtrotes Haar unter einer Mütze verborgen, Jordan trug eine Kapuze und sein Gesicht war mit Schuhcreme geschwärzt. In der Dunkelheit sah Clea nur eine Reihe weißer Zähne, die er bei seinem Haifischgrinsen entblößte.

„Bist du sicher, dass du das schaffst?“, fragte sie. „Dadrin könnte es eng werden.“

„Falls etwas schiefgeht, musst du mir etwas versprechen“, entgegnete er.

„Was?“

„Hau ab. Warte nicht auf mich und dreh dich nicht mehr um.“

„Willst du wieder den Kavalier spielen?“

„Ich möchte es einfach vorab klären, bevor die Sache aus dem Ruder läuft.“

„Sag doch so was nicht! Das bringt Unglück.“

„Dann soll uns das Glück bringen.“ Er nahm ihren Arm, zog sie an sich und küsste sie. Sie zappelte in seinen Armen, hin und her gerissen zwischen dem Wunsch, geküsst zu werden, und dem, einen klaren Kopf zu bewahren, um die Aufgabe, die vor ihnen lag, bewältigen zu können. Als er sie endlich losließ, sahen sie sich eine Weile schweigend an. In der Dunkelheit waren nur das Glänzen seiner Augen und das Strahlen seiner Zähne zu sehen.

Das war ein Abschiedskuss, dachte sie. Für den Fall, dass etwas schiefging und sie getrennt wurden, und sich womöglich nie wiedersahen. Ein kühler Windstoß fegte durch die Äste. Während die Minuten verstrichen und die Nacht immer kälter wurde, versuchte sie, sich jedes Detail an ihm einzuprägen, um sich später daran erinnern zu können. Denn sie wusste so gut wie er, dass ihr Unternehmen in einer Katastrophe enden konnte. Sie hatte nicht damit gerechnet, dass es so kompliziert werden und sie sich so zueinander hingezogen fühlen würden. Doch jetzt war es nun mal passiert, zwischen ihnen knisterte es unentwegt. Zu wissen, dass die Gefühle, die sie füreinander hegten, von ihrer Vergangenheit und seiner Herkunft überschattet wurden, machte diese Gefühle nur noch kostbarer. *Wirst du mich eines Tages vermissen, Jordan Tavistock, fragte sie sich im Stillen. So, wie ich dich vermissen werde?*

Schließlich wandte er sich von ihr ab und blickte zum Haus. „Ich glaube, es wird Zeit", sagte er leise.

Sie folgte seinem Blick. Der Wind trug den Geruch vermodernden Laubs und kalter Erde zu ihnen. *So riecht der Herbst*, dachte sie. Schon bald wird sich der Winter über alles legen …

Vorsichtig verließ sie den Schutz der Hecke und achtete darauf, im Schatten zu bleiben. Jordan folgte dicht hinter ihr.

Sie überquerten den Rasen und hockten sich unter den Schlafzimmerbalkon, um die Lage erneut zu sondieren. Außer dem Wind in den Bäumen war es still.

„Ich gehe zuerst", entschied er.

Noch bevor sie protestieren konnte, kletterte er bereits die Glyzinienranken hinauf. Bei jedem Knacken der Äste zuckte sie zusammen. Sie rechnete damit, dass Whitmore jeden Moment die Balkontür aufreißen und sie mit einem Gewehr in Schach halten würde, doch sie hatten Glück. Der alte Butler schien mit einem gesunden Schlaf gesegnet zu sein, denn Jordan gelangte problemlos nach oben.

Clea folgte ihm und sprang geräuschlos auf den Balkon.

Jordan drehte vorsichtig am Türknauf. „Abgeschlossen", raunte er.

„Damit habe ich gerechnet", wisperte Clea. „Geh beiseite."

Er folgte ihrer Aufforderung und schwieg respektvoll, als sie den Strahl ihrer Taschenlampe auf das Schlüsselloch richtete. „Das müsste sogar noch leichter zu knacken sein als das im Erdgeschoss", flüsterte sie. Sie schob einen Dietrich, den sie am Nachmittag mithilfe einer Kneifzange aus einem Drahtbügel zurechtgebogen hatte, in das Loch. „Etwa 1920. Stammt wohl noch aus der Zeit, als das Haus gebaut wurde. Hoffentlich ist es nicht so verrostet, dass es meinen Dietrich …" Sie lachte zufrieden, als das Schloss aufsprang. Sie zwinkerte Jordan schelmisch zu. „Es geht doch nichts über ein gutes Werkzeug."

„Ich werde künftig darauf achten, immer eines bei mir zu tragen", konterte er.

Das Zimmer sah noch genauso aus, wie sie es in Erinnerung hatte. Neben dem mittelalterlichen Bett mit den schweren Vorhängen und dem Kleiderschrank befanden sich die antike Kommode, der Schreibtisch und der Teetisch neben der Balkontür darin. Schreibtisch und Kommode hatte sie bereits durchsucht. Sie mussten dort weitermachen, wo sie bei ihrem letzten Besuch unterbrochen worden war.

„Durchsuch den Kleiderschrank“, wisperte sie. „Ich übernehme die Nachttische.“

Sie begannen mit ihrer Arbeit. Im schmalen Lichtkegel ihrer Taschenlampe entdeckte sie in Schubladen Zeitschriften, Zigaretten und verschiedene andere Dinge, die ihr verrieten, dass Guy Delancey dieses Bett nicht nur zum Schlafen benutzt hatte. Als sie über ihrem Kopf eine Bewegung wahrnahm, richtete sie die Lampe nach oben und entdeckte einen Spiegel, der an der Decke über dem Bett angebracht war. Nicht auszudenken, dass sie tatsächlich mit dem Gedanken gespielt hatte, mit Guy hier herumzutollen! Sie konzentrierte sich wieder auf den Nachttisch. Jetzt erst sah sie, dass es sich bei den Zeitschriften um billige Nacktmagazine mit eher unattraktiven Modells handelte. Zweifellos dienten sie Guys Unterhaltung in Nächten, in denen seine Verführungsversuche erfolglos geblieben waren.

Der Inhalt des zweiten Nachttisches sah ähnlich aus. Clea war so sehr in ihre Arbeit vertieft, dass sie das Knarren der Korridordielen überhörte. Die Warnung, ein scharfes Zischen von Jordan, kam zu spät. Im selben Moment flog die Schlafzimmertür auf.

Und die Deckenlampe wurde eingeschaltet.

Clea, die vor dem Bett hockte, blickte verdattert auf die Gewehrmündung, die auf ihren Kopf gerichtet war.

10. KAPITEL

Das Gewehr zitterte in Whitmores unstetem Griff. In seinem schäbigen Pyjama gab der Butler ein äußerst unwürdiges Bild ab, dafür leuchteten seine Augen triumphierend.

„Erwischt!“, bellte er. „Ihr glaubt wohl, einen toten Mann bestehlen zu können und ein zweites Mal ungeschoren davonzukommen! Aber mich führt man nicht hinters Licht!“

„Das ist offensichtlich“, entgegnete Clea. Sie wagte nicht, in Jordans Richtung zu blicken. Nur aus den Augenwinkeln erkannte sie, dass er für Whitmore unsichtbar neben dem Kleiderschrank hockte. Der alte Mann hatte noch nicht bemerkt, dass zwei Einbrecher im Zimmer waren.

„Kommen Sie hinter dem Bett hervor. Ich will Sie sehen“, befahl Whitmore.

Clea stand langsam auf. Sie betete, dass der Zeigefinger des Mannes nicht so zittrig war wie sein Griff. Als sie sich zu voller Größe aufgerichtet hatte, riss Whitmore die Augen auf. Sein Blick fiel auf Cleas Oberkörper und die unübersehbare Rundung ihrer Brüste.

„Sie sind ja nur eine Frau“, staunte er.

„Nur?“ Sie musterte ihn beleidigt. „Wollen Sie mich beleidigen?“

Als er ihre Stimme hörte, kniff er die Augen zusammen und musterte angestrengt ihr geschwärztes Gesicht. „Ihre Stimme habe ich doch schon mal gehört. Kenne ich Sie?“

Sie schüttelte den Kopf.

„Natürlich! Sie haben Master Delancey einmal nach Hause begleitet. Sie sind eine seiner Freundinnen.“ Das Zittern seiner Hand, mit der er die Pistole umklammerte, ließ nach. „Kommen Sie hier herüber. Weg von dem Bett, hören Sie?"

„Sie wollen mich doch nicht erschießen, oder?"

„Wir warten auf die Polizei. Sie müsste jeden Moment hier sein."

Die Polizei! Ihr blieb nicht mehr viel Zeit. Irgendwie mussten sie diesem alten Narren die Waffe entwenden.

Aus den Augenwinkeln bemerkte sie, wie Jordan ihr bedeutete, den Butler mehr nach links zu locken.

„Kommen Sie hinter dem Bett hervor", wiederholte Whitmore. „Damit ich auf Sie schießen kann, wenn es nötig sein sollte."

Gehorsam robbte sie über die Matratze und kletterte zu Boden. Dann trat sie einen Schritt beiseite, sodass Whitmore sich nach links drehen musste. Nun stand er mit dem Rücken zu Jordan.

„Ich bin nicht das, wofür Sie mich halten", sagte sie.

„Sie leugnen also, eine ganz gewöhnliche Einbrecherin zu sein?"

„Ganz gewiss keine *gewöhnliche*."

Jordan näherte sich von hinten. Clea zwang sich, nicht zu ihm zu sehen, um Whitmore nicht aus Versehen zu warnen …

Aber was *würde* Jordan wohl tun? Bestimmt schlug er den alten Mann nicht bewusstlos, denn das könnte seinen sicheren Tod bedeuten.

Jordan hob seine Arme. In der Hand hielt er eine von Guy Delanceys Boxershorts, die er wie einen Hut über Whitmores Gesicht ziehen wollte. Irgendwie musste Clea den Butler dazu bringen, mit seinem Gewehr in eine andere Richtung zu zielen. Nachher drückte er ab, wenn er sich erschrak.

Schluchzend fiel sie auf die Knie. „Sie dürfen nicht zulassen, dass sie mich festnehmen“, jammerte sie. „Ich habe Angst vorm Gefängnis.“

„Das hätten Sie sich vorher überlegen müssen“, konterte Whitmore.

„Ich war verzweifelt. Ich muss meine Kinder ernähren. Ich habe keinen anderen Ausweg gesehen …“ Sie begann hemmungslos zu schluchzen.

Whitmore starrte sie fassungslos an, während sie ihm diese absurde Komödie vorspielte.

In diesem Moment zog Jordan die Boxershorts über Whitmores Gesicht.

Clea duckte sich, kurz bevor der Schuss losging. Die Kügelchen sausten an ihr vorbei. Rasch sprang sie wieder auf. Jordan hatte Whitmores Arme bereits umklammert. Das Gewehr war zu Boden gefallen. Clea ergriff es und verstaute es umgehend im Kleiderschrank.

„Tun Sie mir nicht weh!“, bat Whitmore. Seine Stimme klang gedämpft unter der behelfsmäßigen Kapuze. Auf die Boxershorts waren kleine rote Herzen gedruckt. War Delancey tatsächlich in diesen albernen Unterhosen umherstolziert? „Bitte!“, flehte Whitmore.

„Wir ersparen Ihnen eine Menge Schwierigkeiten“, versprach Clea, während sie Whitmores Hände mit Delanceys Seidenkrawatten zusammenband und ihn gefesselt auf dem Bett zurückließ. „Bleiben Sie einfach brav liegen.“

„Ich verspreche es!“

„Dann lassen wir Sie vielleicht am Leben.“

Whitmore schwieg. Dann fragte er ängstlich: „Was heißt *vielleicht*?“

„Sagen Sie uns, wo Delancey seine Waffensammlung aufbewahrt.“

„Welche Waffen?“

„Antike Schwerter, Messer. Wo sind sie?“

„Wir haben nicht mehr viel Zeit“, zischte Jordan. „Verschwinden wir lieber.“

Clea beachtete ihn nicht. „*Wo sind sie?*“, wiederholte sie.

„Unter dem Bett“, winselte der Butler.

Clea und Jordan fielen auf die Knie. Unter dem Rosenholzrahmen entdeckten sie nichts außer Teppichboden und Staubflusen.

Aus der Ferne ertönte eine Sirene.

„Höchste Zeit“, murmelte Jordan.

„Nein. Warte.“ Clea hatte einen kaum sichtbaren Spalt entdeckt, der sich über die gesamte Länge des Bettes erstreckte. Eine Fuge im Holz. Sie tastete danach und zog daran.

Eine geheime Schublade glitt heraus.

Beim Anblick des Inhalts stockte ihr der Atem.

Auf goldgehämmerten Scheiden glitzerten und funkelten kostbare Juwelen. Schwertklingen aus spanischem Stahl blitzten miteinander um die Wette, und in der hintersten Ecke waren die Dolche versteckt. Clea zählte insgesamt sechs, und alle waren von wahren Künstlern geschmiedet worden. Das Auge von Kaschmir erkannte sie sofort anhand des sternenförmigen Saphirs auf dem Griff.

„Sie waren sein ganzer Stolz und seine Freude“, winselte Whitmore. „Und jetzt nehmen Sie ihm alles weg.“

„Ich nehme nur den einen“, entgegnete Clea und ergriff das Auge von Kaschmir. „Und der gehörte ihm sowieso nicht.“

Die Sirene rückte immer näher und wurde von Sekunde zu Sekunde lauter.

„Verschwinden wir!“, sagte Jordan.

Clea sprang auf die Füße und lief zum Balkon. „Alles Gute!“, rief sie. „Und nehmen Sie’s bitte nicht übel.“

„Bestimmt!“, grollte es durch den Stoff der Boxershorts.

In Windeseile kletterten Clea und Jordan an den Glyzinienranken hinunter und hasteten über den Rasen in den Wald, der das Grundstück umgab. Kaum hatten sie den Schutz der Bäume erreicht, bog ein Streifenwagen mit heulender Sirene um die Ecke. Jetzt war es nur noch eine Frage von Sekunden, bis die Beamten den gefesselten Whitmore fanden. Dann würde die Hölle losbrechen. Aus Angst, verfolgt zu werden, liefen Clea und Jordan immer tiefer in den Wald. *Genau wie in jener Nacht, als wir uns kennengelernt haben*, dachte Clea. Jordan Tavistock bringt mir nur Pech. Jedes Mal hetzt er mir unwissentlich die Polizei auf den Hals.

Zweige schlugen ihr ins Gesicht, und ihre Muskeln begannen zu schmerzen. Trotzdem verlangsamte sie ihr Tempo nicht. Während sie lief, lauschte sie auf die Geräusche möglicher Verfolger. Von Weitem drangen Rufe an ihr Ohr, und sie wusste, dass die Jagd begonnen hatte.

„Verdammt“, murmelte sie und stolperte über eine Baumwurzel.

„Schaffst du es?“

„Habe ich eine Wahl?“

Er blickte zurück zum Haus und zu ihren Verfolgern. „Ich habe eine Idee.“ Er ergriff Cleas Hand und zog sie durch ein dünner werdendes Gesträuch. Sie erreichten eine Lichtung. Weiter vorne bemerkten sie eine Hütte, deren Fenster erleuchtet waren.

„Hoffentlich haben sie keine Wachhunde", flüsterte Jordan, während er sich der Hütte näherte.

„Was hast du vor?", flüsterte sie.

„Nur einen kleinen Diebstahl, was für mich offenbar zur Routine wird, wie ich entsetzt feststellen muss."

„Was willst du denn stehlen? Ein Auto?"

„Nicht ganz." In der Dunkelheit blitzten seine weißen Zähne auf. „Fahrräder."

Simon Trott stand allein an der Bar des „Lachenden Manns" und trank ein Glas Guinness. Niemand beachtete ihn, und auch er beachtete niemanden, und genau das gefiel ihm. Keiner der Stammgäste löcherte ihn mit den üblichen neugierigen Fragen. Die Dorfbewohner schienen die Privatsphäre eines Mannes zu respektieren. *Umso besser*, dachte Trott, denn er verspürte nicht die geringste Lust, dumm angequatscht zu werden. Seine Stimmung war miserabel, was ihn gefährlich machte.

Er trank noch einen Schluck Stout und sah auf seine Uhr. Der Besitzer des Pubs wollte offenbar schließen, denn er sammelte grob die Gläser ein und blickte seine Gäste ungehalten an. Simon Trott wollte gerade gehen, als die Tür des Pubs geöffnet wurde.

Ein junger Polizist schlenderte zur Bar, stellte sich neben Trott und verlangte ein Ale. Nach ein paar Minuten ergriff der Polizist das Wort.

„Hat heute Nacht in der Gegend ziemlich viel Aufregung gegeben", sagte er.

„Was war denn los?", fragte der Barmann.

„Noch ein Einbruch, drüben in Underhill. Bei Guy Delancey."

„Die Diebe werden immer unverschämter, wenn Sie mich fragen“, sagte der Barmann. „Jetzt brechen sie schon zweimal in dasselbe Haus ein.“

„Nicht wahr?“ Der Polizist schüttelte den Kopf. „Was ist bloß aus der Welt geworden.“ Er leerte sein Glas. „Nun, ich seh zu, dass ich nach Hause komme, sonst macht sich die Frau noch Sorgen.“ Er bezahlte und ging hinaus.

Trott folgte ihm.

Draußen auf der Straße kamen die beiden Männer ins Gespräch.

„Ist bei dem Einbruch etwas gestohlen worden?“, fragte Trott.

„Der Butler sagt, sie haben nur eine antike Waffe mitgehen lassen.“

Interessiert hob Trott den Kopf. „Einen Dolch?“

„Genau, er war Teil einer Sammlung, aber die anderen Dinge haben sie nicht angerührt.“

„Und die Diebe?“

„Es waren zwei. Der Butler hat nur dic Frau gesehen.“

„Wie sah sie aus?“

„Das konnte er uns nicht sagen. Sie hatte so ’ne schwarze Schmiere im Gesicht und Fingerabdrücke gab’s auch keine.“

„Wo wurden sie denn zuletzt gesehen?“

„Sie sind durch den Wald geflüchtet. Inzwischen könnten sie überall sein, ich fürchte, wir haben ihre Spur verloren.“

Dann hat Clea Rice Buckinghamshire doch noch nicht verlassen, überlegte Trott. Vielleicht hielt sie sich in diesem Moment sogar noch hier im Dorf auf.

„Wenn ich was erfahre, lasse ich es Sie wissen“, versprach der Polizist.

Ihre Unterhaltung war beendet. Trott griff in seine Jacke und holte einen Umschlag mit Fünfpfundnoten heraus. Es war nicht gerade viel, aber genug, um die Familie eines jungen Polizisten zu kleiden und zu füttern.

Zögernd nahm der Polizist den Briefumschlag entgegen. „Sie wollen doch nur Informationen, stimmt's? Sonst nichts?"

„Nur Informationen", versicherte Trott.

„Zugegeben, die Zeiten ... sie sind nicht einfach. Trotzdem gibt es ein paar Dinge, die ich ... nicht ... tun würde."

„Ich verstehe." Trott verstand ihn wirklich. Er wusste, dass selbst die loyalsten Polizisten in Versuchung geraten konnten. Und für diesen hier hatte der Weg nach unten bereits begonnen.

Nachdem sich die beiden Männer voneinander verabschiedet hatten, kehrte Trott in sein Zimmer im Gasthof zurück und rief Victor Van Weldon an.

„Bis vor ein paar Stunden waren sie noch in der Gegend", berichtete er. „Sie sind in Delanceys Haus eingebrochen."

„Haben sie den Dolch?"

„Ja. Und das bedeutet, dass es für sie keinen Grund mehr gibt, noch länger hier zu bleiben. Wahrscheinlich fahren sie jetzt nach London."

Vermutlich war Clea Rice schon auf einer der Nebenstraßen Richtung Stadt unterwegs. Heute Abend dürfte sie triumphieren, vielleicht glaubt sie sogar, dass ihr Leidensweg bald zu Ende war. Sie empfand gewiss Hoffnung, vielleicht sogar ein Gefühl des Sieges, wenn sie diesen Dolch ansah. Den Dolch, den sie Auge von Kaschmir nannte.

Wenn sie wüsste, wie sehr sie sich irrte.

Der Lärm des Londoner Stadtverkehrs riss Clea aus ihrem Tiefschlaf. Sie erwachte wie betäubt, rollte sich auf den Rücken und blinzelte in das Tageslicht, das durch die Lamellen der schäbigen Jalousie fiel. Wie lange hatten sie wohl geschlafen? So erschöpft, wie sie war, mussten es Tage gewesen sein.

Jordan und sie hatten gegen sechs Uhr in der Früh in diesem schmuddeligen Hotel eingecheckt. Beide hatten sich nur noch ausgezogen und waren todmüde aufs Bett gefallen. Es war das Letzte, woran sie sich erinnerte. Als ihr Gehirn nun wieder zu arbeiten begann, erinnerte sie sich an die Ereignisse der vergangenen Nacht. Das endlos lange Warten am Bahnhof von Wolverton auf den Vieruhrzug. Sie erinnerte sich an ihre Angst, dass ihnen möglicherweise jemand im Schatten des Bahnsteigs auflauerte, und ihre Sorge, auf der Fahrt nach London ausgeraubt zu werden.

Sie griff unters Bett und tastete nach dem verschnürten Bündel. Das Auge von Kaschmir war noch da. Clea seufzte erleichtert und schmiegte sich an Jordan.

Er schlief noch. Er hatte ihr das Gesicht zugewandt, und seine nackten Schultern schimmerten goldbraun auf dem weißen Laken. Sein blondes Haar war lausbubenhaft zerzaust. Selbst im Schlaf wirkte er wie ein Aristokrat. Lächelnd streichelte sie über sein Haar. *Mein geliebter Gentleman*, dachte sie. *Was für ein Glück, dass ich dich kennenlernen durfte. Wirst du später im Leben, wenn du mit einer standesgemäßen jungen Lady verheiratet bist und alles so verläuft wie vorgesehen, manchmal an deine Clea Rice denken?*

Abrupt setzte sie sich auf und betrachtete sich im Spiegel der Frisierkommode. *Bestimmt*, dachte sie.

Unvermittelt überfiel sie eine tiefe Traurigkeit. Sie stand auf und ging ins Bad, um zu duschen. Als sie wenig später ihre neueste Haarfarbe betrachtete – dieses Mal war es, dank Monty, ein kräftiges Haselnussbraun –, stieg eine seltsame Verbitterung in ihr auf. Sie war keine Lady und auch nicht standesgemäß, aber sie hatte verdammt noch mal auch ihre Vorzüge! Sie war intelligent, reaktionsschnell und, was am allerwichtigsten war, sie konnte für sich selbst sorgen. Was wollte sie mit einem Gentleman? Er würde nur lästig werden und sie andauernd auf Soireen schleppen, was immer das auch sein mochte. Sie würde niemals in seine Welt passen. Und er nicht in ihre.

Aber hier, in diesem Zimmer mit dem abgewetzten Teppich und den fadenscheinigen Handtüchern, konnten sie eine Weile in ihrer ganz eigenen Welt verbringen. Sie war fest entschlossen, die Zeit zu genießen, solange es ging.

Sie schlüpfte wieder ins Bett und schmiegte sich an Jordan.

Als er ihren feuchten Körper spürte, murmelte er: „Ist das mein Weckruf?"

Sie beantwortete seine Frage, indem sie ihre Hand auf seinen Brustkorb legte und damit immer tiefer glitt. Er atmete tief durch, als sie seine weiche Männlichkeit berührte, die daraufhin sofort erstarkte.

„Wenn das mein Weckruf war", flüsterte er, „dann hat er seinen Zweck erfüllt."

„Vielleicht stehst du mal auf, Schlafmütze", lachte sie und machte Anstalten, das Bett zu verlassen.

Er ergriff ihren Arm und zog sie zurück. „Und was ist damit?"

„Womit?"

„Na damit!"

Ihr Blick fiel auf die unübersehbare Erhebung in der Bettdecke. „Soll ich mich für dich darum kümmern?"

„Da du dafür verantwortlich bist, denke ich schon, dass du …"

Sie schob sich auf ihn, Hüfte an Hüfte, sodass er ihr hilflos ausgeliefert war. Es bereitete ihr diebische Freude, ihn um sein Vergnügen betteln zu lassen. Doch als ihre Körper einen Rhythmus fanden und Jordan mit seinen Händen ihre Taille umfasste, um sie an sich heranzuziehen, war sie ihm plötzlich ausgeliefert und bettelte um Erlösung. Er erhörte ihr Flehen wieder und wieder, und durch das Rauschen der Lust hörte sie ihn ihren Namen rufen, immer wieder voller Zärtlichkeit und Verlangen.

Ja, ich bin es, mit der er Sex hat, dachte sie. *Ich. Nur ich!*

Diese köstlichen Momente reichten ihr erst einmal.

Anthony Vauxhall war ein eingebildeter Schnösel, dessen Nase abschätzig dauergerümpft war, weil er alle anderen Sterblichen verachtete. Jordan war ihm ein paarmal begegnet, als die Besitzansprüche seiner verstorbenen Eltern geklärt werden mussten. Bei ihren durchweg freundlich verlaufenen Gesprächen hatte sich Jordan nie Gedanken über den Mann gemacht oder ein Urteil über ihn gefällt.

Das tat er nun, und es fiel nicht zum Vorteil von Anthony Vauxhall aus.

Es war gegen vier Uhr nachmittags und sie saßen in Vauxhalls Büro im Gebäude der Lloyd's-Versicherung in London auf der Leadenhall Street. In den vergangenen eineinhalb Stunden hatten Jordan und Clea sich neu eingekleidet, etwas gegessen und waren gerade noch rechtzeitig bei

Lloyd's erschienen, bevor die Büros geschlossen wurden. Jetzt stellte sich heraus, dass ihre Anstrengungen möglicherweise vergeblich gewesen waren. Vauxhall reagierte auf Cleas Geschichte mit ausgesprochener Skepsis.

„Sie müssen verstehen, Miss Rice", näselte er, „dass die Van-Weldon-Reederei zu unseren distinguiertesten Klienten zählt. Sie ist einer unserer ältesten Kunden, unsere Geschäftsbeziehungen reichen drei Generationen zurück. Mr. Van Weldon des Versicherungsbetrugs zu bezichtigen bedeutet für uns …" Er räusperte sich.

„Vielleicht haben Sie Miss Rice nicht richtig zugehört", schaltete sich Jordan ein. „Sie war dort. Sie hat mit eigenen Augen gesehen, dass der Untergang der *Max Havelaar* kein Unglück war, sondern Sabotage."

„Selbst wenn das stimmen sollte, wie können wir behaupten, dass Van Weldon dafür verantwortlich ist? Es könnte auch jemand anders gewesen sein. Piraten vielleicht …"

„Schmerzt es Ihr Unternehmen denn nicht, eine Versicherungsleistung über mehrere Millionen Dollar zahlen zu müssen?"

„Natürlich."

„Würde es Ihr Konsortium nicht interessieren, wenn sie Geld an ein Unternehmen überweisen, das seine Verluste selbst organisiert?"

„Selbstverständlich, aber …"

„Warum nehmen Sie diese Vorwürfe dann nicht ernst?"

„Weil …" Anthony Vauxhall atmete schwer. „Ich habe mit Colin Hammersmith über diese Angelegenheit gesprochen, gleich nachdem ich heute Morgen mit Ihnen telefoniert hatte. Er leitet die Ermittlungsabteilung. Vor ein paar Wochen ist ihm dieses Gerücht auch zu Ohren gekommen, und er riet, nun ja …" Anthony Vauxhall rutschte unbehaglich auf seinem Stuhl hin und her. „Er riet, wir sollten die Informationsquelle berücksichtigen", sagte er schließlich.

Die Informationsquelle war Clea Rice, eine ehemalige Gefängnisinsassin.

Jordan brauchte sie gar nicht anzusehen, er konnte auch so ihren Schmerz spüren. Als er dann aber doch einen Seitenblick riskierte, staunte er, wie gelassen und ruhig sie mit der Situation umging.

Ohne die rote Haarmähne war ihr Gesicht noch attraktiver. Braune Strähnen umspielten die markanten Wangenknochen, und ihre dunklen Augen blickten wach und schelmisch. Obwohl sie ihn in all ihren Erscheinungsformen fasziniert hatte, gefiel ihm die aktuelle Version am besten. Vielleicht lag es daran, dass er sich auf ihr Gesicht konzentrieren konnte, ohne von der üppigen Haarpracht abgelenkt zu werden. Die neue Frisur und die neue Haarfarbe brachten ihre Persönlichkeit viel besser zur Geltung.

Eigentlich spielten diese Details überhaupt keine Rolle. Sie waren ihm genau genommen ziemlich egal, was vermutlich daran lag, dass er begann, sich in Clea zu verlieben.

Und deshalb machte ihn Anthony Vauxhalls beleidigendes Verhalten auch so wütend.

Aufgebracht fragte er: „Stellen Sie etwa Miss Rices Integrität infrage?"

„Nein, nicht … wirklich", haspelte der Versicherungsagent. „Das heißt …"

„Was genau stört Sie?"

Vauxhall schaute unbehaglich drein. „Die Geschichte … nun ja, sie klingt … Ach, seien wir doch ehrlich, Mr. Tavistock. Mord auf hoher See? Das eigene Schiff versenken? Das hört sich doch nun wirklich ziemlich …“

„Unglaubwürdig an?“

„Ja. Und wenn der Beschuldigte Victor Van Weldon heißt, erscheint die Geschichte noch weiter hergeholt.“

„Aber ich habe es doch mit eigenen Augen gesehen“, beharrte Clea. „Ich war dabei. Warum glauben Sie mir denn nicht?“

„Wir haben die Angelegenheit bereits überprüft, genau gesagt, die Abteilung von Mr. Hammersmith hat sie geprüft. Sie haben mit der Polizei in Spanien gesprochen, und die hat uns versichert, dass es sich aller Wahrscheinlichkeit nach um einen Unfall handelte. Es gab eine Explosion im Maschinenraum, es wurden keine Leichen gefunden und es gibt keinerlei Hinweise auf einen Mord.“

„Natürlich nicht“, erwiderte Clea. „Dafür sind Van Weldons Leute zu clever.“

„Und was das Wrack der *Havelaar* angeht, sie ist leider an einer sehr tiefen Stelle gesunken und damit nicht leicht zu bergen. Wir haben also nichts in der Hand, um eine solide Anklage wegen Sabotage zu erheben.“

Während dieser Ausführungen, die der Mitarbeiter von Lloyd's ziemlich herablassend vortrug, blieb Clea reglos auf ihrem Stuhl sitzen. Sie musterte den Mann stumm, ohne mit der Wimper zu zucken. Jordan beobachtete sie fasziniert. Gleich würde sie ihm den Beweis liefern.

Clea griff in ihre Tasche und holte das Stoffbündel hervor, das sie während der vergangenen sechzehn Stunden wie einen Augapfel gehütet hatte. „Vielleicht haben Sie ein Problem damit, mir zu glauben“, begann sie und legte das Bündel auf seinen Schreibtisch. „Das verstehe ich. Ich meine, wer bin ich denn, dass ich einfach so in Ihr Büro komme und Ihnen eine verrückte Geschichte auftische? Aber vielleicht kann das hier Ihre Meinung ändern."

Anthony Vauxhall betrachtete stirnrunzelnd das Bündel. „Was ist das?"

„Beweismaterial." Clea wickelte das Paket aus. Als sie das letzte Tuch beiseiteschob und eine mit Juwelen besetzte Dolchscheide entblößte, stockte dem Mann der Atem.

Clea zog den Dolch aus der Scheide und legte ihn auf den Schreibtisch. Die Spitze zeigte auf Anthony Vauxhall. „Man nennt den Dolch auch das Auge von Kaschmir. Es stammt aus dem siebzehnten Jahrhundert, der Juwel im Griff ist ein blauer Saphir aus Indien. Eine Beschreibung des Dolches müssten Sie in Ihren Unterlagen finden. Er ist ein Teil von Victor Van Weldons Sammlung, die bei Ihrer Gesellschaft versichert ist. Vor einem Monat wurde er auf einem Schiff, das ebenfalls bei Ihnen versichert ist, von Neapel nach Antwerpen transportiert. Das Schiff war die *Max Havelaar*."

Der Versicherungsfachmann warf erst Jordan einen Blick zu und dann Clea. „Aber das würde ja bedeuten …"

„Dieser Dolch sollte im Moment eigentlich auf dem Meeresgrund liegen. Wie Sie sehen, liegt er dort aber nicht. Weil er niemals an Bord der *Havelaar* war. Er wurde irgendwo in einem Lagerhaus aufbewahrt und auf dem Schwarzmarkt an einen Engländer verkauft."

„Wie sind *Sie* denn daran gekommen?"

„Ich habe ihn gestohlen."

Anthony Vauxhall sah sie an, als ob sie sich einen Scherz mit ihm erlaubte. Zögernd streckte er seine Hand nach der Wechselsprechanlage aus. „Miss Barrows", murmelte er, „würden Sie bitte Mr. Jacobs aus der Bewertungsabteilung anrufen? Er möchte bitte in mein Büro kommen, und er soll seine Lupe mitbringen oder was er auch immer braucht, um Edelsteine zu begutachten."

„Ich sage ihm sofort Bescheid."

„Könnten Sie mir bitte auch die Akte der Van-Weldon-Reederei heraussuchen? Ich brauche die Unterlagen über einen antiken Dolch, der als Auge von Kaschmir bekannt ist." Anthony Vauxhall rutschte auf seinem Stuhl zurück und musterte Clea besorgt. „Das wirft natürlich ein ganz neues Licht auf die Angelegenheit. Mr. Van Weldons Forderungen beliefen sich, wenn ich mich richtig erinnere, auf etwa fünfzehn Millionen Pfund allein für die Kunstsammlung. Das hier …", er deutete auf den Dolch, „… stellt nun all seine Ansprüche infrage."

Jordan sah, wie Clea erleichtert aufatmete. *Es ist vorbei,* las er in ihren Augen. *Der Albtraum ist endgültig zu Ende.*

Er ergriff ihre Hand. Sie war feucht und zittrig vor Aufregung und Angst. Von allen furchterregenden Momenten der vergangenen Woche musste dieser hier der wohl grauenvollste für sie gewesen sein, weil sie so weit gereist war und so viel auf sich genommen hatte. Sie war zu angespannt, um ihn anzulächeln, aber er spürte, wie sie seine Finger umklammerte. *Wenn das hier vorbei ist*, dachte er, *wenn es wirklich vorbei ist, werden wir feiern. Wir nehmen uns eine Hotelsuite und lassen uns alle Mahlzeiten aufs Zimmer servieren. Und wir werden uns Tag und Nacht lieben, bis wir zu erschöpft sind, um weiterzumachen. Dann schlafen wir, und wenn wir aufwachen, fangen wir wieder von vorn an …*

Voller Anspannung verfolgten sie, wie Anthony Vauxhalls Sekretärin die Akte hereinbrachte und wie Mr. Jacobs von der Bewertungsabteilung eintrat, um den Dolch zu begutachten. Mr. Jacobs war ein eleganter Herr mit vollem silbernen Haar und ließ sich, wie es Clea erschien, ewig Zeit für die Prüfung. Endlich schaute er auf und sagte zu seinem Kollegen: „Könnte ich bitte das Schätzgutachten sehen?“

Anthony Vauxhall reichte es ihm. „Da ist auch ein Foto dabei. Es scheint sich um denselben Dolch zu handeln.“

„So ist es.“ Mr. Jacobs kniff die Augen zusammen, während er zunächst das Foto betrachtete und anschließend wieder den Dolch. Dieses Mal konzentrierte er sich auf den sternförmigen Saphir. „Eine ausgezeichnete Arbeit“, murmelte er mit der Lupe vor den Augen.

„Glauben Sie nicht, dass es Zeit wird, die Polizei zu verständigen?“, fragte Jordan.

Anthony Vauxhall nickte und griff nach dem Telefon. „Selbst ein Victor Van Weldon kann das Auge von Kaschmir nicht wegargumentieren, nicht wahr?“

Mr. Jacobs blickte auf. „Aber das ist nicht das Auge von Kaschmir“, wandte er ein.

Im Zimmer wurde es absolut still. Drei Augenpaare starrten auf den erfahrenen Kunstschätzer.

„Was wollen Sie damit sagen?“, fragte Vauxhall.

„Es ist eine Reproduktion, ein synthetischer Korund, wenn auch ein ganz ausgezeichneter, ohne Zweifel. Sie wurde vermutlich nach dem Verneuil-Verfahren angefertigt. Wie Sie sehen können, tritt der Stern deutlicher zutage, als er es in einem echten Stein tun würde. Er ist vielleicht zwei- oder dreihundert Pfund wert. Also ganz wertlos ist er nicht, aber es ist kein echter Sternsaphir.“ Mr. Jacobs betrachtete sie durch seine Brillengläser. „Das ist nicht das Auge von Kaschmir.“

Cleas Gesicht war kreideweiß geworden. Fassungslos starrte sie auf den Dolch. „Ich … ich verstehe nicht …“

„Könnte es nicht sein, dass Sie sich irren?“, fragte Jordan.

„Ausgeschlossen“, erwiderte Mr. Jacobs. „Ich versichere Ihnen, es ist eine Kopie.“

„Ich verlange eine zweite Meinung.“

„Selbstverständlich. Ich kann Ihnen einige Gemmologen empfehlen …“

„Nein, wir kümmern uns selbst darum“, unterbrach Jordan ihn barsch.

Pikiert schaute Mr. Jacobs ihn an und schob den Dolch in Jordans Richtung. „Wie Sie wollen.“ Er machte Anstalten zu gehen.

„Mr. Jacobs“, rief Anthony Vauxhall. „Wir haben die Versicherungspolice des Auges von Kaschmir. Sollten wir den Dolch nicht bei uns aufbewahren, bis die Angelegenheit geklärt ist?“

„Dazu sehe ich keine Veranlassung“, erwiderte Mr. Jacobs. „Sie …“, er nickte in Richtung Jordan und Clea, „… sollen das Ding ruhig behalten. Es ist ja nur eine Fälschung.“

11. KAPITEL

Nur eine Fälschung!

Clea hielt das Bündel in beiden Händen, als sie und Jordan mit dem Aufzug ins Erdgeschoss fuhren. Sie traten hinaus in das schwächer werdende Sonnenlicht des späten Nachmittags.

Nur eine Fälschung!

Wie hatte sie sich dermaßen irren können?

Sie versuchte, einen klaren Gedanken zu fassen, aber ihr Gehirn schien nicht zu funktionieren. Sie setzte ganz automatisch einen Fuß vor den anderen, während sich ihr Körper wie taub anfühlte. Jetzt gab es keine Beweise mehr, um ihre Geschichte zu untermauern. Und Victor Van Weldon war immer noch hinter ihr her. Auch wenn sie ihren Namen noch hundert Mal änderte und ihr Haar hundert Mal färbte, sie würde sich für den Rest ihres Lebens ängstlich umblicken und fragen, wer von den Menschen um sie herum wohl ihr Mörder war.

Victor Van Weldon hatte gewonnen.

Es wäre beinahe einfacher, direkt in sein Büro zu gehen, ihm ins Gesicht zu sehen und ihm zu sagen: „Ich gebe auf. Bringen Sie's schnell hinter sich." Sie würde ohnehin nicht mehr lange leben. Clea nahm die Gesichter auf der Straße kaum noch wahr, ganz zu schweigen von möglichen Anzeichen einer drohenden Gefahr. Nur Jordans fester Händedruck dirigierte sie in eine Richtung.

Er zog sie in ein Taxi und bat den Chauffeur, zur Brook Street zu fahren.

Während sie blind auf den Verkehr starrte, fragte sie: „Wo fahren wir hin?"

„Ich will eine zweite Meinung hören. Ein Mann, den ich kenne, hat ein Geschäft in der Gegend. Er hat schon einige Gutachten für Onkel Hugh angefertigt."

„Glaubst du, Mr. Jacobs könnte sich irren?"

„Vielleicht irrt er sich, vielleicht lügt er auch, im Moment traue ich niemandem mehr."

Traut er mir denn? fragte sie sich.

Das Taxi brachte sie zu einem Laden im Herzen von Mayfair. Auf Clea wirkte er nicht so, als würden viele vornehme Leute zu seinen Stammkunden zählen. Auf einem Schild im Fenster stand *Uhren und Schmuck, Ankauf und Verkauf.* Hinter der trüben Scheibe lagen einige Ringe und Halsketten, die offenbar unecht waren.

„Sind wir hier richtig?", fragte Clea ungläubig.

„Lass dich nicht vom ersten Eindruck täuschen. Hier arbeitet ein Mann, der mir eine ehrliche Antwort gibt, wenn ich ihn darum bitte."

Sie betraten das Ladenlokal, das kaum mehr war als eine kleine dunkle Höhle. An den Wänden tickten Dutzende Kuckucksuhren. Die Theke war verwaist.

„Hallo?", rief Jordan. „Herr Schuster?"

Eine Tür wurde knarrend geöffnet, und ein älterer kleinwüchsiger Mann schlurfte aus einem Hinterzimmer. Als er Jordan erblickte, lachte er gackernd.

„Sieh mal an! Der junge Mr. Tavistock! Wie viele Jahre ist das jetzt her?"

„Einige", erwiderte Jordan. Er schüttelte die Hand des Mannes. „Sie sehen gut aus!"

„Ich? Ach was! Ich bin schon zwanzig Jahre über meine Zeit und froh, dass ich überhaupt noch lebe. Und Ihr Onkel? Ist er inzwischen im Ruhestand?"

„Seit ein paar Monaten. Und er genießt es sehr." Jordan legte einen Arm um Cleas Schultern. „Ich möchte Ihnen Miss Clea Rice vorstellen, sie ist eine gute Freundin von mir. Wir möchten Sie um Hilfe bitten."

Herr Schuster blinzelte Clea verschmitzt an. „Geht es vielleicht um einen Verlobungsring?"

Jordan räusperte sich. „Wir … ähm … wir bräuchten eher Ihren fachmännischen Rat."

„Wozu?"

„Hierzu." Clea holte den Dolch aus den Tüchern und reichte ihn dem Mann.

„Uns interessiert, ob der Sternsaphir im Griff echt ist oder nicht", sagte Jordan.

Herr Schuster nahm den Dolch vorsichtig heraus und wog ihn in der Hand, als ob er die Antwort allein durch die Berührung finden könnte. „Das wird etwas Zeit in Anspruch nehmen."

„Wir warten", antwortete Jordan.

Der alte Juwelier zog sich in das Hinterzimmer zurück und schloss die Tür.

Clea war skeptisch. „Können wir seiner Meinung wirklich vertrauen?"

„Unbedingt."

„Wie kannst du dir seiner so sicher sein?"

„Er war einst die führende Autorität in seinem Metier in Ostberlin, lang vor dem Mauerfall. Damals hat er als Doppelagent dem MI6 zugearbeitet. Du wärst erstaunt zu hören, wie viel man bei Unterhaltungen mit Frauen einflussreicher Kommunisten erfährt. Als es für ihn zu gefährlich wurde, hat ihm Onkel Hugh bei der Ausreise geholfen."

„Deshalb vertraust du ihm."

„Er steht bei meinem Onkel in der Schuld." Jordan warf einen Blick auf die Tür zum Hinterzimmer. „Der alte Schuster hat sich hier in London immer sehr bedeckt gehalten, wahrscheinlich ist es eine Art Paranoia."

„Paranoia", wiederholte Clea leise. „Ja, ich kann mir gut vorstellen, wie er gelebt haben muss." Sie drehte sich zum Fenster um und starrte durch das trübe Glas hinaus auf die Brook Street. Ein Bus rumpelte vorbei und zog eine gewaltige Abgaswolke hinter sich her. Der Nachmittag mit seinen zahlreichen Passanten war dem frühen Abend gewichen, und bis auf ein paar Verkäuferinnen, die nach Ladenschluss nach Hause eilten, und einem Mann, der an der Bushaltestellte wartete, war niemand mehr unterwegs.

„Wirst du mir … auch glauben", begann sie zögernd, „wenn sich der Dolch als Fälschung herausstellt?"

Jordan ließ sich Zeit mit seiner Antwort. Sein kurzes Schweigen empfand sie wie einen scharfen Stich in ihr Herz. Endlich sagte er: „Es ist zu viel passiert, als dass ich dir *nicht* glauben würde."

„Aber du hast Zweifel."

„Ich habe Fragen."

Ihr Lachen klang bitter. „Da sind wir ja schon zwei."

„Warum zum Beispiel sollte sich Guy Delancey eine Kopie gekauft haben? Er verfügt über die entsprechenden Mittel und hätte auf dem Original bestanden."

„Vielleicht hat man ihn auch getäuscht? Vielleicht glaubte er ja, es sei das echte Auge von Kaschmir."

„Nein, dazu war Guy ein viel zu erfahrener Sammler. Er hat vor dem Kauf ganz gewiss den Rat eines Experten eingeholt. Du hast doch gesehen, wie schnell Mr. Jacobs den

Stein als Replik identifiziert hat. Guy hätte das ebenso schnell herausgefunden."

Sie seufzte frustriert. „Stimmt. Das bedeutet, dass derjenige, der den Dolch als echt befunden hat, entweder ein Gauner oder inkompetent war, oder …" Unvermittelt drehte sie sich zu ihm um. „Oder er hatte es aufs Geld abgesehen."

„Ich versichere dir, Guy hätte niemals eine Kopie gekauft."

„Natürlich nicht! Er hat ja auch das Original erworben", sagte Clea plötzlich erregt.

„Und wieso besaß er dann zum Schluss eine Fälschung?"

„Weil jemand das Original ausgetauscht hat, *nachdem* Guy es erworben hatte." Aufgebracht lief sie im Laden auf und ab. In ihrem Kopf überstürzten sich die Gedanken. „Überleg doch mal, Jordan. Bevor du ein Gemälde oder eine Antiquität kaufst, vergewisserst du dich doch, ob es echt ist, oder?"

„Natürlich."

„Aber nachdem du, sagen wir mal, das Gemälde gekauft und aufgehängt hast, machst du dir doch nicht noch einmal die Mühe, es überprüfen zu lassen."

Jordan nickte nachdenklich. „Ich denke, ich beginne zu verstehen, worauf du hinauswillst. Der Dolch wurde also ausgetauscht, nachdem Guy ihn gekauft hatte."

„Und er hat es nicht gemerkt! Bei all den Sammlerstücken, die er im Haus hat, ist ihm nicht aufgefallen, dass der kleine Dolch nicht mehr derselbe war."

„Okay, Zeit für einen Faktencheck. Du behauptest, unser hypothetischer Dieb hat eine Kopie in Auftrag gegeben. Aber wie hat er es dann geschafft, den Dolch auszutauschen, ohne dass Guy etwas davon mitbekam? Das würde eine Menge Insiderwissen voraussetzen. Erinnere dich doch daran, wie lange wir gebraucht haben, um das Auge zu finden. Ohne Whitmores Unterstützung hätten wir das Geheimfach nie entdeckt."

„Das stimmt", sagte Clea nachdenklich. „Der Dieb hätte genau wissen müssen, wo der Dolch versteckt ist. Was wiederum bedeutet, dass es jemand sein muss, der Delancey sehr nahe stand."

„Und das schließt einen normalen Dieb von vornherein ebenso aus wie einen von Van Weldons Leuten." Er schüttelte den Kopf. „Ich will jetzt nicht sagen, der Butler war's, aber ich glaube, die Liste der Verdächtigen ist ziemlich kurz."

„Wie steht es mit Guys Familie?"

„Die ist in sich zerstritten, und niemand von ihnen wohnt in der Gegend."

„Vielleicht eine seiner Liebhaberinnen?"

„Davon hatte er ja einige." Er warf ihr einen vielsagenden Blick zu.

„Ich gehörte nicht dazu", schoss sie zurück. „Mit wem hatte Guy denn zuletzt ein Verhältnis?"

„Mir ist nur eine Frau bekannt, und das ist Veronica Cairncross."

Sie schwiegen gedankenversunken. „Du bist derjenige, der sie kennt, Jordan", sagte Clea schließlich. „Ihr beide seid befreundet ..."

Er runzelte sorgenvoll die Stirn. „Ich habe sie immer für ein bisschen unvorsichtig gehalten. Sie ist sehr impulsiv und nicht gerade ein Musterbeispiel für Moral, aber eine Diebin und Intrigantin ..."

„Wir sollten sie trotzdem nicht voreilig von der Liste streichen. Und dann dürfen wir das Personal nicht vergessen. Eigentlich hatte jeder von ihnen die Gelegenheit, das Schlafzimmer zu betreten, wir sind ja auch hineingekommen. Wäre der alte Whitmore nicht gewesen, hätten wir uns davongeschlichen, ohne dass es jemand gemerkt hätte."

Jordan erblasste. „Whitmore", wiederholte er.

„Was ist mit ihm?"

„Ich überlege gerade …"

Er sprach den Namen noch einmal leise aus und plötzlich schien bei ihm der Groschen zu fallen. Er funkelte sie fröhlich an. „Ja. Whitmore ist der Schlüssel."

Sie lachte. „Willst du jetzt etwa doch behaupten, dass es der Butler war?"

„Nein. Es geht vielmehr darum, dass er in jener Nacht zu Hause war. Veronica hatte mir versichert, dass Whitmore einen freien Abend hatte und dass das Haus leer sein würde. Aber als ich einstieg, war er da. Die ganze Zeit über habe ich gedacht, dass sie sich wohl geirrt haben musste, aber was ist, wenn das gar nicht der Fall war? Was, wenn sie beabsichtigte, dass der Butler zu Hause ist?"

„Warum sollte sie das gewollt haben?"

„Damit er Alarm schlagen und die Polizei verständigen kann."

„Und was hätte das gebracht?"

„Es hätte einen offiziellen Einbruchsbericht gegeben. Falls Guy alles kontrolliert und festgestellt hätte, dass das echte Auge von Kaschmir verschwunden war, hätte er es auf den Diebstahl von jener Nacht zurückgeführt. Die Nacht, in der Whitmore Alarm geschlagen hatte."

„In der Nacht, in der Veronica ein wasserdichtes Alibi

hatte, weil sie auf der Verlobungsfeier deiner Schwester war."

Jordan nickte. „Er wäre nie dahintergekommen, dass der Dolch schon lange vor dieser Nacht ausgetauscht worden war. Wenn Veronica so intim mit ihm war, wusste sie bestimmt, wo er das Auge versteckt, immerhin ist sie eine Zeit lang in seinem Schlafzimmer ein- und ausgegangen." Frustriert schlug sich Jordan mit der flachen Hand gegen die Stirn. „Die ganze Zeit über habe ich *sie* für den Dummkopf gehalten. Dabei bin *ich* der Idiot."

Clea schüttelte den Kopf. „Du scheinst Veronica eine Menge zuzutrauen, aber wie hätte sie eine so exakte Kopie in Auftrag geben können? Das braucht Zeit, und der Fälscher konnte eigentlich nur anhand des Originals arbeiten. Ich glaube kaum, dass Guy ihr den Dolch für eine Woche ausgeliehen hätte. Woher soll also die Kopie kommen?"

„Es gibt immer einen Vorbesitzer", entgegnete Jordan.

Cleas Mund wurde trocken. *Van Weldon. Der Vorbesitzer war Victor Van Weldon.*

Sie trat zu ihm und lehnte die Wange an die weiche Wolle seiner Jacke. Leise fragte sie: „Welche Verbindung könnte es zwischen Veronica und Van Weldon geben?"

„Keine Ahnung. Sie hat Van Weldons Namen nie erwähnt."

„Er hat überall Verbindungen zu Leuten, die ihm etwas schulden, oder die Angst vor ihm haben."

„Das erscheint mir doch eher unwahrscheinlich."

„Wie gut kennst du sie *wirklich,* Jordan? Wie gut kennen wir überhaupt unser Gegenüber?"

Er schwieg und rührte sich nicht vom Fleck. Er fasste sie nicht an, ja, schaute sie nicht einmal an. Wehmütig dachte sie, *ach, Jordan! Wie gut kenne ich dich eigentlich? Und das wenige, das du von mir kennst, ist auch nur das Schlechteste …*

Obwohl sie so nahe beieinanderstanden, empfand sie Kälte und Einsamkeit, während sie auf die Straße hinaussahen, wo die Schatten allmählich im Dunkel der hereinbrechenden Nacht verschwanden. Sie streckte die Hand aus. Seine Schulter war verspannt. Er reagierte nicht auf ihre Berührung.

„Clea", flüsterte er, „ich möchte, dass du ins Hinterzimmer gehst und Herrn Schuster fragst, ob es eine Hintertür gibt."

„Wie bitte?"

„Siehst du den Mann dort an der Bushaltestelle?"

Sie sah hinaus auf die Straße, und auf den Mann, der dort stand. Er trug einen braunen Anzug und hielt einen schwarzen Schirm in der Hand. Alle paar Sekunden blickte er auf seine Uhr, als käme er zu spät zu einer Verabredung. Kein Wunder. Er wartete jetzt schon sehr lange auf den Bus.

Langsam trat Clea vom Fenster zurück.

Jordan blieb wie angewurzelt stehen. Er wandte den Blick nicht von der Straße. „Er hat bereits zwei Busse passieren lassen", sagte er. „Ich glaube nicht, dass er wirklich auf den Bus wartet."

Sie musste sich zwingen, nicht Hals über Kopf durch die Tür ins Hinterzimmer zu stürzen. Sie wusste nicht, ob der Mann sie durch die trübe Fensterscheibe sehen konnte. Betont langsam ging sie in den hinteren Teil des Ladens, öffnete die Tür und verschwand in der Werkstatt.

Herr Schuster saß an seinem Arbeitstisch. „Ich fürchte, ich habe eine enttäuschende Neuigkeit. Der Sternsaphir …"

„Gibt es einen Hinterausgang?“, unterbrach sie ihn.

„Wie bitte?“

„Einen anderen Ausgang?“

Jetzt kam auch Jordan herein. „Wir werden verfolgt.“

Herr Schuster erhob sich alarmiert. „Es gibt eine Hintertür.“ Rasch führte er sie durch seine chaotische Werkstatt und öffnete eine Tür, die aussah, als führe sie in eine Abstellkammer. Er schob ein paar staubige Mäntel beiseite. „Die Hintertür ist verriegelt. Von dort aus gelangen Sie in eine Gasse. Um die Ecke ist die South Molton Street. Soll ich die Polizei verständigen?“

„Nein, bitte nicht. Wir kommen schon klar“, versicherte Jordan.

„Ist der Mann gefährlich?“

„Wir wissen es nicht.“

„Möchten Sie Ihren Dolch zurück?“

„Ist er nicht echt?“

Bedauernd schüttelte Herr Schuster den Kopf. „Der Saphir ist unecht.“

„Dann behalten Sie ihn als Andenken, aber zeigen Sie ihn niemandem.“

Unvermittelt ertönte der Türsummer in der Werkstatt. Herr Schuster warf einen Blick in den Laden. „Es ist jemand hereingekommen. Schnell, verschwinden Sie!“

Jordan ergriff ihre Hand und zog Clea in die Abstellkammer. Sofort wurden die Mäntel an ihren alten Platz gerückt und die Tür geschlossen. In der plötzlichen Dunkelheit tasteten sie sich zur Hintertür vor, entriegelten sie und stießen sie auf.

Sie stolperten auf eine schmale Gasse, liefen ein paar Meter und bogen in die South Molton Street ein. Erst als sie die U-Bahn-Station Bond Street erreichten, verlangsamten sie ihre Schritte.

Clea saß schweigend in der Bahn zur Tottenham Court Road. Die jüngsten Ereignisse und Erkenntnisse verwirrten sie. Draußen vor dem Fenster sauste der nachtschwarze Tunnel vorbei. Erst als Jordan ihre Hand ergriff, spürte sie die Kälte in ihre Fingern.

„Er wird nicht aufgeben“, flüsterte sie. „Er wird niemals aufgeben.“

„Dann müssen wir ihm eben immer einen Schritt voraus sein.“

Nicht wir, dachte sie. *Ich bin es, auf die es Van Weldon abgesehen hat und die er töten will.*

Sie sah auf die Hand, die ihre Finger umklammerte. Es war eine starke Hand, wie sie eine Frau brauchte und sich wünschte. Clea hatte innerhalb kürzester Zeit ein so großes Vertrauen in Jordan gefasst, wie sie noch keinem anderen Menschen jemals entgegengebracht hatte. Inzwischen kannte sie ihn gut genug, um zu wissen, dass er sich in jeder Lebenslage wie ein vorbildlicher Gentleman verhielt, was in der derzeit prekären Situation durchaus absurd wirken konnte. Er würde niemals eine Frau im Stich lassen, die in der Klemme steckte.

Also würde *sie* ihn verlassen müssen.

Vorsichtig und mit Bedacht wählte sie ihre Worte. „Ich glaube, es wäre besser, wenn ich …“ Die Worte blieben ihr im Halse stecken. Sie starrte stur nach vorn, um Jordan bloß nicht ansehen zu müssen. „Ich glaube, es wäre besser, wenn ich auf eigene Faust weitermache. Dann könnte ich schneller agieren.“

„Du meinst ohne mich?“

„Ja." Ihr Kinn zitterte ein wenig, während sie sprach. „Mein Risiko ist größer, wenn ich auch noch auf dich achten muss. Auf Chetwynd hingegen wird dir nichts passieren."

„Und wo willst du hingehen?"

Sie lächelte nichtssagend. „Irgendwohin, wo es warm ist. Vielleicht nach Südfrankreich oder nach Sizilien. Hauptsache, ich kann am Strand liegen."

„Sofern du lange genug lebst, um einen Badeanzug anzuziehen."

Die Bahn hielt an der nächsten Station. Unvermittelt zog er sie hoch und befahl: „Wir steigen hier aus."

Sie folgte ihm aus dem Zug und die Stufen hinauf zur Oxford Street. Er hatte die Schultern gestrafft und schwieg verärgert. *So viel zu meiner Selbstaufopferung,* dachte sie sarkastisch. Jetzt hatte sie ihn auch noch gegen sich aufgebracht. Warum war er überhaupt wütend auf sie? Sie hatte ihn schließlich nicht zurückgewiesen, sondern ihm nur angeboten, sich zurückzuziehen.

Sie wollte sein Leben retten.

„Ich habe nur an dich gedacht, verstehst du?", sagte sie.

„Das ist mir schon klar."

„Warum bist du dann so sauer auf mich?"

„Dein Vertrauen in mich ist nicht besonders groß."

„Du kannst nichts mehr für mich tun. Du musst doch zugeben, dass es wenig sinnvoll ist, wenn wir uns beide der Gefahr aussetzen, umgebracht zu werden. Wenn wir uns trennen, werden sie dich vergessen."

„Wirst du mich denn auch vergessen?"

Clea blieb abrupt stehen. „Spielt das eine Rolle?"

„Spielt das *keine* Rolle?“ Er drehte sich zu ihr um. Sie sahen einander ins Gesicht. Die anderen Passanten mussten einen Bogen um sie machen.

„Ich weiß nicht, worauf du hinauswillst“, entgegnete sie. „Es tut mir leid, dass es so enden muss, Jordan, aber ich muss mich um das Nächstliegende kümmern, und das bedeutet, dass du nicht bei mir bleiben kannst. Ich *will* dich auch nicht mehr bei mir haben.“

„Zum Teufel, du weißt doch gar nicht, was du willst.“

„Vielleicht weiß ich das wirklich nicht, aber ich weiß, was das Beste für dich ist.“

„Ich auch“, konterte er. Und dann nahm er sie in den Arm und küsste sie leidenschaftlich. Er küsste sie nicht zärtlich, sondern besitzergreifend, und er duldete keine Gegenwehr.

Allerdings dachte Clea auch nicht daran, sich zu wehren. Im Gegenteil. Sie genoss den Überfall seiner Zunge in ihrem Mund und seine Hände, die sie fest an ihn drückten. Sie konnte ihr Begehren ebenso wenig leugnen wie er, sie waren ihrer Lust hilf- und hoffnungslos ausgeliefert, einer Lust, die sie überfiel, sobald sie sich berührten.

Er küsste ihre Wangen hoch zu ihrem Ohr, und sein heißer Atem entfachte einen wohligen Schauer auf ihrem Rücken. „Habe ich mich klar genug ausgedrückt?“, flüsterte er.

Sie stöhnte. „Zu welchem Thema?“

„Darüber, dass wir zusammenbleiben.“

Das lockende Gefühl war so stark, dass sie vorsichtshalber einen Schritt zurücktrat, um ihn nicht länger zu berühren. *Du mit deinem verrückten Ehrenkodex,* dachte sie. *Der wird dich noch umbringen und das könnte ich nicht ertragen.*

„Ich bin gar nicht so hilflos“, erwiderte sie.

Er lächelte. „Trotzdem musst du zugeben, dass meine Anwesenheit manchmal schon praktisch ist.“

„Manchmal“, stimmte sie ihm zu.

„Du brauchst mich, Clea, um Van Weldon zu besiegen.“

Sie schüttelte den Kopf. „Das habe ich erfolglos versucht, jetzt kann ich nichts mehr tun.“

„Doch, das kannst du.“

„Wie soll ich ihn noch besiegen? Der Dolch ist verschwunden, ich habe keinerlei Beweise.“

„Es gibt noch einen Weg.“ Er trat einen Schritt näher. „Und der heißt Veronica Cairncross.“

„Was ist mit ihr?“

„Ich habe versucht, das Puzzle zusammenzusetzen, und ich glaube, du hast recht. Sie könnte tatsächlich der Schlüssel zu allem sein. Ich kenne Veronica seit Jahren. Sie ist ein munteres Mädchen, mit dem man viel Spaß haben kann, aber sie ist auch eine Spielernatur und sie gibt gerne Geld aus. In den letzten Jahren hat sie einen Haufen Schulden angehäuft. So ein Betrug könnte ihre Haut retten.“

„Womit wir allerdings wieder bei der Frage wären, wie sie eine solche Kopie in Auftrag geben konnte“, wandte Clea ein. „Wie soll sie in den Besitz des Originals gekommen sein? Es gehörte Van Weldon. Hat sie es von ihm gekauft oder geliehen?“

„Oder gestohlen?“

Clea zuckte zusammen. „Niemand wäre so tollkühn, sich mit Victor Van Weldon anzulegen.“

„Aber irgendwie ist der Dolch von Van Weldon zu Guy Delancey gelangt, und Veronica könnte das Bindeglied zwischen ihnen sein. Das müssen wir herausfinden.“ Jordan dachte nach. „Sie und Oliver halten sich unter der Woche meist in ihrem Haus in London auf, was bedeutet, dass sie momentan in der Stadt sind."

Clea zweifelte. Ihr gefiel die Richtung nicht, die ihr Gespräch nahm. „Worüber denkst du nach?"

„Ich denke, es ist an der Zeit, dass du eine neue Perücke ausprobierst."

Archie MacLeod legte den Telefonhörer auf und blickte auf Richard Wolf und Hugh Tavistock. „Sie sind in London. Mein Kontaktmann hat gerade mit einem Angestellten von Lloyd's gesprochen. Jordan und Clea Rice sind heute gegen vier Uhr dort gewesen. Leider wusste der Mann, mit dem sie gesprochen haben, ein gewisser Anthony Vauxhall, nichts von unseren Ermittlungen. Er hat seinem Vorgesetzten von ihrem Besuch erzählt. Als wir davon Wind bekamen, waren Jordan und Clea Rice bereits wieder gegangen."

„Damit wissen wir also, dass sie noch leben", stellte Hugh fest.

„Jedenfalls heute Nachmittag."

Sie saßen in der Bibliothek von Chetwynd, die sie zum Krisenzentrum umfunktioniert hatten. Hugh war am Morgen nach Chetwynd zurückgekehrt und wartete nun mit Archie MacLeod und Richard auf Informationen ihres Kontaktmanns bei der Polizei.

Die letzte Neuigkeit ermutigte sie, weil Jordan sicher in London angekommen war.

Richard überraschte das nicht. Er kannte seinen zukünftigen Schwager zwar erst wenige Monate, dennoch hatte er in dieser Zeit dessen Einfallsreichtum sehr zu schätzen gelernt. Es gab nur wenige Männer, die Richard gern an seiner Seite wusste, wenn es eng und gefährlich wurde. Jordan zählte eindeutig dazu.

Und Clea Rice war ebenfalls eine Überlebenskünstlerin. Zusammen konnten sie es durchaus schaffen.

Richard musterte Hugh. Der alte Herr wirkte erschöpft und müde, die Sorge um seinen Neffen stand ihm tief ins Gesicht geschrieben. „Der Preis, der auf Clea Rice ausgesetzt ist, wird jeden Vertragskiller in Europa auf den Plan rufen“, sagte Richard.

„Sie könnten doch bestimmt die Hilfe Ihrer Kontaktleuten beim Geheimdienst einfordern, Lord Lovat“, sagte MacLeod. „Sie wissen, dass wir sie finden müssen.“

Hugh schüttelte den Kopf. „Mein Jordan ist sozusagen im Schoß des Geheimdiensts groß geworden. Ich bin sicher, dass er einige Tricks draufhat. Selbst mit fachmännischer Unterstützung dürfte es uns schwerfallen, ihn aufzuspüren. Und das bedeutet, dass ihn auch ein Victor Van Weldon nicht so schnell findet.“

„Sie kennen Victor Van Weldon nicht so gut wie ich“, gab Archie MacLeod zu bedenken. „Er ist bereit, ein Vermögen auszugeben, um Clea Rice zu beseitigen. Ich fürchte, Geld ist immer noch das beste Antriebsmittel auf der Welt.“

„Nicht Geld“, widersprach Richard, „eher Angst. Das ist, was Jordan am Leben halten wird.“

„Verdammt noch mal“, polterte Hugh los. „Warum wissen wir überhaupt so wenig über diesen Victor Van Weldon? Ist er so unangreifbar?“

„Ich fürchte ja“, antwortete Archie MacLeod bedauernd. Er sank tiefer in seinen Sessel neben dem Kamin. „Victor Van Weldon hat stets vom Rand des internationalen Rechts aus operiert. Dabei hat er die Grenzen zur Illegalität nie ganz überschritten oder wenigstens keine Beweise dafür hinterlassen. Er versteckt sich hinter einem Regiment von Anwälten. Er besitzt Häuser in Gstaad, Brüssel und vermutlich an einigen weiteren Orten, die wir noch nicht entdeckt haben. Er ist so etwas wie ein seltener exotischer Vogel, der sich so gut wie niemals zeigt, obwohl er sehr lebendig ist."

„Und Sie haben praktisch überhaupt nichts gegen ihn in der Hand?"

„Wir wissen, dass er im internationalen Waffenhandel mitmischt und seine Finger in Drogengeschäften hat, aber jedes Mal, wenn wir glauben, einen wasserdichten Beweis gefunden zu haben, zerbröselt er uns zwischen den Fingern. Entweder sterben Zeugen überraschend oder Dokumente verschwinden; es war jahrelang sehr frustrierend mit ansehen zu müssen, wie er mir immer wieder entwischt. Dennoch ist mir erst vor Kurzem bewusst geworden, wie viele seiner Freunde in einflussreichen Positionen sitzen. Darunter sind Freunde, die ihn über jeden meiner Schritte informieren. Deshalb habe ich meine Taktik geändert. Ich habe jetzt ein eigenes Team unabhängiger Männer, das seit sechs Monaten alle wichtigen Informationen über Victor Van Weldon sammelt und versucht herauszubekommen, wo seine Schwachstelle liegt. Wir wissen, dass er sehr krank ist. Er leidet an einem Lungenemphysem und an Herzinsuffizienz und wird nicht mehr lange leben, aber bevor er stirbt, würde ich ihn gern noch der irdischen Gerechtigkeit überantworten."

„Sie klingen wie ein Mann, der sich auf einem Kreuzzug befindet", schmunzelte Richard.

„Ich habe durch Victor Van Weldon einige … Leute verloren. So etwas vergisst man nicht … das Gesicht eines sterbenden Freundes …"

„Wie viel Beweismaterial haben Sie zusammengetragen?"

„Wir haben die Grundlagen. Wir wissen, dass Victor Van Weldon im vergangenen Jahr einige schwere Verluste hinnehmen musste. Die europäische Wirtschaftskrise hat sogar ihm geschadet. Und da sein Imperium an den Rand des Ruins geraten ist, hat er sich zu einer Verzweiflungstat entschlossen und die *Max Havelaar* geopfert. Angeblich verlor er beim Untergang des Schiffes ein Vermögen, das voll versichert war. Ich konnte die spanischen Behörden leider nicht dazu bewegen, die Kosten für eine gründliche Untersuchung zu übernehmen. Dazu wären eine Rettungsmannschaft, Boote und Bergungswerkzeug nötig gewesen. Wir glaubten schon, dass uns Victor Van Weldon wieder entwischt sei, aber dann erfuhren wir von Clea Rice." Archie MacLeod seufzte. „Leider gehört Miss Rice aufgrund ihrer Vergangenheit nicht zu der Art von Zeugen, deren Aussagen die Behörden dazu bewegen, eine Strafverfolgung aufzunehmen. Deshalb haben wir zwar endlich eine Waffe, die wir gegen Victor Van Weldon einsetzen könnten, aber es besteht die Gefahr, dass sie vor Gericht nach hinten losgeht."

„Also können Sie Victor Van Weldon nicht aufgrund der Aussage von Clea Rice anklagen", stellte Hugh fest.

„Nein. Wir brauchen etwas Handfesteres. Zum Beispiel die Auflistung der Kunstobjekte auf dem Ladeverzeichnis der *Havelaar.* Wir wissen genau, dass sie nicht mit dem Schiff versunken sind und dass Van Weldon sie irgendwo versteckt. Er wartet nur auf eine Gelegenheit, sie nach und nach zu verkaufen. Wenn wir nur wüssten, wo er sie versteckt!"

„Die Ladung ist angeblich von Neapel aus verschifft worden."

„Wir haben seine Lagerhalle in Neapel auf den Kopf gestellt. Außerdem haben wir, nicht immer legal wohlbemerkt, jedes Haus durchsucht, das er besitzt. Wir reden hier in der Regel von großen Kunstgegenständen, also keinen Dingen, die man in einem Schrank oder einer Schublade versteckt. Wandteppiche, Ölgemälde und sogar einige Skulpturen. Wo immer er sie auch hingebracht hat, dort muss viel Platz zur Verfügung stehen."

„Also muss es irgendwo ein Lagerhaus geben, von dem Sie noch nichts wissen."

„Zweifellos."

„Interpol verfügt nicht über die notwendigen Befugnisse, um das allein zu schaffen", sagte Hugh. „Sie brauchen Unterstützung." Er griff zum Telefon und wählte eine Nummer. „Das ist zwar nicht dic übliche Vorgehensweise, aber wenn Jordans Leben auf dem Spiel steht …"

Richard hörte, wie Hugh seine Verbindungen spielen ließ und mit alten Freunden aus den Spezialabteilungen von Scotland Yard sowie mit Kollegen vom MI6, dem Inlandsgeheimdienst, sprach. Anschließend legte er den Hörer auf.

„Und jetzt schlage ich vor, dass wir selbst aktiv werden", sagte er.

„London?"

„Jordan ist dort. Vielleicht versucht er, mit uns in Kontakt zu treten. Ich möchte vorbereitet sein."

„Ich verstehe nicht, warum er sich nicht schon längst bei Ihnen gemeldet hat", sagte MacLeod.

„Er ist vorsichtig“, entgegnete Richard. „Er weiß, dass Van Weldon davon ausgeht, dass er uns um Hilfe bittet. Unter diesen Umständen ist das Beste, das *Unerwartete* zu tun.“

„Genau so hat sich Clea Rice in den vergangenen Wochen verhalten“, bemerkte Archie MacLeod. „Sie blieb unberechenbar.“

Van Weldon erwartete den Anruf bereits. Sofort griff er zum Hörer. „Und?“

„Sie sind hier“, sagte Simon Trott. „Man hat sie gesehen, wie sie bei Lloyd's herausgekommen sind, so wie du es vorhergesagt hast.“

„Ist die Angelegenheit erledigt?“

Eine Pause entstand. „Leider nicht. Sie sind in einen Schmuckladen auf der Brook Street gegangen, danach verliert sich ihre Spur. Der Ladenbesitzer behauptet, er wisse von nichts.“

Victor Van Weldon spürte einen stechenden Schmerz im Brustkorb. Er hielt einen Moment inne, um Luft zu holen, wobei er Clea Rice die ganze Zeit verfluchte. Eine solch hartnäckige Gegnerin hatte er in all den Jahren noch nicht erlebt. Sie war wie ein Dorn, der immer tiefer in die Haut eindrang, je mehr man sich bemühte, ihn zu entfernen.

Als er wieder normal atmen konnte, sagte er: „Also ist sie zu Lloyd's gegangen. Hatte sie den Dolch dabei?“

„Ja. Sie dürfte ziemlich wütend gewesen sein, als sie erfuhr, dass es eine Fälschung ist.“

„Und das echte Auge von Kaschmir?“

„Ist dort, wo es hingehört, wie man mir versicherte.“

„Das alles hat uns diese Cairncross eingebrockt. Ich will nicht, dass sie so ohne Weiteres davonkommen.“

„Da gebe ich dir recht. Was schlägst du vor?“

„Etwas Unangenehmes“, entgegnete Victor Van Weldon. Veronica Cairncross war ein opportunistisches Miststück und ziemlich dumm, wenn sie glaubte, sie könnte Victor Van Weldon hinters Licht führen. Diesmal war sie in ihrer Gier zu weit gegangen, und sie würde es bereuen.

„Soll ich mich persönlich um Mrs. Cairncross kümmern?“, fragte Trott.

„Warte. Stell erst mal fest, ob die Sammlung unversehrt ist. Sie muss diesen Monat auf den Markt.“

„So schnell? Ist das klug?“

Trotts Einwand war nicht unvernünftig. Es war riskant, die Kunstobjekte übereilt anzubieten, aber Victor hatte sich im Jahr zuvor verspekuliert und brauchte jetzt Geld, viel Geld.

„Ich kann nicht warten“, erwiderte er. „Die Sachen müssen verkauft werden. In Hongkong oder Tokio könnten wir dafür ausgezeichnete Preise erzielen, und zwar ohne dass es jemandem auffällt. Die Käufer in Tokio sind diskret. Sorg du dafür, dass die Sammlung verschifft wird.“

„Wann?“

„Die *Villafjord* wird morgen in Portsmouth anlegen, und ich werde an Bord sein.“

„Du kommst hierher?“ Trotts Entsetzen war nicht zu überhören. Er hatte aber auch allen Grund, entsetzt zu sein. Was als kleine Unannehmlichkeit begonnen hatte, war zu einem riesigen Problem angewachsen, und Victor war mit seinem potenziellen Nachfolger alles andere als zufrieden. Wenn Trott eine so simple Sache wie Veronica Cairncross und Clea Rice nicht in den Griff bekam, wie konnte er dann darauf hoffen, an die Spitze der Firma zu rücken?

„Ich kümmere mich selbst um den Versand“, verkündete Victor. „Inzwischen erwarte ich von dir, dass du Clea Rice findest.“

„Wir observieren die Tavistocks. Früher oder später werden Jordan und diese Frau wieder auftauchen.“

Vielleicht auch nicht, dachte Van Weldon, als er den Hörer auflegte. Inzwischen musste Clea Rice erschöpft und zermürbt sein. Ihr Instinkt würde ihr raten, so schnell und so weit wie möglich davonzulaufen. Das würde das Problem in ihren Augen lösen, jedenfalls für eine Weile.

Van Weldon fühlte sich besser. Er beschloss, dass es wirklich nicht nötig war, sich wegen Clea Rice Sorgen zu machen. Wahrscheinlich hatte sie London längst den Rücken gekehrt.

Das würde jede vernünftige Frau tun.

12. KAPITEL

Veronica Cairncross verließ ihr Haus in London um Viertel nach zwölf und ließ sich von einem Taxi zur Sloane Street bringen, wo sie in einem angesagten kleinen Café zu Mittag aß. Anschließend schlenderte sie zur Brompton Road in Richtung Harrods. In einem Geschäft ließ sie sich intensiv über neue Dessous beraten, und in einem anderen probierte sie ein halbes Dutzend Schuhe an.

Clea beobachtete sie verkleidet und aus sicherer Entfernung und zunehmend verzweifelt. Diese Aktion schien absolut sinnlos zu sein, außerdem juckte ihre lange schwarze Perücke, die Sonnenbrille rutschte ständig und ihre neuen Schuhe mit den flachen Absätzen brachten sie fast um. Vielleicht hätte sie sich in dem Schuhladen, den Veronica so ausgiebig besucht hatte, ein Paar Turnschuhe kaufen sollen. Nicht, dass sie sich auch nur annähernd etwas aus der Boutique hätte leisten können, denn offenbar suchte Veronica nur die teuersten Geschäfte auf. *Was mag es wohl für ein Gefühl sein, so viel Zeit und Geld zu haben?* fragte sich Clea, während sie der eleganten Erscheinung über die Brompton Street folgte. *Verliert die Frau niemals die Lust an Gesellschaften und Einkaufstouren?*

Aber sicher! Die Ärmste musste sich zu Tode langweilen!

Sie folgte Veronica zu Harrods. Im Kaufhaus hielt sie weiterhin gebührenden Abstand zu Veronica, die Parfümproben nahm und in Halstüchern und Handtaschen wühlte. Zwei Stunden später verließ Veronica Harrods wieder vollbepackt mit Einkäufen und hielt ein Taxi an.

Clea blickte sich hektisch nach einem Taxi um und entdeckte schließlich eines mit getönten Scheiben. Rasch stieg sie ein.

Jordan wartete bereits auf dem Rücksitz.

„Dort vorne ist sie", sagte Clea. „Folgen Sie ihr."

Der Fahrer, ein dauergrinsender Inder, den Jordan für den ganzen Tag gebucht hatte, lenkte das Taxi geschickt durch die Stadt und achtete darauf, dass mindestens zwei Wagen zwischen den beiden Taxen fuhren.

„War irgendwas Interessantes?", fragte Jordan.

„Absolut nichts, aber Himmel, diese Frau kann einkaufen! Da komme ich nicht mit. Hattet ihr Probleme, in meiner Nähe zu bleiben?"

„Wir waren immer hinter dir."

„Ich glaube nicht, dass sie was gemerkt hat." Seufzend zog sich Clea die Perücke vom Kopf. „Das bringt doch überhaupt nichts. Bis jetzt haben wir nur herausgefunden, dass sie jede Menge Zeit und Geld hat."

„Nur Geduld. Ich kenne Veronica. Immer wenn sie nervös ist, gibt sie das Geld mit vollen Händen aus. Es ist ihre Art, Stress zu bewältigen. Den Taschen nach zu urteilen, die sie dabeihatte, ist sie im Moment *sehr* gestresst."

Veronicas Taxi fuhr Richtung Kensington. Sie folgten ihr vorbei an Kensington Gardens in Richtung Süden.

„Wo fährt sie denn jetzt hin?", fragte Clea.

„Seltsam. Das ist nicht der Weg zu ihrer Wohnung."

Veronicas Taxi ließ das Einkaufszentrum hinter sich und bog in eine Gegend mit Bürogebäuden ein. Erst als das Taxi anhielt und Veronica ausstieg, ging Jordan ein Licht auf.

„Natürlich", murmelte er. „Kekse."

„Was?"

„Das ist Olivers Firma. Cairncross-Kekse.“ Mit dem Kopf deutete er auf ein Schild am Gebäude. „Sie will ihren Mann treffen.“

„Das ist ja wohl kaum verdächtig.“

„Ja, es sieht ganz harmlos aus, nicht wahr?“

„Ist es das denn nicht?“

„Ich denke gerade an Oliver Cairncross. Die Firma ist seit Generationen in Familienbesitz, bekommt Audienzen bei der Königin und solche Sachen …“

Sie betrachtete Jordans adlige Gesichtszüge, während er seinen Gedanken nachhing. *Was für tolle Wimpern er hat*, dachte sie. Kein Mann hatte ein Recht auf so lange Wimpern oder auf einen so verführerischen Mund. Clea konnte diesen Mann stundenlang anschauen und nicht genug davon bekommen, wie er eine Seite seines Gesichts verzog, wenn er intensiv nachdachte. *Oh, Jordan! Wie sehr werde ich dich vermissen, wenn das hier vorbei ist …*

„Cairncross-Kekse sind in aller Welt bekannt“, sagte Jordan. „Sie werden in viele Länder exportiert.“

„Und?“

„Ich frage mich gerade, welche Reederei die ganzen Kekskisten transportiert. Und was wirklich in ihnen steckt.“

„Meinst du etwa Kalaschnikows?“ Clea schüttelte den Kopf. „Ich dachte, Sir Oliver ist der gehörnte Ehemann und zählt zu den Unschuldigen, und jetzt glaubst du, *er* spielt in einer Liga mit Van Weldon? Nicht Veronica?“

„Warum nicht alle beide?“

„Sie kommt wieder heraus“, sagte der Fahrer.

In der Tat verließ sie gerade das Gebäude und stieg wieder in ihr Taxi.

„Soll ich ihr folgen?“, fragte der Inder.

„Ja. Und verlieren Sie sie bloß nicht.“

Sie blieben Veronica bis zum Regent’s Park auf der Spur. Dort verließ sie das Taxi und lief über die Chester Terrace zum Tea House.

„Jetzt geht es schon wieder los“, stöhnte Clea. „Ich hoffe, es dauert nicht wieder zwei Stunden.“ Sie wählte eine neue Perücke, dieses Mal ein Modell mit schulterlangem braunem Haar, und kletterte aus dem Wagen. „Wie sehe ich aus?“

„Unwiderstehlich!“

Sie beugte sich durchs Fenster und küsste ihn auf den Mund. „Du auch.“

„Sei vorsichtig.“

„Das bin ich immer.“

„Nein, ich meine es ernst.“ Er hielt sie am Handgelenk fest, und zwar so fest, dass sie das Gefühl hatte, er wolle sie nicht gehen lassen. „Wenn es möglich wäre, dass ich das an deiner Stelle machen könnte, würde ich …“

„Sie kennt dich zu gut, Jordan. Sie würde dich sofort bemerken, aber mich beachtet sie nicht.“

„Werde bloß nicht unvorsichtig, ja? Versprich mir das.“

Sie grinste übers ganze Gesicht, um die Angst zu verbergen, die ihr fast die Kehle zuschnürte. „Und du versprich mir, dass du dich nicht in Luft auflöst.“

„Ich behalte dich permanent im Auge.“

Immer noch grinsend drehte sich Clea um und überquerte die Chester Terrace.

Veronica war weit vor ihr und schien eher ziellos umherzuschlendern. Schließlich ging sie zum Queen Mary’s Rosengarten, dessen Blumen inzwischen verblüht waren. Dort blieb sie stehen und blickte alle paar Sekunden auf ihre Uhr. *Himmel, hoffentlich wartet sie nicht auf einen weiteren Liebhaber*, flehte Clea stumm.

Plötzlich drehte sich Veronica um und kam auf Clea zu.

In Windeseile trat Clea hinter einen Baum und tat so, als würde sie das Schild an einer Kletterrose studieren. Veronica würdigte sie keines Blickes, als sie auf dem Weg zum Tea House an ihr vorbeilief.

Nach ein paar Sekunden folgte Clea ihr.

Veronica hatte an einem Tisch Platz genommen und studierte die Speisekarte. Clea setzte sich zwei Tische weiter und sah bewusst in die andere Richtung. Um diese Zeit herrschte im Tea House nicht viel Betrieb, und sie hörte Veronicas weinerliche Stimme, als sie eine Kanne Darjeeling und ein Stück Eistorte bestellte. *Jetzt vergeude ich noch eine Stunde, während diese dumme Kuh ihren Tee trinkt*, dachte Clea frustriert.

Ihr Blick fiel in Richtung Cumberland Terrace, wo Jordan auf einer Bank saß und so tat, als würde er Zeitung lesen.

Der Kellner näherte sich. Clea bestellte eine Kanne Earl Grey und ein Kresse-Sandwich. Ihr Tee wurde gerade serviert, als ein Mann über die Terrasse des Restaurants auf Veronica zusteuerte.

Clea nahm ihn nur aus den Augenwinkeln wahr, als er an ihrem Tisch vorbeiging. Er war blonder als Jordan, hatte breite Schultern und einen trainierten Körper, er war genau der Typ Kraftprotz, bei dem Veronica vermutlich schwach wurde. Clea spürte ihren wachsenden Ärger, als sie daran dachte, wie viel Zeit sinnlos dahinfloss, während Veronica mit ihrem neuesten Verehrer flirtete.

„Mr. Trott", begrüßte Veronica ihn. „Sie sind spät dran. Ich habe bereits bestellt."

Clea hörte die Stimme des Mannes, während sie ihren Tee eingoss, und erstarrte mitten in der Bewegung.

„Ich habe keine Zeit für Tee", antwortete er. „Ich bin nur gekommen, um die Abmachungen zu bestätigen."

Mehr sagte er nicht, aber sein Befehlston und sein Akzent, den sie nicht zuzuordnen vermochte, reichten aus, um Clea in Panik zu versetzen. Sie wagte nicht, über ihre Schulter zu schauen und ihm ihr Gesicht zu zeigen.

Seines brauchte sie nicht zu sehen. Sie erkannte ihn an der Stimme.

Sie hatte sie schon einmal über das Schwappen der Mittelmeerwellen und das Brummen eines Schiffsmotors hinweg gehört. Sie erinnerte sich, wie diese schneidende Stimme durch die Dunkelheit drang, kurz bevor die Schüsse fielen.

Ihr Instinkt riet ihr, sofort vom Tisch aufzustehen und zu fliehen. *Das kann ich nicht,* sagte sie sich. *Ich darf nichts tun, was seine Aufmerksamkeit erregt.*

Also blieb sie reglos sitzen und hielt sich an der Tischdecke fest. Die Anwesenheit dieses Mannes war so raumgreifend, dass sie sich wunderte, nicht ebenfalls von ihm bemerkt zu werden.

Sie rührte sich nicht vom Fleck. Ihr Herz hämmerte wie wild in der Brust.

Trott sah zu, wie Veronica eine Zigarette anzündete und gelassen einen Zug nahm. Sie schien nicht im Geringsten verängstigt zu sein, was nur bewies wie dämlich sie war. *Sie glaubt tatsächlich, dass ihr keiner etwas kann und dass ihr Mann unentbehrlich für unsere Operationen sei,* staunte

Trott im Stillen. *Sie weiß nicht, dass wir längst einen Ersatz für Oliver Cairncross gefunden haben.*

Lässig stieß sie eine Rauchwolke hervor. „Die Ladung ist hier und es fehlt nichts, aber das habe ich Ihnen ja schon gesagt, nicht wahr?“

„Mr. Van Weldon ist sehr unzufrieden.“

„Warum? Weil ich mir eines seiner Stücke ausgeliehen habe? Das war doch nur für ein paar Wochen.“ Ruhig ließ sie eine weitere Rauchwolke zwischen ihren Lippen entweichen. „Wir haben Ihre verdammten Kisten jetzt schon ein paar Monate am Hals. Das ist ein ziemliches Risiko für uns. Warum sollte ich mir da nicht mal einen Teil des Inhalts borgen? Schließlich habe ich den Dolch ja zurückgebracht, oder?“

„Das ist weder der rechte Ort noch der richtige Zeitpunkt, um darüber zu reden“, erwiderte Trott barsch. Er schob eine Zeitung über den Tisch. „Die Anweisungen sind markiert. Wir erwarten, dass alles rechtzeitig zur Verfügung steht.“

„Wie Eure Hoheit befehlen“, konterte Veronica sarkastisch.

Trott schob seinen Stuhl zurück und wollte gehen. „Was ist mit unserer Entschädigung?“, hielt Veronica ihn zurück. „Für unsere Bemühungen?“

„Die bekommen Sie, sobald alles ordnungsgemäß abgelaufen ist.“

„Natürlich wird alles ordnungsgemäß ablaufen.“ Verärgert stieß Veronica eine weitere Rauchwolke hervor. „Wir sind ja nicht dämlich.“

Clea hörte den Stuhl des Mannes über den Boden schleifen. Er erhob sich also. Unwillkürlich rückte sie näher an ihren Tisch heran, sie wollte auf keinen Fall gesehen werden. Sie zwang sich, einen Schluck Tee zu trinken und dem Monster, das hinter ihr stand, keinerlei Interesse zu schenken.

Als sie ihn weggehen hörte, zitterte ihr ganzer Körper vor Erleichterung. Vorsichtig sah sie sich um.

Veronica saß immer noch am Tisch und studierte die Zeitung. Nach einigen Sekunden riss sie eine halbe Seite heraus, faltete sie und steckte sie in ihre Tasche. Dann erhob sie sich ebenfalls und verließ das Restaurant.

Clea brauchte eine Weile, bis sich ihre Nerven so weit beruhigt hatten, dass sie aufstehen konnte. Veronica ging bereits in den Park. Clea wollte ihr folgen, aber ihre Beine spielten nicht mit. Mit puddingweichen Knien lief Clea ein paar Schritte, geriet ins Taumeln und blieb stehen.

Jordan bemerkte, dass etwas nicht in Ordnung war, und eilte zu ihr. Er legte einen Arm um ihre Taille, um Clea zu stützen.

„Wir können nicht hierbleiben", wisperte sie. „ich muss sofort von hier verschwinden ..."

„Was ist passiert?"

„Er war es ..."

„Wer?"

„Der Mann von der *Cosima.*" Sie sah sich hektisch um, konnte den blonden Mann aber nirgendwo entdecken.

„Welcher Mann?"

Endlich sah sie Jordan an. Er umfasste ihr Gesicht mit beiden Händen, und der Anblick seiner Augen beruhigte sie ein wenig. Wie durch einen Nebel nahm sie die Wärme seiner Finger wahr.

„Erzähl es mir."

Sie schluckte. „Ich habe seine Stimme schon einmal gehört, damals, in der Nacht, als die *Max Havelaar ver*sank. Ich war im Wasser und schwamm neben dem Rettungsboot. Er war derjenige, der … der …“ Sie blinzelte, Tränen liefen über ihre Wangen. Leise beendete sie ihren Satz: „Der seinen Leuten befohlen hat, zu schießen.“

Jordan starrte sie an. „Der Mann, der mit Veronica an einem Tisch gesessen hat? Bist du dir absolut sicher?“

„Er ist an meinem Tisch vorbeigekommen. Ich habe seine Stimme erkannt, ich weiß, dass er es war.“

Jetzt ließ auch Jordan seinen Blick durch den Park schweifen. Dann zog er Clea an sich und legte schützend einen Arm um ihre Schulter. „Komm ins Auto.“

„Warte.“ Sie ging zu Veronicas Tisch und nahm die zurückgelassene Zeitung.

„Wofür brauchst du die?“, fragte Jordan.

„Veronica hat sie liegen lassen, ich möchte wissen, was sie herausgerissen hat.“

Das Taxi wartete. Sobald sie auf der Rückbank saßen, befahl Jordan: „Fahren Sie los. Und sorgen Sie dafür, dass wir nicht verfolgt werden.“

Der Inder grinste ihnen im Rückspiegel zu. „Das ist ein sehr interessanter Tag“, freute er sich und fädelte sich mit seinem Taxi in den Verkehr ein.

Jordan legte Clea sein Jackett über die Schulter und nahm ihre Hand. „Es wird alles gut“, tröstete er sie. „Aber jetzt erzähl mir, was passiert ist.“

Clea atmete zitternd aus und lehnte sich gegen die Rückenlehne. Jordan versicherte sich, dass ihnen niemand folgte. Seine warme und kräftige Hand schien ihr neuen Mut einzuflößen.

„Hast du mitbekommen, worüber sie gesprochen haben?"

„Nein. Sie haben so leise geredet, und ich hatte Angst näher zu rücken. Nachdem ich begriffen hatte, wer der Mann ist …" Bei der Erinnerung an seine Stimme erschauderte Clea erneut. In so vielen Albträumen hatte sie diese Stimme laut über die Wellen des Mittelmeeres schallen gehört. Immer wieder erklangen die tödlichen Gewehrsalven in ihrem Ohr, sah Clea Giovanni, wie er reglos über dem Rand des Rettungsbootes hing …

Sie hob den Kopf. „Etwas habe ich aber doch mitbekommen. Veronica sprach den Mann mit Namen an. Sie nannte ihn Mr. Trott."

„Du bist sicher, dass er so hieß? Trott?"

Sie nickte. „Absolut sicher."

Jordans Griff wurde fester. „Sollte ich jemals Veronicas schönen schlanken Hals zu fassen kriegen …"

„Wenigstens wissen wir jetzt, dass sie tatsächlich das Bindeglied zu Van Weldon ist und dass sie Guy Delancey das Auge von Kaschmir vermittelt hat. Sie hat es für Van Weldon zurückgestohlen, und irgendjemand hat dabei eine schöne Summe einkassiert. Der einzige Verlierer war Guy Delancey."

„Was ist mit der Zeitung?"

Clea betrachtete die zusammengefalteten Seiten. „Sie hat eine Seite herausgerissen."

Jordan betrachtete das Datum der Zeitung. Dann berührte er den Taxifahrer sanft an der Schulter. „Entschuldigen Sie bitte, haben Sie zufällig eine Ausgabe der *Times* von heute dabei?"

„Selbstverständlich. Auch eine *Daily Mail,* wenn Sie wollen."

„Die *Times* reicht."

Der Fahrer beugte sich nach links, holte ein zerknittertes Exemplar aus dem Handschuhfach und reichte es Jordan.

„Veronica hat die obere Hälfte von Seite fünfunddreißig und sechsunddreißig mitgenommen", sagte Clea.

„Mal sehen …" Jordan blätterte rasch durch die Ausgabe des Chauffeurs. „Hier haben wir's, auf dem oberen Teil von Seite fünfunddreißig ist ein Artikel über die Slums in Manchester, einer über Gebäuderenovierungen und einer über eine Pferdezucht in Irland."

„Schau mal auf die andere Seite."

Jordan blätterte um. „Da steht etwas über einen Skandal in einer Werbeagentur, daneben beklagen Fischer den Rückgang der Fischbestände. Und …", Jordan hielt inne. „Hier ist der Schiffsfahrplan von Portsmouth." Er sah Clea an.

„Das ist es! Das muss es sein! Eines ihrer Schiffe wird in den Hafen einlaufen."

„Oder ablegen." Jordan runzelte die Stirn. „Falls eines der Schiffe von Van Weldon in Portsmouth liegt, dann liefert er entweder etwas aus …"

„Oder er holt etwas ab", beendete sie den Satz.

Beiden schoss der gleiche Gedanke durch den Kopf.

„Es nimmt Fracht an Bord", sagte sie.

„Dabei könnte es sich auch um legale Ware handeln."

„Aber es besteht immerhin die Möglichkeit, dass es etwas anderes ist." Als sie vor ihrem Hotel stoppten, stieg Clea sofort aus. „Wir müssen in Portsmouth anrufen und uns erkundigen, welche Schiffe dort Van Weldon gehören."

„Warte, Clea …"

Doch sie war bereits auf dem Weg in ihr Zimmer.

Er bezahlte den Fahrer und folgte ihr. Clea telefonierte bereits, als er das Zimmer betrat. Einen Moment später legte sie auf und sah Jordan triumphierend an.

„Heute Nachmittag um fünf legt ein Schiff namens *Villafjord* an und nimmt Ladung auf, bevor es Portsmouth um Mitternacht wieder verlässt. Es gehört der Van-Weldon-Reederei."

Jordan überlegte, dann sagte er: „Ich verständige die Polizei." Doch bevor er zum Hörer greifen konnte, nahm sie seine Hand.

„Lass es, Jordan."

„Wir müssen die Behörden informieren. Es könnte *die* Gelegenheit sein, Victor Van Weldon und seine Kumpanen zu schnappen."

„Deshalb dürfen wir es auf keinen Fall vermasseln. Was ist, wenn wir uns irren? Wenn sein Schiff nur … Unterwäsche oder sonst irgendwas Harmloses aufnimmt? Dann stünden wir ganz schön blöd da, genau wie die Polizei." Sie schüttelte den Kopf. „Wir können sie erst benachrichtigen, wenn wir ganz genau wissen, was an Bord ist."

„Aber das wissen wir doch nur, wenn …", er erstarrte. „Wage bloß nicht vorzuschlagen, dass …"

„Nur einmal kurz hineinschauen."

„*Nein!* Das ist jetzt genau der richtige Moment, um Richard anzurufen. Er oder irgendein anderer Experte soll sich darum kümmern."

„Ich vertraue niemandem mehr."

Wieder wollte er zum Telefon greifen.

Und wieder hielt sie ihn davon ab. „Je mehr Leute Bescheid wissen", sagte sie, „desto eher gibt es eine undichte Stelle und Van Weldon bekommt Wind von der Sache. Wir müssen bis zur letzten Minute abwarten und uns ganz sicher sein, dass die Beamten etwas finden werden."

„Du glaubst doch nicht im Ernst, dass du auf dem Schiff herumspazieren und dich in aller Ruhe umsehen kannst?"

„In Fragen unbefugten Betretens bin ich unschlagbar. Ich hatte schließlich den besten Lehrer der Welt."

„Onkel Walter? Er sitzt hinter Gittern, hast du das schon vergessen?"

„Mich wird man nicht schnappen."

„Richtig, weil du gar nicht erst in die *Nähe* der *Villafjord* kommst." Er schüttelte ihre Hand ab und begann zu wählen.

Verzweifelt riss sie ihm den Hörer aus der Hand. „Tu das nicht!", flehte sie.

„Clea." Er stöhnte frustriert auf. „Du musst mir vertrauen."

„Nein, *du* musst *mir* vertrauen. Vertrau meinem Urteilsvermögen, immerhin bin ich diejenige, die alles zu verlieren hat."

„Das weiß ich, aber wir beide sind viel zu erschöpft, wir werden Fehler machen. Es wird höchste Zeit, die Polizei zu verständigen und einen Schlussstrich unter alles zu ziehen. Wir müssen zurück zu unserem alten Leben, unserem *richtigen* Leben. Verstehst du das nicht?"

Sie sah ihn schweigend an. *Ja, ich verstehe,* dachte sie. *Du hast genug vom Weglaufen und genug von mir. Du willst dein eigenes Leben zurück, und ich kann es dir nicht verübeln.*

Trotzig streckte sie das Kinn vor. „Ich würde auch gern nach Hause gehen, denn ich habe die Nase voll von Hotels und fremden Betten und gefärbten Haaren. Ich möchte genau wie du, dass das alles endlich vorbei ist, deshalb möchte ich es auf *meine* Art machen."

„Deine Art ist viel zu riskant. Die Polizei …"

„Ich habe dir doch gesagt, dass ich denen nicht traue." Erregt begann sie, im Zimmer auf und ab zu laufen. „Ich habe die letzten Wochen nur überlebt, weil ich niemandem getraut und mich einzig und allein auf mich verlassen habe."

„Auf mich kannst du dich auch verlassen", entgegnete er ruhig.

Sie lachte höhnisch. „Im wahren Leben, mein Schatz, kämpft jeder nur für sich selbst, vergiss das nie. Du kannst *niemandem* vertrauen." Sie reckte trotzig das Kinn. „Nicht einmal mir."

„Ich tue es trotzdem."

„Dann bist du verrückt."

„Warum? Weil du im Gefängnis gesessen hast? Weil du ein paar Fehler im Leben begangen hast?" Er legte seine Hände auf ihre Schultern. „Fürchtest du dich davor, dass ich an dich glaube?"

„Nein, aber ich möchte dich nicht enttäuschen."

Jordan küsste sie. „Ich glaube an dich", flüsterte er. „Und das solltest du auch tun."

Sein Kuss war so zärtlich, dass es ihr fast das Herz brach, und er machte ihr Angst, weil sie plötzlich spürte, dass ihre Beziehung schon viel zu weit gegangen war, um einfach Abschied nehmen zu können. Die Trennung würde ihnen beiden unendlich schwerfallen. Sie würde schmerzhaft und bitter werden.

Und unwiderruflich.

Er zog sich zurück. „Gut. Ich beweise dir jetzt, dass ich dir vertraue, Clea. Aber ich bitte dich zu tun, was ich von dir möchte. Du bleibst hier im Zimmer, und ich kümmere mich um den Rest."

„Aber ich …"

Er legte seinen Finger auf ihre Lippen. „Keine Diskussion. Ich spiele jetzt meine männliche Autorität aus, das hätte ich schon viel früher tun sollen. Du wartest hier auf mich, in diesem Zimmer. Verstanden?“

Clea erkannte, dass sie keine Chance hatte, und gab nach. „Verstanden.“

Er lächelte und küsste sie erneut.

Sie lächelte, als er das Zimmer verließ, und trat ans Fenster, um ihm auf der Straße nachzusehen. Doch plötzlich erstarb ihr Lächeln. *Warum zum Teufel hältst du mich für so vertrauenswürdig?* dachte sie.

Sie drehte sich um und sah Jordans Jackett, das sie über einen Stuhl gehängt hatte. Spontan schob die die Hand in die Tasche und zog die goldene Uhr heraus. Sie ließ den eingedellten Uhrdeckel aufschnappen und las den eingravierten Namen: Bernard Tavistock.

Ihre Gedanken überschlugen sich. Da alles sowieso bald vorbei sein würde, konnte sie ihrer Beziehung auch jetzt ein Ende setzen. Sie musste nur Jordans Uhr stehlen, die ihm so viel bedeutete. Damit durchtrennte sie alle Bänder zwischen ihnen sauber und endgültig. *Schließlich bin ich nichts anderes als eine Diebin und ein Exknacki. Jordan wird erleichtert sein, wenn ich so aus seinem Leben verschwinde*, mutmaßte sie.

Sie steckte die Uhr ein. Vielleicht würde sie ihm die Uhr eines Tages zurückschicken, wenn sie das alles hier überwunden und ein neues Leben vor sich hatte. Wenn sie an Jordan denken konnte, ohne zu verzweifeln.

Clea warf einen Blick aus dem Fenster, Jordan war nicht mehr zu sehen. *Lebe wohl,* dachte sie. *Lebe wohl, mein geliebter Gentleman.*

Kurz darauf verließ auch sie das Zimmer.

13. KAPITEL

Richard Wolf telefonierte gerade mit Brüssel, als es an der Tür läutete. Er achtete nicht darauf; der Butler würde sich schon um den Besucher kümmern. Erst als er Davis' zurückhaltendes Klopfen hörte, unterbrach Richard sein Gespräch.

Der Butler stand etwas ratlos an der Tür. Richard hatte noch keine Routine im Umgang mit Personal, denn sein amerikanisches Bedürfnis nach Privatsphäre wurde von den Hausmädchen, Butlern und Dienern, die die Tavistocks beschäftigten und auf die sie nicht verzichten wollten, nachhaltig gestört.

„Verzeihen Sie bitte, Mr. Wolf", sagte Davis. „Aber draußen vor der Tür steht ein ausländischer Herr und beharrt darauf, umgehend mit Ihnen sprechen zu dürfen."

„Ausländisch?"

„Indisch, glaube ich." Davis fuhr sich mit einer wirbelnden Bewegung über den Kopf. „Dem Turban nach zu urteilen."

„Hat er gesagt, worum es geht?"

„Er sagte, das dürfe er nur Ihnen mitteilen."

Richard beendete kurzerhand sein Gespräch und folgte Davis zur Haustür.

Auf den Stufen wartete tatsächlich ein kleiner indischer Mann. Er blitzte ihn freundlich an und hatte einen kurz geschnittenen Bart und einen Goldzahn. „Mr. Wolf?", fragte er.

„Ja, ich bin Richard Wolf."

„Sie haben ein Taxi bestellt."

„Ich fürchte, Sie müssen sich irren."

Wortlos überreichte der Inder Richard einen Briefumschlag.

Richard sah in den Umschlag und entdeckte einen einzelnen goldenen Manschettenknopf mit den Initialen J.C.T.

Er gehörte Jordan.

Richard nickte geistesgegenwärtig. „Richtig, natürlich. Ich habe die Verabredung vollkommen vergessen. Ich hole nur rasch meine Aktentasche."

Während der Inder auf den Treppenstufen wartete, eilte Richard ins Arbeitszimmer zurück, schob eine automatische Pistole vom Kaliber neun Millimeter in sein Schulterholster und kam mit einer leeren Aktentasche in der Hand zurück.

Der Inder führte ihn zu einem Taxi am Straßenrand.

Während der Fahrt sagte keiner von ihnen ein Wort. Der Mann fuhr, wie man es von einem Londoner Taxifahrer erwartete, lässig und rücksichtslos.

„Fahren wir zu einem bestimmten Ort?", fragte Richard schließlich.

„Zu Harrods. Dort werden Sie sich etwa eine halbe Stunde umschauen. Gehen Sie in jede Etage, vielleicht kaufen Sie auch etwas. Anschließend kommen Sie zu mir zurück. Sie werden mein Taxi an der Nummer erkennen. Es trägt die Zahl dreiundzwanzig. Ich warte am Straßenrand auf Sie."

„Und was erwartet mich?"

Der Inder grinste in den Rückspiegel. „Ich weiß es nicht", antwortete er. „Ich bin nur der Fahrer." Er machte eine Pause. „Wir werden übrigens verfolgt."

„Ich weiß", sagte Richard.

Vor Harrods stieg Richard aus und betrat das Kaufhaus. Er verhielt sich genauso, wie der Fahrer ihm geraten hatte, und schlenderte durch verschiedene Abteilungen. Er kaufte ein seidenes Halstuch für Beryl und eine Krawatte für seinen Vater in Connecticut. Irgendwann bemerkte er die beiden Männer, die sich in seiner Nähe aufhielten. Der eine war klein, der andere blond. Sie machten ihren Job nicht schlecht, immerhin hatte er fünf Minuten gebraucht, um sie zu bemerken, und sie waren ihm auch nur aufgefallen, weil er sie in einem Spiegel entdeckte, vor dem er einige Zylinder anprobierte. In der Delikatessenabteilung verlor er sie kurzzeitig aus den Augen, aber in der Haushaltswarenabteilung sah er sie erneut. Falls Jordan ihn kontaktieren wollte, hätte er es nicht leicht. Richard wusste, dass er die beiden abschütteln konnte, wenn er es gewollt hätte. Doch dann würde er vermutlich auch Jordan abschütteln.

Eine halbe Stunde später verließ er Harrods. Das Taxi mit der Nummer dreiundzwanzig parkte auf der anderen Straßenseite. Der Inder wartete geduldig hinterm Steuer.

Er überquerte die Straße und kletterte auf die Rückbank des Taxis. „Kein Glück“, sagte er. „Ich wurde die ganze Zeit über beobachtet. Gibt es einen Plan B?“

„Das *ist* Plan B“, antwortete eine vertraute Stimme.

Überrascht blickte Richard in den Rückspiegel. Das Gesicht mit dem Bart und dem Turban gehörte Jordan. Er zwinkerte ihm mit seinem braunen Auge zu.

„Erwischt“, sagte Jordan und rollte auf die Fahrbahn.

„Was zum Teufel geht hier vor?“, fragte Richard.

„Ein kleiner Wettstreit großer Geister. Wie mache ich mich bis jetzt?“

„Ausgezeichnet. Du hast sogar mich hinters Licht geführt.“ Richard blickte nach hinten. Ihnen folgte noch immer dasselbe Auto.

„Ich habe sie im Blick", sagte Jordan.

„Wo ist Clea Rice?"

„An einem sicheren Ort. Die Dinge spitzen sich zu, wir brauchen Hilfe."

„Jordan, Interpol mischt bereits mit. Sie wollen Van Weldons Kopf und versprechen, die Frau in Sicherheit zu bringen."

„Woher weiß ich, dass wir ihnen trauen können?"

„Sie haben sie seit Wochen observiert, bis ihr sie abgeschüttelt habt."

„Veronica arbeitet für Van Weldon, und Oliver womöglich auch."

Richard schwieg verblüfft.

„Du siehst, es zieht weite Kreise", fuhr Jordan fort. „Der Mann ist wie ein Krake, der seine Tentakel überallhin ausstreckt. Die einzigen Menschen, denen ich wirklich vertrauen kann, sind du, Beryl und Onkel Hugh. Und wahrscheinlich wirst du es noch bedauern, von mir gehört zu haben."

„Wir haben darauf gewartet, dass du dich mit uns in Verbindung setzt. Hugh lässt seine alten Beziehungen spielen; euch wird nichts passieren, dafür garantiere ich höchstpersönlich. Archie MacLeod wartet nur auf die Gelegenheit, Victor Van Weldon in die Finger zu bekommen."

„Archie MacLeod?"

„Interpol! Das auf dem Bahnsteig war sein Mann. Er hat euch das Leben gerettet."

Jordan ließ die Information eine Weile einsinken. „Was geschieht, wenn wir uns stellen?"

„Darum hat sich dein Onkel gekümmert. Scotland Yard hält die Fäden in der Hand. Wenn du so weit bist, kann es losgehen."

Jordan schwieg, während er das Taxi durch das Verkehrsgewühl steuerte. „Ich bin bereit“, sagte er schließlich.

„Und die Frau?“

„Clea werden wir überzeugen müssen, aber sie ist sehr erschöpft, ich denke, es könnte gelingen.“

„Wie wollen wir dann vorgehen?“

„Die U-Bahn-Station am Sloane Square. Sagen wir in einer Stunde, so gegen halb neun.“

„Ich sage Hugh Bescheid.“

Sie näherten sich der Londoner Residenz der Tavistocks, die in einer Straße mit luxuriösen georgische Stadtvillen lag. Der Wagen folgte ihnen immer noch.

Jordan fuhr an den Straßenrand. „Noch eine Sache, Richard.“

„Ja?“

„Heute Nachmittag legt ein Schiff in Portsmouth an. Die *Villafjord*.“

„Gehört sie Van Weldon?“

„Ja. Ich vermute, sie nimmt heute Abend Ladung an Bord. Ich schlage vor, dass die Polizei eine unangekündigte Durchsuchung vornimmt, bevor sie den Hafen verlässt.“

„Was ist das für eine Ladung?“

„Das ist eine Überraschung.“

Richard stieg aus und bezahlte den Fahrer mit übertriebener Geste. Dann lief er die Stufen hinauf und betrat das Haus. Als Jordan davonfuhr, registrierte Richard, dass der Wagen, der ihnen gefolgt war, vor der Residenz der Tavistocks einparkte. Genauso, wie er es erwartet hatte. Die Männer waren angewiesen, ihn zu überwachen; an dem indischen Taxifahrer hatten sie kein Interesse.

Unvermittelt fiel die Nervosität von ihm ab. Erst jetzt bemerkte er, wie angespannt er die ganze Zeit über gewesen war.

Und wie nahe sie dem Abgrund gekommen waren.

Jordan parkte das Taxi einen Häuserblock vom Hotel entfernt und blieb einen Moment hinter dem Steuer sitzen, um sich zu vergewissern, dass ihm niemand gefolgt war. Als er nichts Verdächtiges entdeckte, nahm er den Bart ab und den Turban vom Kopf. Dann stieg er aus und lief zum Hotel.

Vertrau mir, dachte er, während er die Stufen hinaufstieg. *Du musst lernen, mir zu vertrauen.* Ihm war klar, dass es lange dauern würde, vielleicht sogar ein Leben lang, und vielleicht war es sogar schon zu spät, weil der Schaden, den man ihr in ihrer Kindheit zugefügt hatte, irreparabel war. Würden sie damit leben können?

Würde *sie* es können?

Erst jetzt wurde Jordan bewusst, dass er Clea in all seine Überlegungen für die Zukunft einbezog.

Irgendwann in der vergangenen Woche musste es passiert sein. Hatte er zuvor noch immer *Ich* gedacht, so hieß es in seinen Gedanken auf einmal nur noch *Wir.* Sie hatten so vieles gemeinsam erlebt und miteinander geteilt, das hatte das Band zwischen ihnen nur noch enger geknüpft.

Vertrau mir, dachte er noch einmal und öffnete dir Tür.

Das Zimmer war leer.

Benommen starrte er auf das Bett. Die ungewohnte Stille dröhnte in seinen Ohren. Er ging ins Bad, doch das war ebenfalls verlassen. Als er wieder ins Zimmer trat, bemerkte er, dass ihr Rucksack verschwunden war. Sein Jackett lag auf einem Stuhl.

Er nahm das Jackett in die Hand. Es schien leichter zu

sein als gewöhnlich. Irgendetwas fehlte. Er griff in die Tasche und stellte fest, dass die goldene Uhr seines Vaters verschwunden war.

An ihrer Stelle fand er einen Zettel.

„Es war schön, solange es war. Clea."

Frustriert knüllte er das Papier zusammen. Diese verfluchte Frau! Sie hatte ihn bestohlen und war verschwunden. Und wohin?

Als es ihm bewusst wurde, durchfuhr ihn ein gewaltiger Schreck.

Es war acht Uhr. Clea hatte gut drei Stunden Vorsprung.

Er rannte hinunter zum Taxi. Erst überlegte er, zum Sloane Square zu fahren und sich die Verstärkung von Scotland Yard zu holen, bevor er auf schnellstem Weg nach Portsmouth fuhr, wo sich eine kleine Diebin vermutlich gerade an Bord eines Schiffes schlich.

Wenn sie nicht schon tot war.

Der Zaun war höher, als gedacht. Bei einsetzender Dämmerung hockte Clea vor dem Gebäude der Cairncross-Fabrik und starrte missmutig auf den Stacheldraht, der den Maschendrahtzaun krönte. Wozu brauchte eine harmlose Keksfirma ein solches Sicherungssystem? Fürchteten sie etwa den Angriff des Cookie-Monsters? Der Zaun zog sich um das ganze Gelände und wurde nur durch den Haupteingang unterbrochen, der während der Nacht verschlossen war. Flutlichter tauchten das ganze Gelände in gleißendes Licht, nur wenige kleine Ecken blieben ausgespart. Dem Geld nach zu urteilen, das man hier in die Sicherheit investiert hatte, lagerten dort im Depot mehr als nur Plätzchen.

Genau, dachte Clea. *Hier befindet sich mehr als nur Teegebäck.*

Sie hatte nicht lange nachdenken müssen, um hinter das Geheimnis von Cairncross' Warenhaus am Rande von London zu kommen. Sollte Van Weldons Schiff an diesem Abend unrechtmäßige Ladung aufnehmen, dann kam sie ganz gewiss von hier. Lastwagen, die ordnungsgemäß angemeldet waren, steuerten das Gelände den ganzen Tag über an, um an den Laderampen anzudocken. Sollte auch am Abend einmal ein LKW vorfahren, würde das niemanden verwundern.

Sehr clever, Mr. Van Weldon, dachte sie. *Aber dieses Mal bin ich dir einen Schritt voraus!*

Und den Ermittlungsbehörden ebenfalls. Wenn Jordan mit seiner eifrigen Polizeitruppe am Anleger in Portsmouth eintraf, wusste niemand, wie viele Leute über die bevorstehende Razzia Bescheid wussten, und wie viele von ihnen Van Weldon gewarnt haben mochte. Jetzt war der richtige Zeitpunkt, um nach den Beweisen zu suchen, und zwar bevor Victor Van Weldon die Gelegenheit bekam, seine Pläne kurzfristig zu ändern.

Clea hörte jemanden pfeifen und versteckte sich rasch zwischen den Büschen. Aus ihrem Versteck heraus beobachtete sie einen Wachmann, der auf der anderen Seite des Zaunes vorbeischlenderte. In seinem Hüftholster steckte eine Waffe. Er ließ sich viel Zeit bei seinem Rundgang. Jetzt blieb er stehen, um seine Zigarettenkippe wegzuwerfen, die er mit seinem Schuh austrat. Im Weitergehen zündete er sich bereits eine neue Zigarette an.

Clea maß die Zeit bis zu seinem nächsten Auftauchen. Sieben Minuten. Sie wartete eine weitere Runde ab. Dieses Mal hatte er nur sechs Minuten gebraucht. Ihr blieben also maximal sechs Minuten, um über den Zaun zu klettern und ins Gebäude zu gelangen. Der Zaun war kein Problem, sie brauchte nur ein paar Drähte mit der Zange, die sie mitgebracht hatte, zu durchtrennen, und schon war sie auf dem Gelände; aber das Lagerhaus bereitete ihr Sorgen. Für die Schlösser würde sie vermutlich einige Zeit benötigen. Wenn der Wachmann zu früh zurückkam, würde er sie entdecken.

Sie musste es riskieren.

Sie durchtrennte ein paar Metallstränge und versteckte sich erneut, als der Wachmann um die Ecke bog. Kaum war er wieder verschwunden, knipste sie den letzten Draht durch, kroch mit dem Rucksack durch die Öffnung und huschte über das weitläufige Gelände zu einem Nebeneingang des Lagerhauses. Dann stellte sie das Alarmsignal ihrer Uhr auf fünf Minuten, schob die Taschenlampe zwischen ihre Zähne und machte sich an die Arbeit.

Vorsichtig schob sie zuerst einen L-förmigen Spanner in den Zylinder. Anschließend versuchte sie mit einem Pick, die Bolzen beiseitezudrücken. Mit einem leisen Klicken gab der erste nach.

Einer war geschafft, doch auf Clea warteten noch sechs weitere.

Die nächsten fünf waren ein Kinderspiel, nur der siebte und letzte erwies sich als harte Nuss. Sie spürte die Zeit verrinnen. Schweißtropfen traten auf ihre Oberlippe, während sie sich mit dem siebten Bolzen abmühte. Nur noch ein Klick, und sie konnte durch die Tür gehen. Wenn sie jetzt aufgab, musste sie wieder ganz von vorn beginnen.

Ihre Uhr piepte.

Beharrlich arbeitete sie weiter, sie musste es einfach darauf ankommen lassen. Vielleicht schaffte sie den siebten

Bolzen in den wenigen Sekunden, die ihr noch blieben. Sie war ganz nahe dran. *Ganz nah!*

Zu spät. Erneut hörte sie das Pfeifen des Wachmanns. Er kam immer näher. Bald würde er die Tür erreicht haben, mit der sie immer noch kämpfte.

Bis auf die andere Seite des Zaunes schaffte sie es nicht mehr, und weit und breit gab es auch nichts, was sich als Versteck eignete. Ihr blieb nur ein einziger Fluchtweg.

Nach oben!

In heller Panik hangelte sie sich am Regenrohr hoch, das leider nicht sehr stabil aussah. Sie hoffte, im Schatten der Fassade unbemerkt zu bleiben.

Als der Wachmann um die Ecke bog, drückte sich Clea so nah wie möglich an die Wand. Atemlos hing sie zwischen Himmel und Erde und wagte nicht, sich zu rühren. Ein paar Meter unter ihr blieb der Mann vom Sicherheitsdienst stehen. Das Herz schlug ihr bis zum Hals, als sie sah, wie er sich eine neue Zigarette ansteckte und den Rauch tief in die Lungen sog. Mit einem zufriedenen Schmatzen setzte er seine Runde fort und verschwand um die nächste Ecke, ohne sich noch einmal umzudrehen.

Clea musste sich schnell entscheiden: Sollte sie es noch einmal mit dem verdammten Schloss versuchen oder weiter hochklettern? Ihr Blick wanderte zwei Etagen weiter hoch, wo das Regenrohr an der Dachrinne endete. Vielleicht gab es dort eine Möglichkeit, ins Gebäude zu gelangen. Das Regenrohr machte zwar keinen vertrauenerweckenden Eindruck, aber bis jetzt hatte es Cleas Gewicht ausgehalten.

Sie begann zu klettern.

Ein paar Minuten später stemmte sie sich über die Regenrinne und ließ sich aufs Dach fallen.

Es war weitläufiger als gedacht. Der größte Teil der Fläche verschwand im Dunkeln. Geduckt schlich sie sich an surrenden Ventilatoren vorbei, bis sie endlich eine Dachluke erreichte. Die Luke war natürlich mit einem Sicherheitsschloss gesichert, das Clea binnen zwei Minuten öffnete.

Sie blickte auf das Ende einer schmalen Treppe, die ins Dunkel führte, und stieg die Stufen lautlos hinab. Unterwegs musste sie noch eine weitere verschlossene Tür aufbrechen, aber dann stand sie in einer riesigen, hell erleuchteten Lagerhalle, in der unzählige mit Kisten beladene Paletten in Reih und Glied gestapelt waren. Auf allen prangte in großen Buchstaben *Cairncross-Kekse, London*.

Am Rand stand eine Werkzeugkiste. Clea nahm sich ein Brecheisen daraus heraus und hebelte eine der Kisten auf. Sie waren vollgepackt mit Dosen, die das typische rot-gelbe Cairncross-Logo trugen. Der Geruch von frisch gebackenem Teegebäck stieg in ihre Nase. Hier waren also tatsächlich nur Plätzchen drin!

Enttäuscht betrachtete sie die anderen Paletten. Sie würde niemals alle durchsuchen können.

Doch dann entdeckte Clea die breite Tür am entgegengesetzten Ende der Halle.

Ihr Herz schlug schneller, als sie durch die Halle lief. Auch diese Tür war natürlich verschlossen, und Fenster gab es nicht, also befand sich dahinter kein Büro.

Das Schloss ließ sich im Handumdrehen knacken, und Clea öffnete die Tür einen Spalt.

Kühle Luft wehte ihr entgegen. *Eine Klimaanlage*, dachte sie und stutzte. *Eine Klimaanlage?* Sie fand den Lichtschalter und legte ihn um.

Auch in diesem Raum stapelten sich Paletten voller Kisten mit dem Cairncross-Firmenlogo darauf, doch diese Kisten waren alle ganz unterschiedlich groß. Manche waren so hoch, dass ein Mann aufrecht darin hätte stehen können, andere waren eher breit oder tief.

Clea öffnete eine der Kisten mit ihrer Brechstange und zog den Deckel fort – und blickte auf Sägespäne. Sie wühlte sich mit den Armen durch sie hindurch, bis sie auf etwas Hartes stieß. Rasch schob sie die Späne beiseite und erkannte eine schimmernde, marmorne Oberfläche.

Es war der Kopf einer Statue, ein junger Adliger mit einer Krone aus Olivenblättern.

Mit zitternden Händen fischte sie eine Kamera aus ihrer Tasche und begann, Fotos zu machen. Sie drücke drei Mal auf den Auslöser, ehe sie den Deckel wieder schloss. Danach öffnete sie eine zweite Kiste.

Irgendwo im Gebäude schepperte Metall.

Clea erstarrte und lauschte. Ein Lkw-Motor brummte, ein Metalltor wurde quietschend geöffnet. Sofort schaltete sie das Licht aus, zog die Doppeltür einen Spaltbreit auf und spähte in die Lagerhalle.

Eine Ladeluke stand offen, und ein Lastwagen rollte langsam rückwärts mit geöffneten Hecktüren an die Rampe heran.

Veronica und der blonde Mann kamen in Cleas Richtung.

Clea fuhr zurück und schloss die Tür. Hektisch zuckte der Lichtkegel ihrer Taschenlampe durch den Raum. Es gab keinen anderen Ausgang, kein Versteck, es sei denn …

Die Stimmen der beiden kamen immer näher.

Beherzt griff Clea ihren Rucksack, kletterte in die geöffnete Kiste und zog den Deckel über den Kopf.

Durch die schmalen Ritzen im Holz sah sie, wie die Deckenlampen eingeschaltet wurden.

„Sehen Sie, es ist alles da", sagte Veronica. „Wollen Sie sich vielleicht persönlich davon überzeugen, Mr. Trott? Oder vertrauen Sie mir jetzt?"

„Dazu habe ich leider ich keine Zeit. Die Kisten müssen sofort verladen werden."

„Ich hoffe, Mr. Van Weldon weiß die Unannehmlichkeiten zu schätzen, die wir auf uns genommen haben, um die Objekte sicher zu verwahren. Er hat uns eine Entschädigung zugesagt."

„Die haben Sie doch schon bekommen."

„Wie meinen Sie das?"

„Ihr Anteil am Verkauf des Auges von Kaschmir. Das dürfte ja wohl reichen."

„Nur weil ich mir dieses blöde Ding ein paar Wochen ausgeliehen habe …"

Es wurde still, dann hörte Clea, wie Veronica scharf einatmete. „Stecken Sie die Waffe weg, Mr. Trott."

„Gehen Sie von den Kisten weg."

„Das können Sie nicht … das würden Sie nicht …" Veronica brach in schrilles, hysterisches Gelächter aus.

„Oh doch", erwiderte Mr. Trott eiskalt.

Drei Pistolenschüsse peitschten durch die Halle. Clea zuckte entsetzt zusammen. Sie hielt ihre Hand vor den Mund, um nicht laut loszuschreien. Ihr kam es so vor, als weiche plötzlich alle Luft aus ihrer Kiste und sie müsse ersticken. Mühsam schluckte sie die Tränen zurück.

Dann hörte sie ein herzzerreißendes Schluchzen. Veronica! Sie lebte also noch.

„Das war nur eine Warnung, Mrs. Cairncross", sagte Mr. Trott. „Beim nächsten Mal treffe ich."

Trott ging zur Tür und rief: „Hier herein. Ladet die Kisten in den Lkw."

Clea vernahm weitere Schritte, offenbar schoben zwei Männer eine quietschende Karre in diesen Teil der Halle.

„Die größte zuerst“, befahl Trott.

Die beiden Männer kamen näher und stöhnten gleichzeitig auf, als sie Cleas Kiste zur Seite neigten. Clea hielt sich krampfhaft fest und fand sich unvermittelt eingeklemmt zwischen dem Holz und etwas Kaltem, Metallischem. Es war der Bronzetorso eines Mannes.

„Himmel, ist die Kiste schwer, was ist denn da drin?“

„Das hat euch nicht zu interessieren. Macht zu.“

Bei jeder leichten Erschütterung fühlte Clea sich enger an die Holzwand gedrängt. Erst als ihre Kiste im Lkw verfrachtet war, konnte sie wieder durchatmen. Und sich über ihre prekäre Lage Gedanken machen.

Sie saß in der Falle. Während die Männer hin und her eilten, um die anderen Kisten zu verladen, konnte sie kaum unbemerkt entkommen.

Holz kratzte auf Holz, als eine weitere Kiste auf ihr Gefängnis gestellt wurde. Damit hatte sich die Frage nach ihrer Flucht fürs Erste erledigt. Clea war eingesperrt.

Es war bereits kurz nach acht Uhr.

Um zwanzig Uhr fünfundzwanzig dockte der Lkw von der Laderampe ab. Da quälte sich Clea bereits mit einem hartnäckigen Krampf in beiden Waden. Das raue Holz der Kisten scheuerte durch ihre Kleidung, und Clea versuchte einen Anfall von Klaustrophobie niederzuringen. Sie streckte die Arme nach oben, um den Deckel zu öffnen, doch die Kiste über ihr war einfach zu schwer.

Sie drückte das Gesicht an ein kleines Astloch und atmete tief ein. Die frische Luft linderte ihre Panik ein wenig.

Sie spürte etwas Hartes an ihrem Schenkel. Mühsam

schob sie ihre Hand in ihre Hosentasche und holte Jordans Uhr hervor. Die Uhr, die sie ihm gestohlen hatte.

Inzwischen wusste er, dass sie sie genommen hatte. Und bestimmt hasste er sie dafür. Er musste froh sein, dass sie aus seinem Leben verschwunden war. Genauso hatte sie es gewollt, und genau so sollte er es empfinden. Er war ein Gentleman und sie eine Diebin. Dazwischen lag ein unüberwindlicher Abgrund.

Doch als sie jetzt in ihrem Sarg kauerte und Jordans Uhr in den Händen hielt, sehnte sie sich so sehr nach ihm, dass Tränen in ihre Augen traten.

Ich habe es für dich getan, dachte sie. *Um es dir leichter zu machen. Und mir auch. Denn ich weiß genauso gut wie du, dass ich nicht die richtige Frau für dich bin.*

Sie hielt die Uhr an die Lippen und küsste sie. Wie gern würde sie ihn jetzt gerade küssen, doch das würde nie wieder geschehen. Am liebsten hätte sie den Großteil ihres bisherigen Lebens laut verflucht, und sogar Onkel Walter, doch dafür war sie viel zu erschöpft und zu ängstlich.

Sie weinte.

Als der Lastwagen bremste, fühlte sich Clea ganz taub. Ihre Beine waren eingeschlafen und kraftlos.

Männer verluden zuerst alle anderen Kisten; irgendwann kippten sie auch die ihre auf eine Karre. Für Clea wurde es ungemütlich, denn die Kiste rumpelte eine Rampe hinunter und eine andere wieder hinauf. Sie hörte die Stimmen von Männern und eine surrende Laufkatze, die die Kiste in ihre endgültige Position brachte. Mit einem dumpfen Schlag landete sie auf dem Boden.

Nach einer Weile hörte sie nichts mehr, nur das ferne Brummen eines Motors.

Vorsichtig stieß Clea den Deckel auf. Das Gewicht der anderen Kiste hatte die Nägel der ihren wieder ins Holz gedrückt. Glücklicherweise hatte sie das Stemmeisen noch bei sich. Es dauerte eine Weile, aber schließlich gelang es ihr, den Deckel von der Kiste zu hebeln.

Der Deckel sprang auf.

Und Clea streckte den Kopf heraus. Sie atmete dieselgeschwängerte Luft ein. Sie befand sich in einem Frachtraum, und neben ihr standen viele weitere Kisten aus dem Lagerhaus.

Nach einer Weile gelang es ihr, aus der Kiste zu klettern. Sie sprang auf den Boden, ihre Waden kribbelten, als der Blutkreislauf wieder in Schwung kam. Sie lief zur Stahltür und öffnete sie einen Spalt.

Vor ihr lag ein schmaler Korridor. In einer Ecke lachten zwei Männer und machten Witze in der derben Sprache, die Seeleute benutzten, wenn keine Frauen in der Nähe waren. Es ging um die Huren in Neapel.

Der Boden hob sich unter Cleas Füßen, und sie geriet ins Schwanken. Das Brummen der Maschinen war lauter geworden.

Erst jetzt fiel ihr Blick auf die Brandschutzausrüstung, die an der Wand befestigt war. In großen Buchstaben stand *Villafjord* darauf.

Ich bin auf seinem Schiff, dachte sie. *Ich sitze auf dem Schiff von Van Weldon in der Falle.*

Wieder hob sich der Boden, Clea stemmte sich gegen die Wand, um nicht das Gleichgewicht zu verlieren. Die Maschinen liefen nun mit voller Kraft.

Die *Villafjord* hatte Kurs aufs offene Meer genommen.

14. KAPITEL

Hugh Tavistock wartete in seiner Limousine am Straßenrand kurz hinter dem Ortsausgang von Guildford. Als sich Jordan und seine zwei Begleiter von Scotland Yard in ihrem Mercedes näherten, öffnete er die hintere Tür. Jordan stieg aus dem Mercedes und kletterte auf die Rückbank der Limousine.

Onkel Hugh musterte ihn kritisch. „Offenbar bin ich nur aus dem Geheimdienst ausgeschieden, um mich um dich zu kümmern."

„Ich freue mich auch, dich zu sehen", konterte Jordan. „Wo ist Richard?"

„Anwesend und einsatzbereit", tönte eine Stimme vom Fahrersitz. Richard trug eine Chauffeuruniform und drehte sich grinsend zu ihm um. „Diesen Trick habe ich einem zukünftigen Verwandten abgeschaut. Wo ist Clea Rice?"

„Keine Ahnung", antwortete Jordan. „Aber ich habe da so eine Idee. Hast du die Schiffsabfahrten von Portsmouth überprüft?"

„Ja. Die *Villafjord* soll um Mitternacht auslaufen. Uns bleibt also noch genügend Zeit, um sie aufzuhalten."

„Warum zum Teufel sind alle so an der *Villafjord* interessiert?", fragte Hugh. „Was hat sie denn geladen?"

„Soll ich raten? Kunstobjekte im Wert von mehreren Millionen." Leise fügte Jordan hinzu: „Und eine kleine Einbrecherin."

Richard bog auf die Autobahn nach Portsmouth ein. „Sie wird die ganze Operation gefährden. Du hättest sie zurückhalten müssen."

„Ha! Als ob ich das gekonnt hätte", erwiderte Jordan.

„Wie du vielleicht mitbekommen hast, reagiert sie ziemlich allergisch auf Befehle."

„Ja, ich habe von Miss Rice gehört", schaltete sich Hugh ein. „Sie soll recht unkooperativ sein, stimmt's?"

„Sie vertraut einfach niemandem."

„Aber bestimmt doch mittlerweile dir?"

Jordan blickte nach vorn auf die dunkle Straße. Leise antwortete er: „Das habe ich auch gedacht …"

Leider tut sie es nicht. Wenn es darauf ankommt, arbeitet sie lieber allein. Ohne mich.

Er verstand sie einfach nicht. Sie war wie ein scheues Tier, immer fluchtbereit und ohne Zutrauen zu den Menschen. Sie *wollte* gar nicht an ihn glauben.

Seine Uhr hatte sie nur aus Trotz und aus Verzweiflung eingesteckt, damit stieß sie ihn von sich weg und stellte ihn gleichzeitig auf die Probe. Sie war verrückt genug, dieses Wagnis einzugehen, und verwundbar genug, sich verletzt zu fühlen, sollte er die Prüfung nicht bestehen.

Ich hätte es wissen müssen. Ich hätte damit rechnen müssen.

Jordan war wütend auf sich selbst, auf sie und auf die Umstände, die sie mehr und mehr auseinanderbrachten, statt sie zusammenzuführen. Er verfluchte Cleas Vergangenheit und ihr Misstrauen ihm gegenüber.

Und ebenso sein Misstrauen *ihr* gegenüber.

Vielleicht hatte Clea von Anfang an recht gehabt, vielleicht konnten sie einfach nichts tun, um diese Kluft zwischen ihnen zu überbrücken.

Besorgt blickte er im Vorbeifahren auf ein Straßenschild. Noch dreißig Meilen bis Portsmouth.

Archie MacLeod wartete bereits mit Beamten an der Anlegestelle.

„Wir sind zu spät", begrüßte er Hugh und Jordan, als sie aus der Limousine stiegen.

„Was meinen Sie mit *zu spät*?" Jordan wirkte verblüfft.

„Sie sind Tavistock junior, nehme ich an?", fragte der Polizeibeamte.

„Mein Neffe Jordan", bestätigte Hugh. „Was ist passiert?"

„Wir sind vor wenigen Minuten hier eingetroffen, weil die *Villafjord* um Mitternacht von diesem Anleger aus starten sollte."

„Und wo ist sie?"

„Genau das ist das Problem. Anscheinend hat sie bereits vor zwanzig Minuten abgelegt."

„Aber es ist erst halb zehn."

Archie MacLeod schüttelte den Kopf. „Offensichtlich haben sich die Pläne geändert."

Jordan starrte hinaus auf den dunklen Hafen. Ein kühler Wind wehte vom Wasser herüber und ließ sein Hemd flattern; der Geruch von Salz und Tang stach ihm in die Nase. *Sie ist da draußen, ich spüre es. Und sie ist allein.*

Er wandte sich zu Archie MacLeod. „Sie müssen sie aufhalten."

„Auf hoher See? Das käme einem Großeinsatz gleich, dabei haben wir keinen einzigen Beweis, nichts, was eine solche Operation rechtfertigen könnte."

„Sie finden Ihre Beweise auf der *Villafjord*."

„Das Risiko kann ich nicht eingehen. Wenn ich Victor Van Weldon ohne Grund auf den Pelz rücke, werden seine Anwälte dafür sorgen, dass sämtliche Ermittlungen gegen ihn eingestellt werden. Wir müssen warten, bis sie in Neapel anlegt und die italienische Polizei davon überzeugen, dass sie an Bord geht."

„Dann ist es vielleicht schon zu spät sein. Mr. MacLeod, das hier könnte Ihre größte Chance sein und Ihre einzige. Wenn Sie Victor Van Weldon in die Finger bekommen wollen, müssen Sie jetzt handeln."

Archie MacLeod sah Hugh an. „Was meinen Sie, Lord Lovat?"

„Wir benötigen die Unterstützung der Royal Navy mit einem oder zwei Hubschraubern, das könnten wir natürlich veranlassen. Wenn sich dann aber herausstellen sollte, dass wir nur hinter einer Schiffsladung Kekse her sind, werden ein paar Leute ziemlich rote Köpfe bekommen. Und einige könnten sogar rollen."

„Ich versichere dir, dass die Beweise an Bord sind", beharrte Jordan. „Ebenso wie Clea."

„Ist sie der wahre Grund für dein Interesse?", fragte Hugh.

„Und wenn es so wäre?"

„Eine Operation von diesem Ausmaß setzen wir nicht in Gang, nur weil … weil eine zwielichtige Frau in der Klemme steckt", knurrte Archie MacLeod. „Wenn wir voreilig handeln, verspielen wir jede Chance, Van Weldon zu erwischen."

„Er hat recht", pflichtete Hugh ihm bei. „Da sind zu viele Faktoren im Spiel. Die Frau kann nicht unser größtes Anliegen sein."

„Erzählt mir verdammt noch mal nicht, wer entbehrlich ist und wer nicht", polterte Jordan. „Sie ist nicht eine eurer Agentinnen, sie hat niemals geschworen, die Königin und dieses Land zu schützen. Sie ist Zivilistin, und du kannst sie nicht einfach opfern. Ich werde sie jedenfalls nicht im Stich lassen."

Hugh merkte überrascht auf. „Bedeutet sie dir etwa so viel?"

Jordan hielt dem Blick seines Onkels stand. Die Antwort war ihm nie so klar gewesen wie in diesem Moment.

„Ja", antwortete Jordan entschlossen. „Sie bedeutet mir so viel."

Sein Onkel blickte zum Himmel. „Es sieht nach einem Sturm aus. Das wird die Sache noch komplizierter machen."

„Sie werden meilenweit auf hoher See sein, bevor wir sie erreichen", gab Archie MacLeod zu bedenken. „Und damit außerhalb des britischen Hoheitsgebietes. Da haben wir keine legale Handhabe für eine Durchsuchung."

„Keine *legale*", sagte Jordan.

„Glauben Sie etwa, die bitten uns an Bord, damit wir uns in aller Ruhe umsehen können?"

„Sie müssen ja nicht wissen, dass es sich um eine Durchsuchung handelt." Jordan wandte sich an seinen Onkel. „Ich brauche einen Marinehubschrauber und eine Mannschaft von Freiwilligen für das Enterkommando."

Hugh musterte seinen Neffen besorgt. „Dir ist klar, dass du dazu nicht befugt bist!"

„Ja."

„Wenn etwas schiefgeht ..."

„Wird die Marine abstreiten, mich zu kennen. Auch das ist mir klar."

Hugh schüttelte den Kopf. Die Entscheidung fiel ihm sichtlich schwer. „Jordan, du bist mein einziger Neffe ..."

„Und mit einem Stammbaum wie dem unseren *kann* man nicht verlieren, oder?" Lächelnd legte Jordan seine

Hand auf die Schulter seines Onkels und drückte sie beruhigend.

Hugh seufzte. „Diese Frau muss ja wirklich außergewöhnlich sein."

„Ich werde euch später miteinander bekannt machen", versprach Jordan und blickte wieder aufs Meer hinaus. „Sobald ich sie von diesem verdammten Schiff geholt habe."

Die Stimmen der Männer entfernten sich.

Clea blieb wie erstarrt an der Tür stehen und überlegte, ob sie es riskieren sollte, den Frachtraum zu verlassen. Sie brauchte ein neues Versteck, noch bevor sie den nächsten Hafen ansteuerten. Irgendwann würde jemand kommen und die Ladung kontrollieren, dann wollte Clea auf keinen Fall in einer Lattenkiste sitzen.

Die Luft schien rein zu sein.

Sie schlüpfte aus dem Frachtraum. Die Männer waren nach rechts verschwunden, also lief sie in die entgegengesetzte Richtung. Das Unterdeck war ein verwirrendes Labyrinth aus Gängen und Einstiegsluken. Wohin sollte sie nur gehen?

Die Frage beantwortete sich von selbst, als sich erneut Schritte näherten. Panisch schlüpfte sie durch die nächste Tür.

Zu ihrem Entsetzen stellte sie fest, dass sie in den Mannschafträumen gelandet war und die Schritte immer näher kamen. Schnell schlich sie an einer Reihe von Spinden entlang, fand eine offene Tür und zwängte sich in den Metallkasten.

Hier war es noch enger als in der Kiste, und sie musste sich den knappen Raum mit muffig riechenden Hemden und stinkenden Turnschuhen teilen. Durch die Lüftungsschlitze sah sie, wie zwei Männer den Raum betraten. Einer steuerte direkt auf die Spinde zu und öffnete die Tür direkt neben ihrem Versteck. Clea konnte ihr Glück kaum fassen.

„Hörst du den Sturm kommen?“, fragte der Mann, während er sich eine Regenjacke überstreifte.

„Der Wind bläst bereits mit fünfundzwanzig Knoten.“

Nachdem die Männer ihre Schlechtwetterkleidung angezogen hatten, verschwanden sie wieder.

Clea kletterte aus dem Spind. Sie konnte nicht die ganze Zeit in Schränke und Kisten abtauchen, sie brauchte ein besseres, dauerhafteres Versteck. Irgendeinen Ort, wo sie für eine Weile sicher war …

Die Rettungsboote! In einem Film, den sie vor einiger Zeit gesehen hatte, hatten blinde Passagiere dort Zuflucht gesucht. Wenn das Schiff nicht in Seenot geriet, würde sie ausharren können, bis sie in den nächsten Hafen einliefen.

Sie durchstöberte die Spinde, bis sie eine große Seemannsjacke und eine schwarze Kappe fand. Die Sachen waren zwar ein paar Nummern zu groß, aber sie erfüllten hoffentlich ihren Zweck. Sie verließ den Mannschaftsraum und schlich eine Treppe hoch zum Oberdeck.

Draußen tobte ein kräftiger Wind, der ihr die Gischt ins Gesicht sprühte. In der Dunkelheit konnte sie einige Männer erkennen, die geschäftig auf dem Deck hin und her liefen. Zwei sicherten eine Ladeluke, ein dritter blickte durch ein Fernglas backbord. Keiner sah in ihre Richtung.

An der Steuerbordseite entdeckte sie zwei Rettungsboote. Beide waren mit Planen abgedeckt. Dort würde man sie nicht nur nicht sehen, hier bliebe sie auch trocken. Sobald die *Villafjord* in Neapel anlegte, würde sie sich an Land schleichen.

Sie zog sich die Seemannsjacke enger über die Schultern und schlenderte unauffällig zu den Rettungsbooten.

Simon Trott stand auf der Brücke und starrte hinaus auf den Sturm, der sich draußen zusammenbraute. Obwohl ihm der Kapitän versichert hatte, dass die Überfahrt für die *Villafjord* kein Problem sei, wurde Trott immer unbehaglicher zumute.

Victor Van Weldon schien die Vorahnungen seines Befehlsempfängers nicht zu teilen. Er saß gelassen auf der Brücke neben ihm. Der Sauerstoff zischte leise durch seine Nasenschläuche. Von so etwas Nebensächlichem wie einem Sturm auf dem Meer würde er sich nicht aus der Ruhe bringen lassen. Was hatte er in seinem Alter und in seinem Zustand noch zu befürchten?

„Wird der Sturm noch zulegen?“, fragte Trott den Kapitän.

„Nicht mehr viel“, antwortete der Seemann. „Sie hält sich ausgezeichnet, aber wenn Sie so in Sorge sind, können wir auch gern nach Portsmouth umkehren.“

„Nein“, schaltete sich Van Weldon ein. „Wir fahren nicht zurück.“ Plötzlich begann er zu husten. Alle blickten angewidert zur Seite, als der alte Mann in ein Taschentuch spuckte.

Trott konzentrierte sich wieder auf das Deck, wo drei Männer bei ihrer Arbeit gegen die Sturmböen kämpften. Und dann entdeckte er eine vierte Gestalt, die sich auf die Rettungsboote zubewegte. Sie geriet kurz in den Lichtkreis einer Lampe, ehe sie wieder im Schatten verschwand.

Dann blieb die Gestalt am ersten Rettungsboot stehen. Sie sah sich schnell um und begann, die Plane zu lösen.

„Wer ist das?“, fragte Trott mit schneidender Stimme. „Der Mann da am Rettungsboot?“

Der Kapitän runzelte die Stirn. „Ich kann ihn nicht erkennen.“

Trott verließ sofort die Brücke.

„Mr. Trott?“, rief der Kapitän hinter ihm her.

„Ich kümmere mich darum.“

Als Trott das Deck erreichte, hatte er bereits seine automatische Waffe gezogen und entsichert. Die Gestalt war verschwunden, aber die Plane war nicht mehr exakt festgezurrt worden, denn ein Ende flatterte im Wind. Trott schlich sich näher an das Rettungsboot. Mit einem Ruck riss er die Plane beiseite und richtete seine Waffe auf den Schatten, der im Boot kauerte.

„Raus da!“, befahl Trott. „Kommen Sie sofort raus!“

Langsam rutschte die Gestalt vorwärts und hob den Kopf. Im Dämmerlicht der Lampen an Deck sah Trott das Entsetzen in dem Gesicht, das ihm sehr bekannt vorkam.

„Wenn das nicht die unfassbare Miss Clea Rice ist“, sagte Trott.

Er grinste übers ganze Gesicht.

Der Kabine war groß und mit all den Annehmlichkeiten ausgestattet, die man in einem luxuriös eingerichteten Salon erwarten konnte. Nur der schwankende Boden verriet, dass sie sich auf einem Schiff befanden.

Der Stuhl, an den man Clea gefesselt hatte, war mit grünem Samt gepolstert, und die Armlehnen waren aus Mahagoni. *Hier werden sie mich bestimmt nicht umbringen*, überlegte sie. *Sie wollen sich doch nicht die kostbaren Antiquitäten mit meinem Blut versauen.*

Trott kippte den Inhalt ihres Rucksacks auf den Tisch und betrachtete die Kollektion von Picks und Dietrichen. „Wie ich sehe, sind Sie bestens vorbereitet“, kommentierte er trocken. „Wie sind Sie an Bord gekommen?“

„Geschäftsgeheimnis.“

„Sind Sie allein?“

„Glauben Sie im Ernst, dass ich Ihnen das auf die Nase binden würde?“

Mit zwei schnellen Schritten stand er vor ihr und schlug ihr so heftig ins Gesicht, dass ihr Kopf nach hinten flog. Einen Moment lang war sie so verblüfft von der brutalen Attacke, dass ihr die Worte fehlten.

„Sie wollen Mr. Trott doch nicht noch mehr verärgern“, keuchte Victor Van Weldon. „Er kann dann nämlich sehr unangenehm werden.“

„Das habe ich gemerkt“, stöhnte Clea. Sie nahm Victor Van Weldon nur schemenhaft wahr. Er war gebrechlicher, als sie gedacht hatte, und ziemlich alt. Von einem grünen Behälter, der an seinem Rollstuhl befestigt war, führten Schläuche in seine Nase. Die Haut seiner faltigen Hände war dünn wie Pergamentpapier. Diesen Mann verband nicht mehr viel mit dem Leben. Was konnte er noch verlieren, wenn er sie tötete?

„Ich frage Sie noch einmal“, begann Trott. „Sind Sie allein?“

„Ich habe eine Truppe Navy Seals mitgebracht.“

Wieder schlug Trott ihr hart ins Gesicht. Es fühlte sich an, als bohrten sich Tausende Glassplitter in ihren Kopf.

„Wo ist Jordan Tavistock?“, wollte Trott wissen.

„Keine Ahnung.“

„Ist er mit Ihnen an Bord gekommen?“

„Nein.“

Trott nahm Jordans goldene Uhr zur Hand und ließ den Deckel aufschnappen. Laut las er die Gravierung vor: „Bernard Tavistock.“ Er sah sie an. „Sie wissen wirklich nicht, wo er ist?“

„Das habe ich Ihnen doch bereits gesagt.“

Er hielt die Uhr hoch. „Und was wollen Sie damit?“

„Ich habe sie gestohlen.“

Obwohl sie sich für den nächsten Schlag gewappnet hatte, nahm ihr die Wucht, mit der Trott seine Faust in ihr Gesicht schlug, den Atem. Blut floss über ihr Kinn. Wie durch einen Nebel sah sie die roten Tropfen auf den Teppich zu ihren Füßen fallen.

„Er arbeitet immer noch mit Ihnen zusammen, nicht wahr?“, hakte Trott nach.

„Er will nichts mehr mit mir zu tun haben. Ich habe ihn verlassen.“

Trott drehte sich zu Victor Van Weldon um. „Ich glaube, dieser Tavistock ist immer noch eine Bedrohung. Ziehen Sie den Auftrag bloß nicht zurück.“

Cleas Kopf fuhr hoch. „Nein, er hat nichts damit zu tun.“

„Er war die ganze letzte Woche mit Ihnen zusammen.“

„Sein Pech.“

„Warum waren Sie zusammen?“

Sie zuckte mit den Schultern. „Lust und Leidenschaft?“

„Das soll ich Ihnen glauben?“

„Warum nicht?“ Trotzig streckte sie ihr Kinn. „Er wäre nicht der erste Mann, dessen Hormone ich durcheinandergebracht habe.“

„Das bringt uns nicht weiter", giftete Victor Van Weldon missmutig. „Werfen Sie sie über Bord."

„Ich will wissen, was sie weiß, und was dieser Tavistock weiß. Sonst tappen wir im Dunkeln. Wenn Interpol …" Er fuhr abrupt herum.

Die Wechselsprechanlage summte.

Trott durchquerte die Kabine und drückte auf den Knopf. „Ja, Kapitän?"

„Wir haben hier oben ein Problem, Mr. Trott. Ein Schiff der Royal Navy folgt uns. Sie haben um Erlaubnis gebeten, an Bord zu kommen."

„Warum?"

„Sie durchsuchen alle Schiffe aus Portsmouth nach einem IRA-Terroristen. Sie behaupten, er könnte sich unter die Mannschaft gemischt haben."

„Abgelehnt", sagte Victor Van Weldon gelassen.

„Sie werden von Hubschraubern unterstützt", sagte der Kapitän. „Und ein weiteres Schiff ist ebenfalls unterwegs."

„Wir sind außerhalb der Zwölfmeilenzone", erwiderte Victor Van Weldon. „Sie haben kein Recht, an Bord zu kommen."

Der Kapitän blieb hartnäckig. „Sir, ich würde vorschlagen zu kooperieren. Es klingt nach einer Routineangelegenheit. Sie wissen doch, dass die Briten andauernd auf der Suche nach IRA-Mitgliedern sind. Sie wollen vermutlich bloß einen Blick auf unsere Mannschaft werfen. Wenn wir uns weigern, machen wir uns nur verdächtig."

Trott und Van Weldon wechselten einen Blick. Schließlich nickte Van Weldon.

„Versammeln Sie alle Mann an Deck", sagte Trott in die Wechselsprechanlage. „Sollen sich die Briten die Männer ruhig ansehen. Aber mehr kommt nicht infrage."

„Jawohl, Sir."

Trott wandte sich an Van Weldon. „Wir sollten besser an Deck gehen, um sie zu begrüßen. Und was Miss Rice angeht ..." Er warf Clea einen Blick zu.

„Sie wird sich gedulden müssen", sagte Victor Van Weldon und rollte mit seinem Stuhl zum Aufzug. „Sehen Sie zu, dass sie keinen Unsinn machen kann. Wir treffen uns auf der Brücke." Er manövrierte den Rollstuhl in den Aufzug. Die Tür schloss sich hinter ihm, und der Lift setzte sich mit einem hydraulischen Zischen in Bewegung.

Trott zog die Schnüre um Cleas Handgelenke so fest, dass sie vor Schmerz schrie. Dann klebte er ihr rasch den Mund zu.

„Das sollte erst mal reichen", stellte er zufrieden fest und verließ die Kabine.

Kaum war die Tür hinter ihm ins Schloss gefallen, begann Clea an ihren Fesseln zu zerren. Nach wenigen qualvollen Sekunden musste sie sich jedoch eingestehen, dass es hoffnungslos war. Sie würde sich nicht befreien können.

Tränen der Wut liefen über ihr Gesicht. In wenigen Minuten würde die Royal Navy an Deck kommen und nicht einmal ahnen, dass sich genau unter ihren Füßen ein Opfer in Lebensgefahr befand.

So nah und doch so fern.

Sie biss die Zähne zusammen und fuhr fort, an ihren Fesseln zu reißen.

„Sind Sie sicher, dass Sie mitkommen wollen?"

Jordan blickte angespannt durch die Scheiben des Hubschraubers auf das Deck der *Villafjord* unter ihnen. Die Landung auf feindlichem Territorium versprach holprig zu werden, aber in der Dunkelheit und bei dem Sturm bestand wenigstens die Chance, dass ihn niemand erkennen würde.

„Ich bin dabei."

„Sie haben maximal zwanzig Minuten", sagte der Marineoffizier, der ihm gegenübersaß. „Dann sind wir wieder weg, mit Ihnen oder ohne Sie."

„Verstehe."

„Wir bewegen uns ohnehin auf sehr dünnem Eis. Sollte Victor Van Weldon Klage beim Oberkommando der Kriegsmarine einreichen, werden wir bis zum Jüngsten Gericht Erklärungen abgeben müssen."

„Geben Sie mir zwanzig Minuten." Jordan zog die schwarze Rollmütze tiefer in die Stirn. Die geborgte Uniform der Royal Navy spannte etwas an den Schultern, und die Waffe an seinem Brustkorb fühlte sich unangenehm an, aber beides war unabdingbar, wollte er an dieser Aktion teilnehmen. Den anderen sieben Männern vom Enterkommando passte es allerdings ganz und gar nicht, einen Amateur in ihren Reihen zu wissen. Sie musterten ihn misstrauisch, andere sogar mit Verachtung.

Jordan beachtete sie nicht. Stattdessen konzentrierte er sich auf das ausladende Deck der *Villafjord,* die genau unterhalb der Hubschrauberkufen auf und ab schwankte. Kaum hatte der Pilot sein riskantes Landemanöver erfolgreich beendet, sprangen die Männer, Jordan mitten unter ihnen, auf das Schiff.

Sofort hob der Pilot wieder ab, was bei dem Seegang einiges an Geschicklichkeit erforderte, und ließ seine Mannschaft fürs Erste auf der *Villafjord* zurück.

Ein Mann mit blonden Haaren näherte sich ihnen, um sie zu begrüßen.

Unauffällig stellte Jordan sich hinter die anderen Männer und wandte das Gesicht ab. Die ganze Aktion wäre sofort beendet, wenn man ihn erkannte.

Der ranghöchste Marineoffizier trat einen Schritt vor und stellte sich dem blonden Mann vor. „Korvettenkapitän Tobias, Royal Navy."

„Simon Trott, stellvertretender Vorsitzender der Van-Weldon-Reederei. Was können wir für Sie tun, Herr Kommandant?"

„Wir würden uns gern Ihre Mannschaft ansehen."

„Selbstverständlich. Wir haben sie bereits antreten lassen." Trott deutete auf die Gruppe von Männern, die sich am Aufgang zur Brücke drängelten.

„Sind alle Mann an Deck?"

„Alle bis auf den Kapitän und Mr. Van Weldon. Sie befinden sich auf der Kommandobrücke."

„Niemand ist mehr unter Deck?"

„Nein, Sir."

Korvettenkapitän Tobias nickte. „Dann lassen Sie uns beginnen."

Trott drehte sich um und ging voran. Als ihm das Enterkommando folgte, blieb Jordan zurück und wartete auf eine Gelegenheit, um sich unauffällig davonzuschleichen.

Niemand bemerkte ihn, als er die Treppe mittschiffs hinunterhuschte.

Da die gesamte Mannschaft am Oberdeck war, hatte er diesen Teil des Schiffes für sich allein. Viel Zeit für die Suche blieb ihm nicht. Im ersten Korridor steckte er seinen Kopf durch jede Tür und rief Cleas Namen. Er lief am Mannschaftsquartier vorbei, an der Mensa und der Kombüse.

Nirgendwo entdeckte er ein Zeichen von Clea.

Auf seinem Weg zum hinteren Teil des Schiffes entdeckte er eine Art Laderaum mit mehreren Verpackungskisten in unterschiedlicher Größe. Bei einer war der Deckel geöffnet. Er hob ihn hoch und schaute hinein.

Aus einem Haufen von Sägemehl lugte der bronzene Kopf einer Statue hervor. Daneben lag ein schwarzer Frauenhandschuh, Größe fünf.

Jordan sah sich um. „Clea?", rief er.

Zehn Minuten waren bereits verstrichen.

Mit zunehmender Panik hastete er weiter über den Korridor, riss Türen auf, blickte in jede Kajüte. Die Sekunden tickten unaufhörlich weiter, und er musste noch den Maschinenraum und den Laderaum kontrollieren – und alles, was sich sonst noch im Heck des Schiffes befinden mochte.

Von oben kam das Geräusch von Rotoren, die lauter wurden. Der Hubschrauber landete bereits wieder.

Eine Mahagonitür mit dem Schild „Privat" war nur wenige Meter entfernt. War das die Kapitänskajüte? Jordan drehte den Knauf, aber die Tür war verschlossen. Er klopfte ein paarmal dagegen und rief „Clea?"

Keine Antwort.

Sie hörte das Klopfen an der Tür und Jordan, der ihren Namen rief.

Sie versuchte zu schreien, aber das Klebeband über ihrem Mund dämpfte jeden Laut zu einem unverständlichen Flüstern. Wie eine Wahnsinnige zerrte sie an ihren Fesseln. Doch die Schnüre hielten. Ihre Hände und Füße waren taub und nutzlos.

Verlass mich nicht, wollte sie schreien. *Geh nicht weg!*

Aber sie wusste, dass er der Tür schon den Rücken zugekehrt hatte.

Verzweifelt ruckelte sie an ihrem Stuhl, bis er umkippte und sie mit sich riss. Clea prallte hart mit dem Kopf gegen die Tischkante und verspürte einen stechenden Schmerz. Sie blieb benommen auf dem Boden liegen. Mit jeder Faser ihres Körpers kämpfte sie gegen die Bewusstlosigkeit an, die sie zu überwältigen drohte. Trotzdem wurde ihr schwarz vor Augen.

Wie aus weiter Ferne vernahm sie ein dumpfes Dröhnen. Es wiederholte sich unentwegt, wie der Schlag einer Trommel in der Nacht.

Sie bemühte sich krampfhaft, etwas zu erkennen, bis sie vage die Umrisse der Möbel wahrnahm.

Plötzlich splitterte Holz in die Kajüte, und im Spalt der Mahagonitür tauchte die rote Klinge einer Brandaxt auf. Ein weiterer Schlag riss ein Loch in der Tür. Gleich darauf schob sich ein Arm durch die Öffnung und tastete nach dem Türschloss.

Jordan betrat den Raum.

Als er Clea sah, murmelte er nur: „Mein Gott …“

Sofort kniete er neben ihr. Ihre Hände waren so taub, dass sie kaum spürte, wie er ihre Fesseln durchtrennte.

Vorsichtig entfernte er das Klebeband von ihrem Mund und half ihr auf die Füße. Er küsste sie schnell, und sie schmiegte sich schluchzend in seinen Arm.

Ein leises Piepen ertönte. Er löste sich von ihr, griff zum Funkrufmelder an seinem Gürtel und schaltete ihn aus. „Das ist das Zeichen, dass wir noch eine Minute haben“, erklärte er. „Wir müssen von hier verschwinden. Kannst du laufen?“

„Ich … ich glaube nicht. Meine Beine …"

„Dann trage ich dich." Er nahm sie auf die Arme und trug sie über den mit Holzsplittern bedeckten Teppichboden aus der Kajüte und in den Korridor.

„Wie kommen wir von hier weg?", fragte sie.

„Genauso, wie ich an Bord gekommen bin. Mit einem Marinehubschrauber." Er bog um eine Ecke.

Und blieb wie angewurzelt stehen.

Simon Trott versperrte ihnen den Weg. „Ich fürchte, Mr. Tavistock, Sie werden Ihren Flug verpassen."

15. KAPITEL

Clea spürte, wie Jordans Arme sie fester umklammerten. In der plötzlichen Stille, die nach Trotts Bemerkung entstand, konnte sie fast seinen Herzschlag an ihrer Brust spüren.

Trott hob die Mündung seiner Pistole. „Setzen Sie sie ab."

„Sie kann nicht laufen", antwortet Jordan. „Sie hat sich den Kopf gestoßen."

„Wie Sie wollen. Dann müssen Sie sie eben weitertragen."

„Wohin?"

Trott deutete mit der Waffe zum Ende des Ganges. „In den Frachtraum."

Die Pistole ließ Jordan keine Wahl. Mit Clea auf den Armen lief er über den Gang und betrat den vollgestellten Lagerraum.

„Das Enterkommando weiß, dass ich hier bin", sagte Jordan. „Sie werden nicht ohne mich von Bord gehen."

„Wirklich nicht?" Trott sah nach oben, wo das Geräusch aufsteigender Rotoren ertönte. „Das tun sie aber gerade."

„Zu spät." Trott schüttelte bedauernd den Kopf. „Sie haben soeben die Welt der Lebenden verlassen, Mr. Tavistock. Wir werden behaupten, dass Sie niemals an Bord waren, und der Royal Navy dürfte es schwerfallen, das Gegenteil zu beweisen." Mit der Pistole dirigierte er sie zu einer der Kisten. „Die dürfte groß genug für Sie beide sein. Ich denke, sie finden ein romantisches Ende."

Er sperrt uns ein, dachte Clea. Und was geschah dann?

Natürlich, man würde sie ins Wasser werfen. Sie und Jordan würden gemeinsam ertrinken, und ihre Körper blieben für immer in einem Unterwassersarg vereint. Plötzlich blieb ihr die Luft weg. Die Angst nahm ihr die Fähigkeit zum Denken und Handeln.

Jordan hingegen gab sich erstaunlich ruhig.

„Interpol wird sie zusammen mit der italienischen Polizei in Neapel erwarten", sagte er. „Sie glauben doch nicht im Ernst, dass die Sache erledigt ist, nur weil Sie eine Kiste über Bord werfen?"

„Wir haben genügend Geld in Neapel investiert, um dort über Jahre unbehelligt ein- und auslaufen zu können."

„Diese Glückssträhne wird in Kürze versiegen. Mögen Sie dunkle, enge Orte? Denn dort werden Sie sich demnächst aufhalten. Und zwar für den Rest Ihres Lebens."

„Das reicht jetzt", bellte Trott. „Setzen Sie sie ab und öffnen Sie den Deckel der Kiste." Er nahm eine Brechstange und schob sie mit dem Fuß zu Jordan hinüber. „Machen Sie schon, und keine hastigen Bewegungen."

Jordan stellte Clea auf die Füße, doch sie fiel sofort auf die Knie, weil ihre Beine taub und ohne Gefühl waren. Jordan hockte sich neben sie und sah ihr tief in die Augen. Etwas in seinem Blick ließ sie aufmerken. Er versuchte, ihr etwas zu sagen. Er beugte sich zu ihr und öffnete seine Jacke ein wenig, und da erkannte Clea das Schulterholster.

Er hatte eine Waffe!

Jordans Rücken versperrte Trott die Sicht. Rasch schob sie ihre Hand in Jordans Jacke, zog die Pistole aus dem Holster und verbarg sie an ihrer Brust.

„Lassen Sie die Frau auf dem Boden liegen", befahl Trott, „und öffnen Sie endlich diese verdammte Kiste."

Jordan kam noch näher und flüsterte in ihr Ohr: „Benutz mich als deine Deckung. Ziele auf seine Brust."

Entsetzt starrte sie ihn an. „Nein ..."

Er packte ihre Schulter so fest, dass es schmerzte. *„Tu es!"*

Sie blickten einander tief in die Augen, Clea würde sich an diesen Blick ihr Leben lang erinnern. *Du musst am Leben bleiben, Clea. Für uns beide.*

Er drückte ihre Schulter noch einmal, und lächelte aufmunternd.

„Machen Sie endlich den Deckel auf", bellte Trott.

Clea legte den Finger auf den Abzug. Sie hatte noch nie im Leben auf einen Menschen geschossen. Und sollte sie jetzt nur einen Zentimeter vorbeischießen, blieb Trott genügend Zeit, sein ganzes Magazin in Jordans Körper zu entleeren. Sie musste präzise sein, und *tödlich*.

Um seinetwillen.

Mit den Lippen fuhr er ihr über die Stirn. Sie genoss den kurzen Anflug von Zärtlichkeit, denn sie wusste nur zu gut, dass er in der nächsten Minute schon tot sein konnte.

„Sie brauchen offenbar Starthilfe", giftete Trott. Er hob die Waffe und feuerte.

Jordan zuckte zusammen und umklammerte stöhnend seinen Oberschenkel. Clea sah entsetzt, wie das Blut rot auf den Boden tropfte. Der Anblick machte sie so unendlich wütend. Ihr Zorn war so groß, dass sie keine Sekunde mehr zögerte.

Mit beiden Händen zielte sie auf Trott und schoss.

Die Kugel traf ihn mitten in die Brust. Er taumelte zurück, seine Miene war starr, sein Blick verriet seine Verblüffung. Trott schwankte wie ein Betrunkener hin und her, seine Pistole glitt ihm aus der Hand und landete scheppernd auf dem Boden. Er fiel auf die Knie und tastete röchelnd nach der Waffe, aber seine Finger versagten ihm den Dienst.

Während er zu Boden sank, versuchte er noch immer, die Pistole in die Hand zu bekommen. Schließlich wurden seine Finger starr.

„Verschwinde von hier", keuchte Jordan.

„Ich lasse dich nicht allein."

„Ich kann nicht weg. Mein Bein …"

„Sei still", schrie sie. Mit weichen Knien ging sie zu Trotts Leiche und nahm seine Pistole. „Vom Schiff schaffen wir es ohnehin nicht mehr. Alle an Bord haben die Schüsse gehört und werden gleich hier sein, da können wir genauso gut zusammenbleiben."

Er saß in seinem eigenen Blut und sah Clea zärtlich an. Sie küsste ihn.

Seine Lippen waren bereits kühl.

Sie schluchzte verzweifelt und legte ihren Kopf in seinen Schoß. *Es ist vorbei,* dachte sie, als sie Schritte durch den Gang eilen hörte. *Wir können nur noch bis zum bitteren Ende kämpfen. Und hoffen, dass der Tod schnell kommt.* Sie beugte sich an sein Ohr und flüsterte: „Ich liebe dich."

Die Schritte waren an der Tür zum Frachtraum angelangt.

Seltsam ruhig hob sie die Hand und zielte auf die Tür …

Glücklicherweise drückte sie nicht sofort ab, denn ein Mann in Marineuniform blinzelte sie erstaunt an. Hinter ihm standen drei weitere Männer in Uniform. Einer von ihnen war Richard Wolf.

Als Richard Jordan sah und die größer werdende Blutlache, drehte er sich schnell um und schrie: „Holen Sie den Hubschrauber zurück. Die Sanitäter sollen sich bereithalten."

„Jawohl, Sir." Einer der Marinesoldaten eilte zur Sprechfunkanlage.

Clea umklammerte noch immer die Pistole. Sie ließ sie langsam sinken, gab sie aber nicht aus der Hand. Sie befürchtete fast, den Halt zu verlieren und in ein tiefes schwarzes Loch zu fallen, wenn sie sich von dem Einzigen trennte, auf das sie sich verlassen konnte.

„Geben Sie sie mir."

Verdattert blickte sie zu Richard auf. Er lächelte freundlich und streckte ihr seine Hand entgegen. Schließlich reichte sie ihm die Waffe. Er nickte. „So ist es gut."

Fünfzehn Minuten später traf ein Hubschrauber mit Sanitätern von einer in der Nähe kreuzenden Fregatte ein. Cleas Blutkreislauf arbeitete wieder auf Hochtouren. Sie stand, wenn auch unsicher, auf eigenen Füßen, und ihre Kopfschmerzen waren schlimmer denn je, aber sie ließ keinen Sanitäter an sich heran.

Denn sie wich Jordan nicht von der Seite. Sie hielt seine Hand, als die Männer ihm Kanülen für die Infusionen legten, ihn auf eine Trage hoben und festschnallten. Wie benommen quetschte sie sich mit in den Aufzug, der Jordan an Deck brachte.

Als sie Jordan in den Hubschrauber verfrachteten, hielt einer der Offiziere sie zurück. Clea überfiel Panik, weil ihr die Soldaten den Mann wegnahmen. Sie fürchtete, ihn nie wiederzusehen.

Sie drängte sich vor, schob den Offizier beiseite und wollte zum Hubschrauber laufen, doch jemand hielt sie zurück.

Es war Richard Wolf.

„Lassen Sie mich", schluchzte sie und versuchte, sich aus seinem Griff zu lösen.

„Er wird in ein Krankenhaus gebracht und bestens versorgt."

„Ich möchte bei ihm sein, er braucht mich.“

Richard schüttelte sie energisch. „Sie werden ihn bald wiedersehen, das verspreche ich Ihnen, aber zuerst einmal brauchen wir *Sie*, Clea. Sie müssen uns einiges erzählen, über Victor Van Weldon und über dieses Schiff.“

Das Knattern der Rotoren übertönte jedes Wort. Verzweifelt sah Clea den Hubschrauber in die stürmische Nacht verschwinden. *Bitte passt gut auf ihn auf,* flehte sie.

Schon verschluckte die Dunkelheit die Positionslichter des Helikopters; gleich darauf verebbte das Dröhnen der Rotoren. Nun waren nur noch der Wind und die tosende See zu hören.

„Miss Rice?“ Richard sah sie auffordernd an.

Sie blinzelte ihre Tränen fort. „Ich werde Ihnen alles erzählen, Mr. Wolf“, sagte sie. Und plötzlich musste sie lachen. „Und es ist sogar die Wahrheit.“

Clea sah Jordan erst zwei Tage später wieder.

Er hatte viel Blut verloren, die Operation jedoch ohne Komplikationen überstanden. Mehr konnte sie vorerst nicht in Erfahrung bringen.

Richard Wolf brachte sie in einem Haus des MI6 außerhalb von London unter. Es war ein hübsches kleines Ziegelsteinhaus mit einem weißen Zaun um den Garten, dennoch empfand Clea es wie ein Gefängnis, und die drei Männer, die die Eingänge bewachten, vermochten den Eindruck nicht zu zerstreuen.

Richard hatte ihr versichert, dass die Männer nötig waren, um ihr Leben zu schützen. Es sei viel zu riskant, sie irgendwo anders unterzubringen. Erst wenn sich herumgesprochen hätte, dass Victor Van Weldon überführt und entmachtet worden sei, könnte sie sich wieder frei bewegen.

Und Jordan treffen.

Der eigentliche Zweck der erzwungenen Trennung war ihr nur zu bewusst, denn natürlich würde seine aristokratische Verwandtschaft am Ende obsiegen. Clea war der Typ Frau, den man in einer solchen Familie nicht duldete. Ganz gleich, wie viel Jordan für sie empfand – und wie sie mittlerweile wusste, empfand er viel für sie –, ihre Vergangenheit würde immer zwischen ihnen stehen.

Die Tavistocks sorgten sich nur um Jordans Wohlergehen. Das konnte sie ihnen nicht einmal verübeln.

Was sie ihnen jedoch übel nahm, war die Art und Weise, mit der sie Cleas Freiheit einschränkten. Zwei Tage lang ertrug sie ihr anheimelndes Gefängnis, spazierte im Garten umher, schaute fern und blätterte lustlos in Zeitschriften.

Doch am Ende dieses zweiten Tages hatte sie davon die Nase voll.

Sie griff nach ihrem Rucksack, verließ das Haus und verkündete dem Wachmann im Vorgarten: „Ich gehe."

„Ich fürchte, das ist unmöglich", entgegnete er.

„Was wollen Sie dagegen unternehmen, Buster? Wollen Sie mir in den Rücken schießen?"

„Ich habe die klare Anweisung, für Ihre Sicherheit zu sorgen. Sie können nicht fort."

„Abwarten." Sie schulterte ihren Rucksack und ging zum Gartentor, als eine schwarze Limousine in die Einfahrt bog. Clea sah erstaunt, wie ein Chauffeur ausstieg und um den Wagen ging, um die hintere Tür zu öffnen.

Ein älterer Mann stieg aus. Er war untersetzt, hatte schütteres Haar und trug seinen maßgeschneiderten Anzug mit weltmännischer Eleganz.

„Sie sind also die besagte Frau“, grüßte er.

Clea musterte ihn kühl. „Und wer will das wissen?“

Schmunzelnd streckte er ihr die Hand entgegen. „Ich bin Hugh Tavistock, Jordans Onkel.“

Clea verschlug es die Sprache. Stumm nahm sie seine Hand entgegen. Sein Griff war fest und der Blick seiner Augen offen. *Genau wie bei Jordan.*

„Wir müssen uns über einiges unterhalten, Miss Rice“, fuhr Hugh fort. „Würden Sie bitte in den Wagen steigen?“

„Eigentlich wollte ich gerade gehen.“

„Oh, wollen Sie ihn denn nicht wiedersehen?“

„Meinen Sie … Jordan?“

Hugh nickte. „Es ist ein weiter Weg bis zum Krankenhaus, und ich dachte, wir nutzen die Fahrt, um einander besser kennenzulernen.“

Clea zögerte. Sie fragte sich, was sie wohl erwartete, doch die Miene von Jordans Onkel war undurchdringlich.

Also stieg sie ein.

Er setzte sich neben sie. Schweigend fuhren sie eine Weile durch das Umland. Clea sah aus dem Fenster auf das leuchtende Laub der Bäume. Sie fragte sich, was sie Jordans Onkel nur erzählen sollte. *Ich gehöre nicht in seine Welt, und er ist ein Fremder in meiner.*

„Es sieht so aus, als empfinde mein Neffe eine gewisse Sympathie für Sie“, begann Hugh schließlich.

„Ihr Neffe ist ein sehr netter Mensch“, sagte sie und fügte leise hinzu: „Und sehr anständig.“

„Das habe ich auch immer gedacht.“

„Er verdient …“ Sie hielt inne und schluckte die Tränen hinunter. „Er verdient nur das Beste.“

„Richtig.“

„Also …“ Sie sah ihn trotzig an. „Ich werde Ihnen keine Probleme bereiten. Sie müssen wissen, Lord Lovat, dass ich keinerlei Ansprüche stellen werde und nichts erwarte. Ich möchte nur …“ Sie wandte den Kopf ab. „Ich möchte nur, dass er glücklich wird. Dafür würde ich alles tun, auch wenn es bedeutet, dass ich von der Bildfläche verschwinden muss.“

„Sie lieben ihn.“ Es war keine Frage, sondern eine Feststellung.

Clea konnte ihre Tränen nicht länger zurückhalten. Sie liefen langsam, aber stetig über ihre Wangen.

Hugh Tavistock lehnte sich in seinen Sitz zurück. „Nun, das ist wahrlich nicht überraschend.“

„Was meinen Sie?“

„Sie sind nicht die Erste, die dem Charme meines Neffen erliegt.“

„Das kann ich mir gut vorstellen.“

„Allerdings war keine von ihnen so wie Sie. Sind Sie sich eigentlich im Klaren darüber, dass Sie Victor Van Weldon praktisch im Alleingang zur Strecke gebracht und einen weltweiten illegalen Waffenhandel unterbunden haben?“

Sie zuckte mit den Schultern, als sei es das Normalste der Welt. Im Moment war es ihr auch wirklich egal. Das alles war so unwichtig. Sie hörte kaum zu, als Hugh von den Ereignissen berichtete, die sich nach dem Entern der *Villafjord* zugetragen hatten. Er erzählte von der Verhaftung von Oliver und Veronica Cairncross, von den wieder aufgenommenen Ermittlungen im Fall der havarierten *Max Havelaar* und von dem Fund einer Kiste mit den Luft-Boden-Raketen in Cairncross’ Lagerhaus. Leider würde Victor Van Weldon nicht mehr lange genug leben, um vor Gericht gestellt werden zu können, aber letztlich würde er der Verurteilung durch seinen Schöpfer nicht entgehen können.

Als Hugh seinen Bericht beendete, sah er Clea durchdringend an. „Sie haben uns allen einen großen Dienst erwiesen, Miss Rice. Man muss Ihnen gratulieren."

Sie schwieg.

Zu ihrer Überraschung lachte er glucksend. „Ich habe in meinem Leben schon viele Helden getroffen, aber niemand war so wenig an Lob interessiert wie Sie."

Sie schüttelte den Kopf. „Ich bin so müde, Lord Lovat. Ich möchte nur noch nach Hause."

„Nach Amerika?"

Wieder zuckte sie mit den Schultern. „Ich nehme an, das ist meine Heimat. Ich … ich weiß es nicht mehr."

„Und was ist mit Jordan? Ich dachte, Sie lieben ihn."

„Sie haben doch selbst gesagt, dass es Sie nicht überrascht. Die Frauen haben sich schon immer in Ihren Neffen verliebt."

„Aber Jordan hat sich bis jetzt nie in sie verliebt."

Clea runzelte die Stirn.

„In den vergangenen beiden Tagen war mein normalerweise recht leidlicher Neffe unausstehlich", sagte Hugh. „Er war fürchterlich streitsüchtig, hat Ärzte und Krankenschwestern genervt, zweimal seine Infusionsnadeln herausgerissen und den Rollstuhl eines anderen Patienten beschlagnahmt. Wir hatten ihm gesagt, dass der Zeitpunkt für Ihren Besuch ungünstig sei, dass da draußen noch immer Auftragskiller hinter Ihnen her seien, die jede Fahrt zu einem unkalkulierbaren Risiko machten, aber da der Auftrag, Sie … nun ja …", er räusperte sich, „… zur Strecke zu bringen, nun hinfällig geworden ist …"

„Ist er das?"

„… wird es höchste Zeit, Sie zu ihm zu bringen. Vielleicht können Sie dafür sorgen, dass sich seine Laune wieder bessert."

„Trauen Sie mir das wirklich zu?"

„Das denkt jedenfalls Richard Wolf."

„Und was sagt Jordan?"

„Ziemlich wenig, ehrlich gesagt, aber er gehörte schon immer zu der eher schweigsamen Sorte." Hugh betrachtete sie mit sanften blauen Augen. „Er möchte zuerst mit Ihnen reden."

Clea lachte verbittert. „Das muss sehr unangenehm für Sie sein, eine Frau wie ich an der Seite Ihres Neffen! Sie werden mich in Ihrem Keller verstecken müssen."

„Wenn ich das täte", konterte er trocken, „wären Sie in bester Gesellschaft mit der Hälfte meiner Vorfahren."

Sie schüttelte den Kopf. „Das verstehe ich nicht."

„Bei uns Tavistocks ist es Tradition, Partner zu wählen, die ausgesprochen … unpassend sind. In den vergangenen Jahrhunderten haben wir Zigeuner, Kurtisanen und sogar ein oder zwei Amerikaner geheiratet." Er lächelte. Zum ersten Mal bemerkte sie die Wärme in seinen Augen. „Ihretwegen würde niemand auch nur eine Augenbraue lüpfen."

„Sie … Sie würden jemanden wie mich in Ihrer Familie dulden?"

„Es ist nicht meine Entscheidung, Miss Rice, Jordan trifft die Wahl. Was immer ihn glücklich macht, macht uns auch glücklich."

Wie können wir wissen, was ihn wirklich glücklich macht? dachte sie. Vielleicht fand er sein Glück für einen Monat oder auch ein Jahr in ihren Armen. Aber spätestens dann würde sie ihre Vergangenheit wieder einholen und alles zunichtemachen.

Sie umklammerte den Rucksack auf ihrem Schoß und kämpfte gegen den aufflackernden Drang, einfach davonzulaufen. Dank schneller Flucht hatte sie die letzten Wochen über gelebt und überlebt. Und genau so hatte sie bisher jede Beziehungen beendet. Doch jetzt gab es kein Entrinnen.

Sie musste reinen Tisch machen und mit offenen Karten spielen, auch wenn es hart werden würde. Doch das war sie Jordan schuldig, und es war das Beste für ihn.

Als sie vor dem Krankenhaus vorfuhren, breitete sich ein dumpfes Gefühl in ihrem Magen aus, und ihre Hände wurden schweißnass. Auf der Fahrt in die siebte Etage verharrte sie stocksteif im Aufzug. Gefasst ging sie zu Jordans Krankenzimmer, um ihm Lebewohl zu sagen.

Doch als sie sein Krankenzimmer betrat, fielen all ihre Vorsätze in sich zusammen.

Jordan stand mit Krücken unter den Armen am Fenster. Er trug eine graue Hose und ein weißes Hemd ohne Krawatte, was für einen Tavistock ausgesprochen leger war. Als er hörte, wie die Tür geöffnet wurde, drehte er sich unbeholfen um. Leider war er die Handhabung der Krücken noch nicht gewohnt, also geriet er ins Schwanken und brauchte einen Moment, bis er sein Gleichgewicht wiederfand, aber sein Blick ruhte fest auf ihr.

Onkle Hugh verließ das Zimmer.

Sie blieb in der Tür stehen. Am liebsten wäre sie sofort zu Jordan gestürzt, doch sie hatte Angst, sich ihm zu nähern. „Wie ich sehe, bist du über den Berg“, war alles, was sie herausbrachte.

Er sah sie durchdringend an, schien aber nicht zu finden, was er suchte. „Ich wollte dich unbedingt sehen."

„Dein Onkel hat es mir erzählt. Sie hatten Angst, mich zu dir zu lassen oder dich zu mir zu fahren." Sie lächelte. „Aber Victor Van Weldon ist ja zum Glück nun Geschichte. Und wir können zurück in unser altes Leben."

„Möchtest du das denn?"

„Was sollte ich sonst tun?"

„Bei mir bleiben."

Er rührte sich nicht vom Fleck, während er ihr unverwandt in die Augen sah.

Sie neigte den Kopf zur Seite „Bleiben? Du meinst … in England?"

„Ich meine bei *mir*, wo immer das sein mag."

Sie lachte. „Das klingt ziemlich vage."

„Ich bin überhaupt nicht vage. Du weigerst dich bloß, das Offensichtliche anzunehmen."

„Das Offensichtliche?"

„Dass wir beide durch die Hölle gegangen sind und etwas füreinander empfinden. Wenigstens bedeutest *du* mir etwas, und ich habe nicht vor, dich gehen zu lassen."

Sie lachte, doch es klang so gequält, als stocke ihr der Atem. „Wie kann ich dir etwas bedeuten? Du weißt ja nicht einmal, wer ich bin."

„Und ob ich das weiß!"

„Ich habe dich immer und immer wieder angelogen."

„Ich weiß."

„Es waren viele, große Lügen."

„Du hast mir aber auch die Wahrheit gesagt."

„Nur, wenn es sich nicht vermeiden ließ. Ich habe im Gefängnis gesessen, Jordan! Ich komme aus einer Familie von Betrügern. Meine Kinder werden vermutlich alle Gauner werden."

„Dann wird das eben eine erzieherische Herausforderung sein."

„Und was ist damit?" Sie griff in ihren Rucksack, zog die Taschenuhr heraus und ließ sie vor seinem Gesicht baumeln. „Ich habe sie dir gestohlen. Und das, obwohl ich sehr wohl wusste, wie viel sie dir bedeutet. Ich wollte etwas damit beweisen, Jordan. Ich wollte dir beweisen, was für ein Idiot du bist, wenn du mir vertraust."

„Nein, Clea", entgegnete er ruhig. „Deshalb hast du sie nicht gestohlen."

„Nein? Sondern?"

„Weil du Angst vor mir hast."

„Ich habe Angst? *Ich* habe Angst?"

„Du hast Angst davor, dass ich dich liebe, und fürchtest, dass du *mich* auch liebst. Du hast Angst davor, dass alles zu Ende ist, wenn ich zu der Erkenntnis komme, dass du nicht makellos bist."

„Na gut", konterte sie. „Vielleicht bist du schon zu der Erkenntnis gekommen. Aber es ist doch eigentlich auch vernünftig, gleich zu Beginn desillusioniert zu werden. Du kannst das natürlich alles wunderschön romantisieren, aber früher oder später wirst du erkennen, wer und was ich wirklich bin."

„Ich weiß, wer du bist, und ich weiß auch, was für ein Glückspilz ich bin, dass ich dich gefunden habe."

„Glückspilz?" Sie lachte bitter. „Glückspilz?" Wieder ließ sie die Uhr vor seinem Gesicht hin und her baumeln. „Ich bin eine Diebin, schon vergessen? Ich stehle Dinge, so wie ich die Uhr hier gestohlen habe."

Er ergriff ihr Handgelenk und hielt es fest umklammert. „Das Einzige, was du gestohlen hast“, sagte er leise, „ist mein Herz.“

Sie starrte ihn an. Sie wollte sich aus seinem Griff befreien und Jordan nie wieder ansehen, doch es gelang ihr nicht, den Blick von ihm abzuwenden.

„Nein, Clea“, fuhr er fort. „Dieses Mal läufst du mir nicht davon. Du ziehst dich nicht zurück. Vielleicht bist du bis jetzt immer erfolgreich weggelaufen, wenn das Leben etwas rauer wurde, aber jetzt wird es das nicht. Siehst du es denn nicht? Ich biete dir etwas an! Ich biete dir mein Herz, meine Liebe, meine Familie und ein Heim, in das du dich zurückziehen kannst.“

Clea verharrte. Sie fühlte sich plötzlich ganz ruhig, und erst jetzt ließ er sie zögernd los. Sie standen sich wortlos gegenüber und berührten sich nicht, doch sein Blick zog sie in den Bann.

Und das, was ihr Herz ihr sagte.

Ich habe so oft versucht, vor dir wegzulaufen, dachte sie still. *Dabei wollte ich eigentlich immer nur vor mir selbst davonlaufen. Immer vor mir, niemals vor dir.*

Zärtlich wischte er die erste Träne fort, die über Cleas Wange lief. „Ich werde dich nicht zwingen, bei mir zu bleiben, das könnte ich auch gar nicht, selbst wenn ich es wollte, aber ich habe meine Entscheidung getroffen. Jetzt bist du dran.“

Durch ihre Tränen nahm sie sein Gesicht nur verschwommen wahr. Sie las darin einen Ausdruck von Unsicherheit, aber auch Hoffnung.

„Ich … möchte es ja glauben“, flüsterte sie.

„Dann tu es. Vielleicht gelingt es dir nicht gleich, vielleicht auch nicht in einem oder in zehn Jahren, aber irgendwann wirst auch du überzeugt sein, Clea.“ Auf seinen Krücken beugte er sich nach vorn und drückte seine Lippen auf ihren Mund. „Und dann werden die Tage des Davonlaufens endgültig vorbei sein, Miss Rice.“

Sie sah ihn verblüfft an, soweit sie durch die Tränen überhaupt etwas sehen konnte. *Oh Jordan, ich glaube, sie sind jetzt schon vorbei.*

Sie schlang ihre Arme um seinen Nacken und zog Jordan an sich, um ihn erneut zu küssen, und dieser Kuss besiegelte alles. Als sie sich wieder von ihm löste, lächelte er.

Es war das Lächeln eines Diebes, der ihr das Herz gestohlen hatte. Und der fest entschlossen war, es für immer zu behalten.

DIESER TITEL
IST AUCH ALS HÖRBUCH ERHÄLTLICH!

Lesung ca. 450 Min. auf 6 CDs
bearbeitete Fassung
€ 18,00 [D] |
€ 20,20 [A] | sFr 27,50
ISBN 978-3-96108-006-9

Lesen Sie auch von Tess Gerritsen:

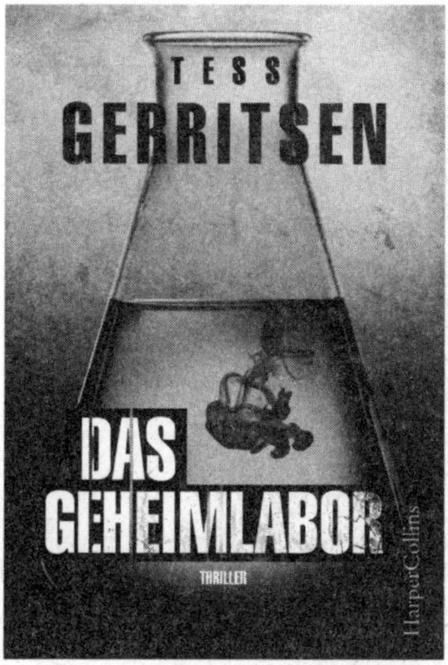

Band-Nr. 100012
10,99 € (D)
ISBN: 978-3-95967-017-3
304 Seiten

Tess Gerritsen
Das Geheimlabor

Voller Panik stolpert Victor Holland durch den nächtlichen Wald. Die Schritte seines Verfolgers unerbittlich hinter ihm. Plötzlich Lichter; eine Straße, endlich in Sicherheit … Cathy kann den Aufprall nicht mehr verhindern, als der Mann aus der Dunkelheit vor ihr Auto stürzt. Auf der Fahrt ins Krankenhaus schaut er sich immer wieder um. Bevor man ihn in den OP schiebt, will er Cathy noch unbedingt etwas sagen – aber seine Kräfte verlassen ihn. Als Cathy am nächsten Tag ihre Schulfreundin tot auffindet, wird ihr klar: Victor wollte sie warnen!

Band-Nr. 100018
10,99 € (D)
ISBN: 978-3-95967-025-8
304 Seiten

Tess Gerritsen
Verrat in Paris

All die Jahre hat Beryl Tavistock eine Lüge geglaubt: Ihre Eltern, die für den MI 6 arbeiteten, sind nicht bei einem Einsatz ums Leben gekommen. Stattdessen soll ihr Vater, zuvor als Doppelagent entlarvt, ihre Mutter erschossen haben, bevor er sich selbst richtete. Beryl beginnt in Paris eine gefährliche Suche nach der Wahrheit. Zusammen mit dem undurchsichtigen Amerikaner Richard Wolf verstrickt sie sich dabei immer tiefer in einem Netz aus Intrigen und längst überholt geglaubten Feindbildern.